ミサイルマン

平山夢明

KOBUNSHA

光文社

岡圭介氏へ

果たすべき約束

〈夢〉

MISSILE MAN
ミサイルマン
目次
平山夢明

目次

テロルの創世

海岸は微《かす》かな乳白色に煙《けむ》り、いくぶん靄《もや》が立ちこめていた。

日の出まであと数分。

巳影《ミカゲ》はこの時間が好きだった。

波打ち際《ぎわ》でサンダルを蹴《け》り捨て、泡立つ波へと駆け出す。力強く踏むと湿った砂が足の下でたわむ。ぽんっぽんっぽんっと弾《はず》みをつけ腕を振り回し、ひんやりとした空気のありったけを掻《か》き回す。

宙に浮かんでいる瞬間は転んでも良いと思う、いつも思う。いや、転びたいとさえ考える。躰はなだらかな斜面をボールのように駆け抜ける。

やがて爪先《つまさき》は濡《ぬ》れた黒い砂と景気良く溢《あふ》れる波に突き刺さる。

夏とはいえ朝の水は冷たい。巳影はいつも濡れる前に想像する。

〝水は冷たいぞ。おまえが思っているよりもうんと冷たい。本物だから……〟

そして、波はいつも彼が思ったよりも冷たかった。どんなに覚悟しても想像していた冷たさが本物の冷たさを追い越すことはなかった。

巳影は声を漏らす。それは「うぅ」とか「おぉ」とかいったもので、心より躰が反応している証拠だ。それがとても嬉《うれ》しかった。波に躰を使われたような気がしたし、波と友達になれたような気にもなれた。

足を海水に浸したまま、冷たさが体温と仲良くなるのをジッと待つ。鳥肌が太腿《ふともも》と耳の後ろに集中する。ブルッとふるえがでる。今朝は二度でた。

巳影は打ち上げられた木片を見つけると、拾い、水平線で一番光を増した部分を見つめた。胸の高鳴りを抑え、太陽の天辺《てっぺん》を待つ。

「おりゃー！」

巳影は木片を天辺に向け放り投げた。木片は離れた波間に落ち、ゆらゆら揺れた。やがて鷗《カモメ》が舞う少し右から明るいものがグイグイと引き上げられ始めた。

それは巨大な輝くプリンだ。巳影を喜ばせ、豊かにさせた。

深呼吸をくり返すと躰の中がきれいに洗われていく。生まれたての光のエネルギーが鼻から入って指先までゆっくりと染みわたる。

両手を広げ、躰を伸ばした。

背後で砂を踏む音が聞こえた。

「そんなに気持ちがいいものかな？」

ランニング姿の後藤《ごとう》が立っていた。軍服を小脇に挟んでいる。

「おはようございます」

後藤は頭を下げた巳影の五分刈《ごぶが》りをゴシゴシと撫《な》でた。

「こんなに早く家を抜け出して……。オヤジさんに叱られるぞ、まだバグは捕まっていないんだ」

短く刈り込んだ顎鬚《あごひげ》に手をやると後藤は巳影の顔を覗《のぞ》き込んだ。肩の筋肉が大きく盛り上がる。

巳影は後藤が現れた辺りを素早く盗み見ると問いに答えず駆け出した。

波打ち際をゆくと、それはあった。

馬がいた。

既《すで》に四分の一ほど波に洗われてしまっていたが巳影は布団二枚ほどの大きさに描かれた馬の姿に見入った。砂浜に描かれた馬はたてがみを振り乱し、脚もとを貫こうとしている弾丸を避けるかのように虚空《こくう》へと跳躍していた。

筋肉、皮膚、蹄《ひづめ》の返し、その一瞬が詳細に描かれていた。

「すんごい……」巳影が呟《つぶや》くそばから波が馬の背を洗った。

「我ながらこいつは巧《うま》くいった……会心《かいしん》とまではいかんがな」

後を追ってきた後藤は消えいく馬を静かに見つめた。

「何時間かかったんですか？」

「大したことはない。いっときの事だ」

「写真に撮っておけば良いのに」

するとすると馬の顔に橙色《だいだい》の朝陽が差し込み、波が馬の凛《りん》とした表情を白い泡とともに飲み込んでしまった。

「あっちへ行け」

巳影はさらに馬を消そうとやってきた波の頭を蹴り上げた。

やがて馬はとろけてしまった。もういくら目を凝《こ》らしてもあれほど生き生きとしていた馬の姿はどこにもなかった。

「もう帰りな」

後藤は巳影の背を軽く叩いた。


「あそこは軍用地だ」父は麺麭《パン》をちぎりながら巳影を睨《にら》んだ。「軍用地に一般人は入らない。子供でも同じ事だ。おい、バターはどこだ?」

「昨日から切らしてるんです。ブルーベリーにしてくださいな」

「朝からジャムは口のなかが粘っこくてかなわん」

「なら、ご飯になさいますか」

「麺麭屋が朝食に麺麭を食わなけりゃ、麺麭屋の未来はどうなる。米は晩飯だ」

巳影は父と目を合わさずに済むよう、皿に描かれた道化《ピエロ》を見ていた。道化の赤い服には黒い釦《ボタン》がひとつと緑の釦がふたつついていた。なんで全部、緑にしてしまわなかったんだろう……。

「バグは捕まってないんだ……」父は黄粉《きなこ》色になるまで牛乳《ミルク》を注いだコーヒーをグッと飲み干し、ナプキンで口の周りをぐるりと撫で上げた。「おまえがしていることは……良くない。良くないんだぞ、巳影」

「あの軍人さんと一緒だったの？」

母の言葉に巳影はびっくりした。母が後藤の事を知っているとは思ってもみなかったからだ。

「軍人？　軍人とはなんだ」

「このあいだ三好《みよし》さんの市場《マーケット》へ行った帰りに声を掛けられて」

「なんと言われたんだ」

巳影は父がそう言いながら椅子の肘掛《ひじか》けを忙《せわ》しなく握ったり離したりするのをみて、怖くなった。巳影は十歳になる今日まで両親のどちらからも殴られたことはおろか、酷《ひど》く叱りつけられたことすら無かった。

「〝元気そうな坊ちゃんですね〟って」

「それだけか」

「それだけよ」

父は大きく溜息をつくと立ちあがった。心なしか顔が白くなっていた。

「……巳影、良くないな。やはり、お父さんはおまえのしたことは良くないと言いたい」

「どうして？　後藤さんはとてもすごい画《え》を描くんだよ。パパも感動するよ。とても上手なんだ。今朝は馬だったけど……今にも飛び出してきそうな、強そうな、すごい馬だったよ」

父は無言で巳影の顔を見つめ続けた。

巳影はうつむいた。

「パパに謝りなさいな」

母は巳影の側《そば》に立つと背中に手を置いた。

「ごめんなさい」

「軍人が画を描いて良いわけがない。軍人は軍務に服するために来ているのだ。おまえはまだ何も判《わか》らんのだ。その軍人がどんな目でおまえを見ているか」

「もう良いじゃありませんか。今日は昼に瑞西《スイス》堂の人が送別会に使う麵麭を取りに来ますからね。それに配達もたくさんありますよ。昼までにふたりではりきって造らなけりゃ」

「学校や友達同士で何をしようとかまわん。だが軍人の目に留《と》まるようなことはするな」

「上手なんだ……とても上手」

巳影の呟きが父の耳に届いた。

父は巳影を睨み付け、指をその顔に差し掛けたが、哀しげな表情で見つめる妻に気づき腕を下ろした。

「俺は二度と御免だ。引っ越しなんかしないぞ……名簿《リスト》にも載せさせない……絶対に」〝名簿《リスト》にも〟と言ったところで母がシュッと鋭い音をたてて息を吸い込んだ。母は巳影の頭を引き寄せ、自分の腹に強く当てた。フォークがテーブルから落ちた。

ドアが閉まり、父は地下の作業場へ降りて行った。

巳影の耳に母の鼓動がお腹《なか》づたいに聞こえていたが、それとは別の震えが走っているのも感じていた。顔を上げようかとも思ったが、母が泣いているようでそのままにしていた。


通学路を行くと武蔵屋《むさしや》精肉店の前で人だかりがしていた。興味津々で近寄ろうとする通学途中の児童に混じり巳影も覗こうとしたが、大人達が青い作業用のシートを拡げて囲いを造っていた。

「はい、あっちへ行った。あっちへ行った」いつも忙しく配達に回っている武蔵屋の店主が近づいてくる子供を追っ払っていた。「なんでもない、なんでもない」

「おじさん！」

「おう、麺麭屋の坊主。早く行け！　学校遅れるぞ」

「誰か死んだんでしょ？」

「莫迦《ばか》！」

巳影が笑いながら訊《き》くと店主は真顔《まがお》になって拳《こぶし》を振り上げた。

巳影は悲鳴をあげ逃げ出した。

教室に着くとシメジが笑いながら近づいてきた。

「ミッちゃんよお、武蔵屋の知ってっか？」シメジこと伊藤四万侍《いとうしまじ》は転んでできた肘の瘡蓋《かさぶた》を掻きながら近づいてきた。「すんげえんだって」

「やっぱりバグなの」

「あたりまえじゃん。殺されたのは靴屋のイノリだぜ」

「え！」鈴木祈理《すずきいのり》は巳影と幼稚園の同級になったこともある少女だった。

「内臓だけ取り出してあって、味噌汁《みそしる》の豆腐みたいに細切れにされてたんだって」シメジは床に寝転がった。「こんな感じで武蔵屋の裏に倒れてたんだってよ。あ〜ぁぁぁ」シメジは白目を剝《む》くと奇妙な声を出した。

周りにいた女子が〝いやだぁ〟と顔をしかめ、声を上げた。

ふと顔を上げると窓側の席から美千流《みちる》が静かに見ていた。朝日で長い髪が茶色に輝き、大きな瞳が巳影を飲み込みそうに思えた。視線が合っても美千流は目を離さなかった。先にそらしたのは巳影のほうだった。

「きりぃぃぃぃつ」

突然、日直の声が響き、巳影達は担任がいつになく怖い顔で入ってくるのを見ると我先《われさき》に自分の席に戻った。シメジが机を飛び越えようとして弁慶の泣き所を角にぶつけ、ウゲッ！と悲鳴を上げた。

教室が静粛《せいしゅく》した。

「きょうつけぇ、れい！」

「おはようございます！」全員が唱和した。

「着席！」

黒いリボンを付けた担任の須藤《すどう》は白髪混じりの頭を上げるとそのまま黒板に〝特別講義〟と大きく書いた。

「今日は先週、お知らせしたように〝特講〟をします。お話は別の先生からして貰《もら》いますので、みなさんは静かに、しっかりと聞いてください。判らないことがあったらお話の後に手を挙げてください。今日は特講が済んだら授業はおしまいです。学芸会の係の人だけを残して帰宅しましょう。学芸会に出る人は今日は衣装をつけて練習します。それと夜六時半からトランプ山で町内会主催の花火大会が始まります。見学する人は係の人の指示に従って下さい。絶対に発射台のそばに近づいてはいけません。校庭も開放しますのでこれも係の人に従って行動してください」

そこまで話すと教室のドアが再び開いた。廊下には数人の軍人の姿が見えた。巳影は後藤を捜したがはっきりとは判らなかった。

「起立！」

日直の声が響いたが、訪れた人物はそれを打ち消すかのように片手を左右に振った。生徒の何人かが立ちあがったが、ばつが悪そうに座り直した。

「みなさん、結構です。座ったままで結構です」

目の覚めるような赤いスーツを着た若い女性が立っていた。女性は須藤に会釈《えしゃく》した。須藤は強《こわ》ばった笑みを浮かべ、硬い表情のまま教壇を降りるとエレクトーンの前の椅子に掛けた。女の髪は金髪で外人のように見えたが、言葉は紛《まぎ》れもなく流暢《りゅうちょう》な日本語だった。

「みなさん、お誕生日おめでとうございます。本日で十歳になられましたね。今日はささやかなプレゼントを用意しています。お話の後でお渡ししますから少し我慢してくださいね。私の名前はマチルダと言います。ここから遠く離れた場所からやってきました。今日、みなさんに逢《あ》えると思うと、とても興奮して昨日はよく眠れませんでした」

巳影はマチルダのよく動く赤い唇を見ていた。たまに覗く歯は海岸でみかける貝のように白く光っていた。

「さて、このなかで〝影《オンブル》〟という言葉を聞いたことがある人はありますか」マチルダは微笑《ほほえ》んだまま教室を見回した。誰も手を挙げる者はいなかった。「先生は何も告《つ》げていないのですね」

「カリキュラムが滞《とどこお》っていまして……来週の学芸会が終りしだいにと予定しておりまし

た」立ち上がった須藤先生の腕が震えているのに巳影は気づいた。初めて見る光景だった。

「予定変更は管理局の管轄です。疑義があるならば報告しておきましょう」

「いえ、疑義というわけでは……」

「これが影《オンブル》です」

須藤先生の言葉を遮《さえぎ》ってマチルダは窓に向かうと硝子《ガラス》に手をかざした。

「影……。これを私たちはオンブルと呼ぶのです」

生徒の何人かがマチルダと同じように手を太陽に向かってかざし、目を細めた。

「昔々、みなさんが産まれるずっとずっと前に大きな大きな戦争がありました、地球がふたつに割れてしまうような戦争です。その戦争では勝った人はひとりもいませんでした。戦った人、全員が負けてしまったのです。戦争の後にはいろいろと大変なことが待っていました。そのうちの大きなことのひとつが子供が産まれなくなったり、産まれても長生きできなくなってしまったということなのです。みなさんは今日、十歳になりましたが、その当時は産まれても十歳まで生きられる子供は、仮にこの組の人をみんな赤ん坊だとして、ふたりだけでした」

教室のどこかで感嘆したような声が上がった。全員がマチルダを真剣に見つめていた。

「大人たちは嘆き哀しみました。だってみなさんも好きな人と結婚してようやくできた子供が朝顔のようにアッと言う間に死んでしまったらどうでしょう……さあ、目を閉じてゆっくり想像してみてください……好きな子の顔を思い浮かべて……」

巳影は美千流を思った。なぜか彼女は運動会のリレーに出場していた。足袋《たび》を蹴り上げ、赤い襷《たすき》をたなびかせていた。

「頑張れ！」

巳影は思わず声を上げてしまい慌てて口を押さえた。

教壇の上からマチルダの瞳が巳影を見つめていた。

「あなた、お名前は……」

「樹野巳影《きのみかげ》です」

マチルダは手にした資料をめくると頷《うなず》いた。「そう、樹野さん。まさしく私たちのおじいさんおばあさんは自分の子供達の手を摑《つか》んでそう叫んだの。〝負けるな！〟〝がんばれ〟〝死んではいけない！〟……でも、それは叶《かな》うことが難しかったのね。でも、世界中のお医者様や科学者が、どうにかしようと知恵を絞った結果、いくつかの良い考えが浮かんだのです。それがみなさんなのです」

マチルダは両手を生徒達に拡げた。

巳影は美千流を振り返った。彼女はまっすぐな視線をマチルダに向けていた。

「樹野さん。あなたは自分の腕が取れてしまったら悲しいですか」

立ち上がった巳影はクラス全員の視線を躰に感じていた。

「はい。悲しいです」

「では靴が無くなったらどうですか？」

「はい。悲しいです」

「その悲しみは同じですか？」

「違います」

「それでは髪を……いえ、爪を切るのは悲しいですか」

「いいえ」

「どうしてですか？　無くなってしまいますよ」

「爪はすぐに生えてきます。それに伸びているほうが危険です」

「みなさん、今、樹野さんはとても大事なことを教えてくれました。私は樹野さんがとても立派なのに驚いています。それではみなさんに訊きます。みなさんは爪と腕とどちらを失ったほうが悲しいですか？」

「腕！」全員が叫んだ。

　それを聞いたマチルダは拍手した。

　須藤先生も廊下の軍人達までもが微笑《ほほえ》みながら拍手をし、彼らは教室のなかに入ってきた。彼らはにこにこ笑いながら綺麗な包装紙に包まれた薄い包みを生徒達ひとりひとりに手渡し、それが済むとまた廊下に戻っていった。

「みなさんは全員、あるたったひとりの人を守るために産まれてきたのです。例外なくあなた達はある人の守護天使《ガーディアン》となるべく産まれてきました。それは樹野さんなら、樹野さんだけが守ることのできる人。あなた以外、誰にも救うことのできない人がいるのです」

　教室内がざわめいた。

　巳影も知りたかった。この世で自分を必要としている人がいるというのは奇妙な感覚だった。

「先生！」日直の吉岡《よしおか》が手を挙げた。「その人は僕たちが子供なのを知っていますか？」

「勿論《もちろん》、知っています」

「はい！」別の生徒が手を挙げた。「子供なのに役に立ちますか？　その人をちゃんと守ってあげられますか？」

「子供とか大人とかは関係がありません。その人を救えるのは世界中であなただけなのです。いざという時、その人のヒーローになってあげようという気持ちさえあれば、その時までは健康に気をつけて一生懸命、ご両親を助けてあげられればいいのです」

「はい！」シメジが手を挙げた。「その人はどんな人ですか？　逢えますか？」

　シメジの質問にマチルダは大きく頷いた。「逢いたいですか？」

「はい！」全員が叫んだ。

「では今、配られたプレゼントを開いてください。彼らはそこで待っています」

生徒達は机の上に置かれた薄い包みを不思議そうに見つめた。

人が入るには大変そうに思えた。

「開けようよ」隣の明美《あけみ》が巳影に囁いた。

巳影も包装紙を剝ぎ取った。モスグリーンの小箱があった。

「ストップ！」マチルダが皆を制した。「箱の蓋《ふた》はみなで一斉に開けましょう」

最後の者が包みを剝がし終えた。

「それでは見てください」

マチルダの言葉で一斉に生徒達の手が動いた。

巳影は箱の縁に手を掛けるとゆっくり取り外した。

箱の内側で何かが動いた。同時に向こうも蓋を開けたように見えた。

向こうからも誰かが覗き込んでいた。

「なあんだ」と安堵《あんど》した声が聞こえた。

鏡があった。

向こう側に巳影がいた。俯《うつむ》き加減で頰が膨《ふく》らんで見えたが、それは紛れもなく自分の顔だった。

「それがあなたたちをこの世でたったひとりだけ頼りにしている人です」

いつの間にかマチルダは黒板の左側に人の形を描き、右側にいくつもの小さな人を描いていた。左側の人の下にはリュミエールとあり、右側にはオンブルと描かれていた。

「かつて、あなた達はクローンと呼ばれた種でした。他にもCプラント、セルボーグなどという名も使われていたようです。あなた達は〝天使工場〟と私たちが呼んでいるところでリュミエールと呼ばれているオリジナルの細胞から成長させられた人なのです」

「はい！」美千流が手を挙げた。「私たちは両親から産まれたのではないのですか？」

「残念なことにそうではありません。あなた達は養子なのです。でも、驚くことはありません。周りを見てご覧なさい。この町の全ての子供が養子であり、全ての親が里親なのです。あなたたちが感じている不安や驚きはあなたひとりだけが特別に背負ったものではないのです」

生徒達はそれぞれの顔をまるで初めて逢ったかのような目で見つめあった。

「それで僕たちはどうすれば彼らを守れるのですか？」

「連絡があります。それはあなた達の親御さんに伝えられるはずです」

「それで何をするんですか」思わず巳影は座ったまま話していた。

それを耳にするとマチルダは沈黙し、生徒達が自分に注目するのを待ってスーツを脱ぎ、ブラウスのボタンを外した。ブラジャーを圧する小麦色の隆起した胸が生徒の前に晒《さら》された。胸の合わせ目から腹部に掛けて百足《むかで》が這《は》ったような縫い目が走っていた。

するとD下からひとりの金髪の少女が現れ、マチルダに招かれ教壇に並んで立った。

「彼女は私の影《オンブル》です。彼女の姉によって私は生き長らえることができました」最初にマチルダの胸を見た時の高揚は巳影から消え去っていた。

「そして彼女の姉はいまでも私と一緒に生きています」マチルダは左胸に手をやった。「彼女の姉のおかげで私は自分がちっぽけな一人の人間の命から巨大な生命の樹《き》になったことを実感しています。そして今でも胸に手を当てると彼女のささやきが聞こえてくるのです。彼女の勇気が私を強くしてくれました。誰にも助けて貰えない。暗い海をひとり彷徨《さまよ》っていた私を助けてくれたのはたったひとりの少女の勇気でした。ありがとう」

マチルダは少女の頬に接吻《せっぷん》した。

須藤先生が拍手を始めると再び教室に拍手が溢れた。

「さあて、そろそろ寝るとするか」白い付け髭《ひげ》をしたゼペット爺《じい》さん役の勝《しょう》太《た》が両腕を伸ばし、欠伸《あくび》をしながら上手《かみて》に行き、舞台の袖に戻っていった。

紙で造ったチロルハットを被《かぶ》った巳影は本棚に見立てたオルガンに寄りかかるようにして座り、俯いたままジッと天使たちが現れるのを待っていた。

須藤が弾くピアノの軽快な音楽が響くと女神役の美千流がふたりの天使とともに舞台に登場した。美千流の足が巳影の視界に入ってきた。

♪正直者のゼペットさん……♪

ふたりの天使が唄うあいだ美千流の女神はピノキオ役の巳影の肩を星飾りの付いた杖《つえ》で触れて話し始めた。

「ピノキオ……ピノキオや……起きなさい」

それを合図に巳影は顔をゆっくり上げた。

「あ、女神様……」

「あなたがもし良い子でいるならば、いつかきっと人の子にしてあげましょう」

座ったままの巳影の膝《ひざ》に美千流の踵《かかと》が触れていた。ふたりともそれに気づいていたが、どちらからも離そうとはしなかった。


「おまえのオヤジも俺のおふくろも結局、みんな知ってたんだな」

シメジは買ったばかりの水飴《みずあめ》を二本に割った箸《はし》で器用にこねながら呟いた。

水飴はこねればこねるほど白くなり、軟らかくなって箸の上でとろけ始めた。

「そうだね」巳影もとろとろになって地面に落ちかかったのを舌で絡め取ろうと必死だった。巳影の水飴はコーラ味で八十円。シメジのアンズ味より高いのだ。

特講の後は拍子抜けするほど皆、落ち着いていた。

巳影もショックを受けたはずなのだが、どういう訳か泣いたり怒ったりする気力が起きなかった。仲間も同じ気持ちなのか須藤先生の合図で終礼が済むと各自が淡々と帰り支度をして教室を後にした。

それでも、ただじっと家にいる気にもなれず巳影は一旦帰宅した後で公園に仲間を捜してやってきたのだった。いつもと違うことといえば今までは必ず足を止めていたのに今日は母親が店から声を掛けてきても振り返りもしなかったことだけ。

「なんかポッカリなんだよなぁ」

ブランコを揺すりながらシメジが呟いた。

「ポッカリ……だなぁ」

巳影も隣に座ると漕《こ》ぐでもなく、止まるでもなく徒《いたずら》に揺らしていた。

「先輩たちもみんな知ってたんだよな」

「そうだなぁ」

「なんで教えてくれなかったんだろ。ヒデちゃんなんかいっつも遊んでたのにな」

「おまえはチビたちに言うのか」

「俺が言わなくたって誰か言うよ」

「そうだよ。絶対に誰か言うよな」

「言うよ」

「言うさ」

「じゃあ、もし誰も言わなかったらおまえ言えよな」

「なんでだよ、おまえ言えよ」

「おまえ言えよ」

シメジは巳影のブランコを蹴った。

「なんでだよ」

「だって……おまえ、美千流のこと好きじゃねぇか」

「関係ないだろう。おまえだってそうだろう」

「おまえの好きと俺が好きだってのとじゃ意味が違うよ」

「わけわかんないな……。でも、いつ使われるんだろう」

「使われるなんて言うなよ。救うんだろっ。困ってる人を助けてヒーローになるんじゃねぇか」

シメジが声を荒らげた。

「悪かったよ」

「なんかパーッと遊園地でも行きてぇな」

そう言うとふたりは黙って夕陽に染まる公園の風景を眺《なが》めていた。セメントコースでローラースケートをする音がガリガリと響いていた。

暫《しばら》くすると水飴屋が飴を納めた箱の上に木枠を組み立て、自転車にブラ下げた鉄板をチンチンと鳴らした。

「おい、行こうぜ」

シメジに促《うなが》され、巳影もブランコを降りた。

飴屋は木枠のなかに紙束を詰め込むと拍子木《ひょうしぎ》をチョンチョンと叩いた。

「さぁさぁ、チョッチャンの始まり始まり」芝居《ざお》がかった声で飴屋が話し始めた。「ある日、チョッチャンが海に釣《つ》りに出かけようと釣り竿片手に道をゆくと……」飴屋はそこで〝チョッチャン、釣りに行くの巻：第二百六十回〟と釣り竿を持った毬栗坊主《いがぐりぼうず》の描かれたタイトル画を一枚引き抜いた。

自転車の周りには公園中の子供達が二重三重に取り囲んでいた。

「チョッチャンチョッチャン、どこへ行くの？　犬のシロが声を掛けました。ああ、シロか。実はね。僕はこれから釣りに出かけようと思うんだよ。う～ん、それは素晴らしい考えだ。僕も一緒に連れていっておくれよぉ。いいともいいともついておいで」

「またチョッチャンだ。あのオヤジ、全然新しいのもってこねぇの」

シメジは鼻を鳴らすと鉄棒のほうへ歩いていった。

巳影はどっちに付こうかと思いながら丁度、鉄棒と自転車の真ん中で立ち止まっていた。

チョッチャンは海に行ったのだが釣れたのは結局、長靴だけという結末だった。

その後は〝クイズ〟の紙芝居になった。

「上は工場、下はゴミ箱とは何だ？」

飴屋は工場を載せたゴミ箱というそのまんまに描かれた画を見せた。

すると一斉に子供たちの手が挙がった。飴屋はそのなかのひとりを指さす。

「鉛筆削り！」と子供が叫び、正解すると自転車の背にある小太鼓《こだいこ》をポンポンと叩き、正解した少年に毒々しい梅ジャムを塗ったウェハースを景品に渡した。

二度三度とそんなクイズが続くと突然、飴屋が手を挙げていた六歳ほどの子供を叱りつけた。

その少年は飴も買わずにクイズに参加しようとしたのを咎《とが》められたのだった。

「買《か》い物《もん》しないのに正解してもだめなんだよ」

「だって当たったよ」

子供は泣き出しそうな顔をして、だったら指さなきゃ良いのにと言い返した。

「おまえみたいなガキはただで紙芝居見せてやっただけでも感謝するもんだ。その上、景品まで貰おうなんて、そういうのを泥棒根性っていうんだ」

虫の居所《いどころ》が悪かったのか飴屋はいつになくグジグジと紙芝居の手を止めてまで、少年を言葉でなぶり始めた。

すると鉄棒のところにいたシメジが物凄《ものすご》い勢いで駆け寄り飴屋の自転車に体当たりした。

突然の事に不意をつかれた飴屋はバランスを崩すと仰向《あおむ》けにひっくり返り、自転車から外れた飴箱を腹や胸に載せた格好になってとろとろの飴まみれになった。

少年達は大声で笑うと遠巻きにしながら囃《はや》し立てた。

犯人を見ていなかった飴屋はありったけの悪態をつくと倒れた自転車を起こして公園から出ていった。

シメジは涼しい顔をしていつまでも口笛を吹いていた。


その晩、夕食には赤飯が炊かれた。

「特講だったんでしょ」

巳影が席につくと母がおかずの載った皿をテーブルに置きながら尋ねてきた。

「うん」

「言えば良かったのに」

「パパは?」

「今夜から一週間、夜警なの。町内会で順番に決まったらしいのよ。バグが近くにいるから」

母は御味噌汁と鳥の唐揚げを置いた。

「なんでバグっていうの?」

「虫みたいに入り込んできては酷いことをするからじゃないかしら」

「捕まるわよ……さあ、食べなさい。花火に遅れるわよ」

「捕まるかな」


学校に近づくと校庭の外も中も屋台と人で溢れていた。

校門にたどり着くとポンッと肩を叩かれた。後藤だった。部下らしい男を数人連れた彼はニコニコと笑っていた。「来たのか」

「はい」

行き交う人々が腰に銃を下げた軍服姿の後藤と親しそうに話す自分を物珍しげに見ているのを感じ、緊張した。

「実にいい雰囲気だ。懐かしい……」後藤は目を細めて辺りを見回した。「気を付けろよ」

巳影は頷くと校庭内に駆け出していった。一度だけ振り返り、後藤がまだ動かずに見ているのが判り、手を振った。

後藤は手袋の白い手を軽く胸元まで上げた。

母から貰った五百円玉がポケットから落ちないよう上から手で押さえ付けながら巳影は待ち合わせのお面《めん》屋の前にいたシメジを見つけ、声を掛けた。

「しっ、ヤベえんだ」

巳影の袖を引っ張って屋台の陰に隠れたシメジの視線の先には目と鼻の先にある〝じゃが

バター〟と描かれた暖簾《のれん》の向こうで客を捌《さば》いている飴屋の姿があった。

「おまえのこと気がついてるのか」

「わかんないけど……チラチラ、こっち見てた」

その瞬間、ドンッと空を叩いたような破裂音がすると天空に丸い火の華が咲いた。

「あ、始まった始まった！」

シメジのかけ声で巳影は一緒になって駆け出した。


屋上のドアは鍵が掛かっていた。

シメジはドアから離れた場所の窓を開けるとスッと向こう側に飛び降りた。

「へへ、昼間こっちは開けといたんだ」

巳影もそれに倣《なら》った。

花火の破裂音は空気を圧し、背中を軽く押されるような気がした。ふたりは今にも頭の上から何かが降ってくるかのように気にしながら、セメントの床を走るパイプにつまずいたり、踏んだりして、誰もいない屋上の端まで進んだ。

「ここが特等席だよ」

シメジは給食用の小型エレベーターを動かす小屋の裏に巳影を誘った。見回すと学校よりも高い建物はなく、右手の隅に海岸と左側にはトランプ山と呼んでいる小高い山に向かって家々の灯と見慣れた道路の信号が目に入ってきた。

巳影が腰掛けようとすると陰で何か動いた。

ドンッと大きな音とともに赤い光が壁にもたれて座っているふたりの少女の姿を浮かび上がらせた。美千流とその友達の千香子《ちかこ》だった。

「挨拶しろよ」シメジが突っ立ったままの巳影を肘で突いた。

「今晩は」巳影が頭を下げると美千流は微笑んだ。

巳影はシメジに押されるまま美千流の横に座った。

「ほい、ごめんなさいよ」

シメジは手刀《てがたな》を切りながら通り過ぎると千香子の横に座った。

花火があがった。

赤と緑の華から小さな銀光が独楽鼠《こまねずみ》のようにくるくると飛び出した。

シャンプーの香りが微風にのって巳影に流れてきた。横を見ると空を真剣に見上げている美千流の顔があり、巳影は自分も慌てて上を向いた。

太い火薬音とともに夜の壁にぶつかるように火の華が散っていた。巳影の上でそれは一度、フワッと持ち上がるような感じで天空いっぱいに咲き、消えていった。

「すごいね」

見ると美千流の顔がそばにあった。

巳影は美千流の唇を発見して息が苦しくなった。

「うん」と言った後でほーっと溜息が出てしまった。

シメジ達は別の場所に移動したのか姿が見えなかった。

トランプ山のほうから何かのアナウンスが小さく聞こえてきた。

次の花火はなかなか打ち上がらなかった。

美千流が膝の下に手を入れて躰を前後に軽く揺らし始めた。

「美千流は今日、なに食べた？」

「今日？　どうして？」

巳影もなぜ、自分がこんな事を訊いたのか判らなかった。

「ただ何となく」

「家《うち》は赤飯だった」

「あ、俺も」

巳影は思わず自分の鼻を指した。

「そうなの？　あたし、巳影くん家《ち》はいつも麵麭食だと思ってた」

「え、そんなことないよ。いつも麵麭なんて喰ってないよ」

「そうよね」美千流は笑った。

その瞬間、空が鳴った。

美千流の顔が白く赤く輝いて浮かんだ。彼女は花火を見ようとはしなかった。

「マチルダ先生、綺麗だったね」美千流は俯き、セメントの汚れた床を見た。

「俺は嫌いだ」

巳影の言葉に美千流は顔を上げた。

その途端、花火の発射音とは異質の硝子の砕ける音が響いた。

ふたりが腰を浮かせるより先にシメジが走り出ていった。

屋上のドアにある磨《すり》硝子が叩き割られていた。

ゆっくり鉄のドアが開くとぼうっと狐《きつね》の面が暗闇に浮かんだ。大人だった。

「ああ、ごめんなさい」

シメジは慣れた口調で固まっている三人を残して狐面に近づいていった。

その大人は見たこともない黒いスーツを着ていた。

「僕が開けたんです。みんなは何も知らなくて、僕が勝手に……」

シメジの言葉が終わらないうちに狐面の男はシメジの腹を殴りつけた。

美千流が息を飲んだ。シメジは殴られた腹を押さえると前倒しになった。狐面の男は倒れたシメジの腹をさらに殴った。次に狐面の男が手を振り上げた時、巳影は男が大きな鋏《はさみ》を握っているのを見た。刺されたシメジは既に白目を剝いて血塗《ちまみ》れになっていた。男は自動人形のようにシメジを無言で刺し続けた。泥の砂をかき混ぜるような音と半笑いを浮かべたままぐらぐらと刺される度に揺れるシメジがいた。

誰も動けなかった。

狐面の男は鋏の刃を開くとシメジの腹に突き立てた。布を裁断するような手つきで腹の皮を切ると、後は皮膚を直接手で掴み引っ張った。カーテンを裂くような音とともにぬらぬらした腸が床に溢れた。破れた風船のようにシメジの皮が垂れ下がった。

千香子は唯一の出口である男が現れたドアに駆け寄った。

男は無言で千香子にタックルすると横倒しになった彼女の首に噛《か》みついた。

千香子が絶叫した。花火が上がった。

男は面がずれたまま千香子の首を抉《えぐ》るように何度も噛みついた。

猛烈な勢いで男の躰を殴りつけていた千香子の腕が糸が切れたようにパッタリと落ち、代わりにガリガリという音が闇から響き始めた。

巳影は美千流の歯が鳴っているのに気づいた。とっさに彼女の手を引くと屋上のフェンスに引き寄せた。

「上るんだ」巳影は猫のようにフェンスの網に足をかけると上りきった。

「早く！」巳影は手を伸ばした。

「駄目、怖い。あたし高い所《とこ》、怖いの」美千流は泣いた。

「ばか！　死んじゃうぞ」巳影は手を伸ばした。

その瞬間、美千流は風のような速さで背後から突進してきた男に捕えられ、髪を掴まれながら屋上の真ん中に引きずられていった。

「ミチル！」

巳影が叫んだ瞬間、轟音《ごうおん》が響いた。

屋上の入口に後藤が立っていた。

「その子を放せ、アンドリュー」

半被りになった面の下から男の朱に染まった黄色い歯と唇が覗いていた。

「撃てるのか」厭《いや》な声だった。チューニングをしていない楽器のような人を苛《いら》つかせる音だった。「撃てまい」

美千流を盾《たて》にした狐面の男は微笑んだ。

その時、後藤の部下と上官らしき人物が屋上に入ってきた。

「中尉、銃を下ろし給《たま》え。過剰防衛だ」上官が命じた。

「しかし、このままでは少女が殺されてしまいます」

後藤の言葉に上官はシメジと千香子のふたりの死体に一瞥《いちべつ》をくれた。

銃は下ろされなかった。

「フォン・フランツ卿《きょう》。父君《ちちぎみ》は貴君の仕儀《しぎ》を深く憂慮《ゆうりょ》されておりまするぞ」

「莫迦な。父君は何人殺《あや》め、現在の地位に上りつめたと考える。しかも、それら全てが純然たるリュミエールぞ。オンブルの百や二百、いや十万や百万でも罪にはなるまい」

後藤以外の兵隊は誰も狐の男を止めようとしなかった。

「……たすけて」

美千流が消え入りそうな声で言った。

「御父君《ごふくん》は戦争でございます。武勲、武功でございます」

「これも私戦じゃ」男の鍬が美千流の首筋に振り下ろされた。

花火が破裂し、それと同時に男の躰が弾《はじ》き飛ばされた。

後藤の銃口から煙が上がっていた。

「うぅ、畜生！　撃ったぁ！　俺を……この俺をこいつは撃ったぁ」狐の男は悲鳴を上げると床の上を転がり回った。「痛いよぉ、痛いぃぃ」面は落ちなかった。

倒れこんだ美千流を部下のひとりが支え、屋上から運び去った。

「莫迦者！」鋭い一喝が後藤に浴びせられた。「基地に戻り次第、直《ただ》ちに懲罰委員会に出頭せよ」

上官はそう宣告し、部下に狐の男を運ばせると去っていった。

屋上には後藤と巳影とふたりの子供の屍体《したい》が残された。

花火はいつの間にか止《や》んでいた。

巳影はシメジのそばにしゃがみ目を閉じさせた。

制服を脱いだ後藤がシメジの躰を覆った。

「こいつも後藤さんの画、とっても見たがってました。教えて欲しいって……」

「間に合わなかった……すまん」

後藤は頭を下げた。


その夜、三巡街《サード・アヴェニュー》の家々の灯は遅くまで消えることがなかった。

「明日、学校は休みだ」

深夜、帰宅した父がそう告げた。

巳影は母と一緒に父の帰りを台所で待っていた。

「千香子ちゃんと伊藤君は」

「駄目だった……」

父の言葉に母は口を押さえ、ブルブルと震えた。

「千香子は歌の上手《うま》い子だったのに……」父は椅子に座ると頭を抱えた。「千田《せんだ》のカミさんは半狂乱でな。二巡街《セカンド・アヴェニュー》からこっちに移る時も、かなり精神的にやられたらしい。医者が鎮静剤を使って落ち着かせた」

父はコップに水を注ぐと一息に飲み干した。

「二人とも六十近い。もう無理かもしれん。癈疾《はいしつ》の噂《うわさ》が出ていた。二巡街では二十三まで育てたらしい」

「そんなに……」母は鼻を真っ赤にさせ、泪《なみだ》をぽとぽと落としていた。「ただでさえ無理矢理に取り上げられるかもしれないのに……地獄だわ。こんなこと」

「伊藤のところもカミさんは寝込んでしまった。伊藤本人もしっかりしようと努めてはいたが顔は死人のようだった。……犯人の男はもう町の人間が引き取っていったそうだ」

「何の取り調べもなかったのね」

「そういうことだ」

父は立ちあがると母の肩を抱いた。

巳影には顔を埋めた母の啜《すす》り泣きが辛《つら》かった。

「巳影、美千流ちゃんはショックが大きすぎてな。今までの記憶がまるごと無くなってしまったらしい。人形のように椅子に座ったまま身動きひとつせんそうだ」

「それじゃどうなるの」巳影が母の陰から尋ねた。

「このまま状態が回復しなければ療養所《サナトリウム》に送られる」

「療養所」

耳鳴りがした。巳影は周囲の風景がゆっくりと捻《ねじ》れ動いていくような気がして椅子から落ちてしまった。

「よく生き残ってくれたな。ありがとう」

父は巳影を見つめ、そっと肩に手を置いた。

巳影は腰から下が切り落とされたような感触に飲み込まれ、そのまま気を失った。


深夜、ふと目を覚ますと巳影は父と母の間に寝かされていた。

窓の外には満月が皓々《こうこう》と浮かんでいた。

朝陽が昇るまで巳影は横になっていた。


翌早朝、後藤と巳影は海にいた。

ふたりの足下には驚くほど緻密《ちみつ》な祭りの砂絵があった。

巳影は後藤が来ると確信していた。

「除隊だ。今日出る。なんとか名誉除隊にしてもらった。狂人とはいえ内務大臣の倅《せがれ》を撃ったんだ、有り難い処置だよ。巳影、昨日はどうだった。ご両親はさぞ心配していただろう。あの女の子はどうした」

「記憶が戻らないんです……。どこへ行くんですか」

「町へ戻る。けばけばしく騒がしいだけの屍《しかばね》の町だ。ずっとここに居たいが許可なく滞在できんからな」

「リュミエールの町ですか。後藤さんと同じ」

「ここの大人は軍人も含め全員がリュミエールだ」

鷗が海面に向かって垂直落下すると再び、飛び上がった。嘴《くちばし》に魚をくわえていた。

「巳影、俺はここを離れてもおまえのことを見守っている。大きくなれよ」

ふたりは並んで水平線を見つめていた。

「僕も連れていってくれませんか」

「やめておけ、ここよりほかに良い場所などないぞ。おまえは知らんだけだ」後藤は巳影の肩を軽く叩いた。「それよりも、これを貰ってくれ」

後藤は筒になった画用紙を突き出した。

手に取った巳影が開くとなかには砂絵に描かれたのと同じ、祭りで賑わう町の様子が鉛筆を使って見事に活写されていた。

「どうしても駄目ですか？」

「くどいぞ。じゃあな」

後藤は彼を無言で見つめる巳影を残し、来た道を戻り始めた。

突然、紙を引き裂く音がした。

振り返ると巳影が泣きじゃくりながら貰ったばかりの絵を細かく千切り、それを波間に打ち捨て、木切れを拾いあげ砂絵を滅茶苦茶に殴り始めた。巳影は子供とは思えないような唸《うな》りをあげながら殴りつけ、突き刺した。

「どうした！　よせ。やめろ」

後藤は巳影の躰を押さえ付けようとした。

ランニング姿の細い背が釣り上げられたばかりの魚のように後藤の腕《かいな》のなかで跳ね回った。

巳影は声を上げて泣いた。

「どうしたんだ。言ってみろ」

「町へ行きたいんだ」

「行ってどうする」

「美千流のリュミエールに逢いたいんだ」

「美千流の？」

「お医者は、もしかするとあのままずっと記憶が戻らないって言ってるんだ。学校のことも、みんなのことも、僕のことも思い出せないっていうんだ。療養所《サナトリウム》に行ってしまうんだ」

「療養所……しかし、逢ってどうする？　おまえの知っている彼女とは違うんだ」

「良いんだ……それでも良いんだ。僕はこの目で見たいんだ」

数分後、ふたりは木陰に座っていた。陽は既に上がりきっていた。

後藤は頭を抱えたまま動かなかった。

巳影は手の甲に載せた蟹《かに》の子供を何度も手から手へと走らせていた。

「判った、連れて行ってやる。規律違反だが町の人には随分、親切にして貰った。但《ただ》し、誰にも気づかれてはならんぞ」

「本当ですか」

後藤は立ちあがるとカーキ色のズボンから砂を落とした。

「出発は三時だ。それまでにその林の陰に樽《たる》を置いておく。そのなかに入って待っていろ」

後藤は引き締まった顔で水平線を見つめた。「但し、俺は艇《ポッド》で出る。野宿しなければならんぞ」

「大丈夫です」

「下手をすれば帰っては来られん」

「はい」

「遅れるなよ」

父は海から戻った巳影に何も言わなかった。ただ二度ぎゅっと抱きしめると、巳影の顔を見つめ、坊主頭を撫でた後、いつものように地下の作業場に戻っていった。父は小さな昔ながらの煉瓦《れんが》作りの竈《かまど》で日がな一日麵麭を造っていた。冬場でもランニング姿でなければいられないそこは灼熱《しゃくねつ》地獄になるはずだが父は不平を言ったり、さぼったりしたことは一度もなかった。

「食べられる？」

母が玉蜀黍《コーン》スープを平皿に注いでテーブルに載せた。

巳影は頷くとスプーンを取った。

「海に行ってたのね」

巳影は頷いた。

「あの兵隊さんは？」

「今日、町に帰る。兵隊は辞めさせられたんだって」

「あなたも行くの？」

巳影は一瞬、遅れて頭《かぶり》を振った。皿から顔を上げることが出来なかった。

「……そう」

母は立ちあがると流し台に向かい洗い物を始めた。

「ごちそうさま」巳影は部屋に向かった。

母は無言だった。

巳影は昼過ぎまで部屋で過ごし、昼食後、「遊んでくる」と言い残して家を出た。

「おい、これをもって行け」

玄関でズックの踵《かかと》を直していると父が紙袋を渡した。

中には大きな食麵麹が一斤《いっきん》入っていた。

「どうして？」

父は巳影をもう一度、強く抱きしめた。

「いいから持って行け。友達にも喰わせてやれ」

通りから振り返ると窓辺に並んだ父と母が歩いていく巳影をいつまでも見つめていた。


樽には酒の臭いが充満していた。

「息は口でしろ。酔うぞ」後藤は樽の蓋を開けながら笑った。

「うえっ」巳影は顔を近づけると悲鳴を上げた。

「大人になれば良い匂いに変わる。我慢しろ」

樽のなかには布団が敷き詰めてあった。

「俺が合図するまで決して声を出すなよ」

「うん」巳影は頷くと後藤の助けを借りて中に入った。

蓋が閉じられると臭いは一層強くなった。光は一筋も入ってこなかった。

「吐きたくなったら、その辺に吐いてしまえ」後藤の声が響き、釘が打たれ始めた。

金槌《かなづち》の音が終わると樽は、倒され転がり始めた。巳影は手足を突っ張ったが、いやというほど躰を木枠に打ち付けた。

移動が終わると今度は何かに積み込まれる気配がした。

暫くすると波の音がし、低い振動とゆったりとした揺れから自分が船にいると判った。

巳影は徐々に時間の経過がはっきりしなくなっていくのに気づいた。

「巳影……聞こえるか」

ふと気がつくと自分はぼんやりしていた。後藤の押し殺した声が聞こえた。

「聞こえたら返事をするんだ」

「……聞こえます」

「布団の下に木切れが挟んであるはずだ。探せ」

後藤の声に手探りすると掌《てのひら》にすっぽり収まる程度の小さな硬い物が触れた。

「ありました」

「それを口に入れて奥歯でしっかり噛みしめろ」

その時、樽が大きく揺れた。何か全体がエレベーターに載って下がるような感じだった。

「しっかり噛んでおけ、絶対に離すなよ。舌を噛み切ってしまうからな」

その途端、機械の声でカウントダウンが始まった。

ふぁいぶ……ふぉ……すりぃ……とぅ……わん……。

爆音とともに巳影は全身の血が沸騰するような力を感じ、樽の底に押しつけられた。

脳が透明の枕に押しつけられ、肺から空気が抜け出てしまった。知らずに悲鳴に似た声が漏れていた。関節という関節が見えない力で押しつけられビクともしなかった。

後藤のくぐもった呻《うめ》き声が聞こえた。

力は決して緩《ゆる》まることなく、長く……果てしなく長く続き、巳影は意識を失った。


目覚めると真っ正面に満月があった。

樹影がそれをさらさらと風に揺れては撫でていた。雲はなかった。

パチパチと木のはぜる音に気づき、躰を起こすと巳影は自分が寝袋《シュラフ》に寝かされているのに気づいた。

テンガロンハットにベスト、革ズボンというカウボーイ姿の後藤が焚《た》き火《び》の前にいた。

「躰は壊れてないか？　立ち上がって少し動いてみせろ」

巳影は立ち上がろうとしたが全身が引きつれたようで膝と腕がうまく動かせず、呻いた。

「無理するな、体重の八から十倍の重さがかかったんだ。酷い筋肉痛になっているようなものだ。無理をすると腱《けん》を痛める」

巳影は焚き火の前に座ると自分が寝ていた場所を振り返った。それは蓮《はす》の花のようでもあり、綺麗に剝かれた蜜柑《みかん》の皮のような形をした金属の椀だった。その中央の三畳ほどの空間に寝袋はあった。周囲は深い森でふたりがいる場所だけが、ぽっかりと広場になっていた。

「ここは……」

「五巡街《フィフス・アヴェニュー》だ。まともな人間は少ないな……」

「かなり遠くまで来たんですね」

後藤は小型の双眼鏡を取り出した。

「それを覗いて音がしなくなる場所にレンズを合わせてみろ」

なかを覗くとレンズにカメラのような照準を合わせるグリッドがついていて、動かす度に下部のインジケーターの数値とピッチ音が響いた。レンズのなかの後藤が空を指さした。

双眼鏡を空に向けると月の明るさに霞《かす》んだ星が映っていた。少し眺めているとある地点でピッチ音が消えることに気づいた。月からかなり離れた場所にある今にも消えてしまいそうな小さな星だった。

「消えました」

「それがおまえのいた三巡街《サード・アヴェニュー》だ」

呆気《あっけ》にとられた巳影は双眼鏡を外した。

「口が開いてるぞ。まあ、いっぺんに話しても混乱するだろうから、かいつまんで説明してやる。おまえが今まで信じていた歴史、文化、常識というものは正確なものではないんだ」

後藤は木の枝に腸詰《ソーセージ》を刺したものを巳影に渡した。「そんな顔してないで、これを焼きながら聞け」

巳影は焚き火の先端にそれを近づけた。

「おまえの街は１９６０年から'70年頃の昭和の時代設定になっている。ほんとの西暦は２２７９年だ。あれが証拠だ」後藤は鉄の椀を指さした。「艇《ポッド》。かつては救命艇に使用されていた宇宙船だ。充分使用に耐えるが窮屈だし、今あれを使うのは兵役訓練生か懐古《レトロ》趣味の変人だけだ。基地からの飛行は街の死角から砲弾のように射出されることで軌道上に到達する。噴射では明かりを目撃される危険があるからな」

焚き火が鳴った。黒い破片に文字があり、それで燃やされているのが樽だとわかった。

「後藤さん」

「なんだ」

「後藤さんは何故、辞めさせられたんですか？　あの男のお父さんが偉かったからですか？」

その質問に後藤は俯いた。

長い沈黙が訪れ、その間に何度も焚き火が音をたてた。

「法的には影《オンブル》の生存権は光《リュミエール》と同じではないんだ。奴が犯したのは器物損壊に毛が生えたようなものだと解釈される。つまり、人の飼い犬を車で故意にはねたものと同義なんだ。以前にはもっと酷い時代があった。故《ゆえ》に治安を維持するために我々のようなものが各街区へと派遣されているのだ」

「犬と同じ……。ひどいな……」

「全ては悪い冗談から始まった。かつてドイツにヒトラー率いる第三帝国があったのは知っているだろう。あそこに【生命の泉《レーベンス・ボルン》】という実験施設があった。彼らが理想とするゲルマン民族の子孫を純粋培養するのが目的の人間牧場だった。君らへの一連の構想はあれにヒントを得たものだ。一部の有資格者層の種の保存と地位確保が至上命題だ。君らの躰は生まれる以前から予約《リザーブ》されている。その細胞組織は必要とされれば直ちに使用される」

焦《こ》げた腸詰が草の上に落ちた。

「オンブルの養育者は全て本星《ガイア》ならびに各植民地星の囚人のなかから厳選される。彼らの多くは政治犯だ。ペアを組んだ彼らは一般市民として一巡街《ファースト・アヴェニュー》からスタートするんだ」

「僕は三巡街《サード・アヴェニュー》だ」

「君のご両親は既に二度、オンブルを育て、取り上げられているのだ。君が彼らの三人目の子供だ。彼らは【引っ越し】や【療養】と称して子供を提出した後、次の街へ移る」

巳影は暗い森を見つめた。何か動いたのを見つけて腰を浮かせかけた。白い布をまとった人間の姿がちらほらと見えた。彼らはじっとこちらを窺《うかが》っているようだった。

「心配するな。癈疾者だ。何もせん。かつては君のご両親同様に養育を手がけていたが、度重なる生き別れに精神に異常をきたしてしまったのだろう。子供を見ると思い出すのだ。彼らは何も悪いことはしない。ただ懐かしんでいるだけだ」

「美千流も療養所に行くんだ。殺されるのかな」

「判らん。ただ選出されるのは健康なオンブルに限るのが原則だ。心理状態《メンタル・コンディション》は最重要視されるはずだ」

後藤は長方形の固まりを取り出した。「オヤジさんの麵麭は絶品だな」彼は手で一部を千切ると口に入れ、真ん中で麵麭を割《さ》いた。なかから一枚のカードとメダルが落下した。

「身分証明付きクレジットカード……よくこいつを手に入れたもんだ。おまえのオヤジさんは大した闘士だよ」後藤はカードの裏の透明なフィルムを剝がすと巳影に渡した。「その黒い部分に目を当てろ。音がするまで動くなよ」

巳影はカードを目に当てた。黒い中に赤い点が明滅し、ピッという音がすると消えた。

「そのままその黒い部分に右手の親指を一度だけ押し当てろ」

巳影は言われる通りにして指を離すと黒い部分が一瞬のうちに変色し、カードのほかの部分と見分けが付かなくなった。

「オヤジさんは立派だ。俺も少々、連邦《くに》にはうんざりしていてな。今回の事はちょっとした意趣返しの意味もある」後藤は黙っている巳影を見つめた。「明日は早い、もう寝ておけ」

後藤はテンガロンハットを顔にずらすとそのまま横になった。

翌朝、日の出とともに後藤は出立《しゅったつ》の用意を整え始めた。

「これを着ろ」

後藤は毛の生えたぬいぐるみを放り投げた。

「これなんです？」

「小熊の剝製《はくせい》の皮だ。おまえは嫌気性《けんきせい》、嫌光性《けんこうせい》の動物として入星する」後藤は動物の画の描いてあるプラスチック様の移動箱《キャリー・ボックス》を指さし、青いカプセルを取り出した。「これを飲んでもらう。帰還兵には儀礼的な簡易検疫で済むはずだが下手な失敗はしたくない。次に目が覚めるのは美千流のリュミエールに逢う時になるだろう」

巳影は皮に塗られた防腐剤にむせながら着込むと薬を受け取り水筒の水で飲み下した。

後藤が手にしたリモコンを向けると蓮の花のように開いていた艇《ポッド》の側壁が同時に立ち上がり、鋼鉄の桃のような形に合わさった。

後藤は数字が並んだ紙片を手にしていた。「これが美千流のリュミエールの住所《アドレス》だ」

巳影の意識はそこで途切れた。


暗闇。持ち上げられる感触。ジッパーの音。眩《まばゆ》い明かり。新鮮な空気。風に乾いていく汗。覚醒する途中で巳影はそれらを無意識に感じていた。

「躰をほぐせ」

後藤は巳影をぬいぐるみから引きずり出した。

そこはテレビでよく見る名画や彫刻がズラリと並べられた広間だった。

「……美術館」

「美千流のリュミエールの別荘だ。彼女は暫く前から療養中でここに滞在している」

部屋の隅で黒いものが動いた。カーテンの裏に靴を履いた人間の足が倒れていた。

「気にせず進め」巳影の視線に気づいた後藤が囁《ささや》いた。「彼女は隣の部屋にいる。俺はここで待機している」

巳影はポケットにしまってきたものを確認すると頷いた。

「言い忘れたが……現段階で、そのリュミエールのオンブルは美千流だけだ」

巳影は振り返った。

「今、リュミエールが死ねば、DNA《ジーン》の完全な後継者は全宇宙で美千流だけとなる。影は光へと逆転するんだ。わかるな」

巳影は後藤の目を見て頷いた。

赤いベールの向こうに凝った飾りのついた扉があった。

巳影はそれを開けた。窓からの外光だけが暗い空間《ホール》を照らしていた。窓辺の一角にカーテンで仕切られた空間があり、テーブルとティーポットが見えた。白い手がカーテンの陰から伸びてカップを静かに置くのが見えた。

巳影は早足で進んだ。

足音が響くと相手が何かを呟いた。

カーテンが捲《まく》られると相手が立ちあがり姿を見せた。

白髪の老婆がいた。

高価な青いガウンを着た血の気の失せた老婆が訝《いぶか》しげな目を向けていた。

「おまえは？」

巳影は無言のままポケットから一枚の写真を取り出した。

小柄な老婆はそれを受け取るとテーブルの上の眼鏡を取り、まじまじと見つめた。老婆の視線が彷徨い、やがて口から感嘆の呻きが漏れた。

それは巳影と美千流の学芸会の練習風景を撮ったものだった。

「これは……わたし」

老婆の震える指が美千流の顔の輪郭を辿《たど》った。

その時、陽光が煌《きら》めきトーストと一緒にテーブルの上にある鋭利なバターナイフが光るのを巳影は見つけた。

老婆は椅子に腰掛けると写真をテーブルの上に置き、自分の手と写真の美千流を何度も交互に眺めた。「肺、小腸、膵臓《すいぞう》、肝臓、骨髄液、私の中にはたくさんの影が生きています。今は心臓が必要だそうです。でも、もう疲れました。本当に疲れた……」

老婆は巳影を見つめた。

「これは何のお芝居なの」

「ピノキオ」

「皮肉な演目だわ」

「彼女を人の子にしてあげてください」巳影は呟いた。

短い悲鳴を聞きつけ後藤がなかに入ると巳影は直立したまま老婆を見下ろしていた。口を半ば開けたまま老婆は目を見開いていた。外傷は見あたらなかった。後藤は頸動脈《けいどうみゃく》に指を当て、続いて瞳孔《どうこう》反射の無いことを確認した。

「殺したのか？」

「いえ。……先に逝《い》ってしまわれました」

「いくぞ」

後藤が手を引いた。

艇《ポッド》は屋上にあった。

ふたりが乗り込むと同時に激しい非常ベルが邸内に響きわたった。

「三巡街《ま ち》に戻るか？　今なら引き返せる」後藤が操縦桿《そうじゅうかん》を握ると機体はアッという間に上昇した。「このままでは俺は死刑、おまえは解体される」

「後藤さん、僕のリュミエールの名は何と言うんです」

「本名は知らんが渾名《あだな》は有名だ。ヴァルト・カイザー。皇帝……森の皇帝と畏《おそ》れられている。凄《すさ》まじい戦略家だ。自らの先鋭部隊だけでふたつの惑星を壊滅させた」

「森はどっちです」

「北だ。人跡未踏《じんせきみとう》の地。ろくでなしの犯罪者と、無法地帯だけの残酷な土地」

「行きましょう……森へ」

「ふふ……。それも面白い」

艇《ポッド》は青いプラズマ・ジェットを噴出すると弾丸のように地平の彼方《かなた》へと飛び去った。

Necksucker《ネックサッカー》 Blues《ブルース》

1

食用植物油脂、いわゆる家庭用サラダ油《ゆ》——俺の顔の半分はこいつが作った。

おふくろが昼寝している俺の顔に浴びせたのだ。

あの日のことは今でも憶えている。

小三の夏休み。

俺は友だちと午前中ずっと市営プールで遊んでいてくたくただった。

帰宅しておふくろが用意してくれていた西瓜《すいか》を三切れほど食べた俺は縁側でマンガを読んでいるうちに眠ってしまった。

熱いと感じたのは後でやってきたことで、初めは針か何かで顔を滅多刺しにされていると思った。おふくろは一気に浴びせるのではなく、とろとろと流し込むようにかけていた。

焼け爛《ただ》れ、自分の皮があげる煙で咽《む》せている俺を見たおふくろの顔は忘れない。

笑顔だった。

まさか油をかけているのが実の母親だと思いもよらぬ俺はおふくろを求め、すがった。この恐怖と激痛を終わらせて貰おうとしたのだ。

泣き喚《わめ》き転げ回る俺におふくろは、

「あら、あなた素敵じゃない！」

と、スリッパを履いた足を持ち上げ、思い切り顔を踏みつけた。

ある意味、それは俺の願い通り。

俺は気絶し、恐怖と激痛は取り敢えず退場した。

気が付くと俺は全身を包帯で包まれ〈筍《たけのこ》人間〉にされていた。

警察に理由を問われるとおふくろは、

「あの子のなかの蜥蜴《とかげ》を出すため」

と、答え、そのまま病院に連れて行かれた。

下半身と手足はどうにかなったが、最初に煮えたぎった油の洗礼を受けた顔の右半分は手のつけようがなかった。何度も壊死《えし》した肌が金ブラシで削り取られ、清潔な部位が出ると太股の裏の皮膚が貼り付けられた。

移植手術は七回に及び、最後の手術は成人する五ヶ月前に行われた。

唇の半分が溶けてしまい再建したのだが充分な弾力を取り戻すほどにはならず、引き攣《つ》れてしまっていた。

故に俺はいつも笑っているような顔になった。

今の職場で〈スマイリー〉と呼ばれるわけがそれだ。

俺は各保健所や病院から裏で買い取った個人情報を元に不動産の販売をする会社に勤めていた。相手にするのは気狂い。それも表面は自立独居していながら中身は河原の公衆便所並みに混沌《カオス》のジュースで溢れかえっているような奴。それが俺の狙う客だ。

俺はありもしない土地や有史以来一度も人の住んだことのない様な原野や噴火口の近くをそいつらに売る。契約書にサインをさせる。それで家屋敷を取ることはできないが、系列の街金にローンを組ませれば、後は奴らが何とかする。

俺は相手に取り入って、相手の情報を摑み、カモれると判断すれば街金の書類にサインをさせるまで案内する。それで手取りが入ることになっていた。


俺がその店に入ったのはネモトという客の紹介だった。ネモトは家の内外をゴミの集積場に変えていて近隣とのトラブルも絶えなかったが、俺の火傷面《やけどづら》をいたく気に入り、うまく契約が取れたのだった。

「あんたみたいに醜い男を好きな美人がいる」

ネモトは俺にそう囁いた。

俺にとってはそれだけで充分。大抵はとうの立った風俗女が客寄せの為にそんなことを吹聴《ふいちょう》するのだが、わかっていても俺は駄目もとで行くことにしている。

俺は自分を怖がらない人に逢いたいのだ。

ブルーは全くその通りの女だった。

彼女の店は繁華街の外れにぽつりとあった。

目立つ看板もなく、小さなカウンターだけのスナック。

俺がノックもせずドアを開けた時、店にはブルーしかいなかった。

透き通るような肌、腰まで届く黒い髪、大きく胸元のあいたドレスからは窮屈そうな柔肉が覗いていた。

「ここまでオッパイの悲鳴が聞こえるよ」

ブルーはいきなり登場した俺に毛筋ほどの動揺も見せなかった。薄暗い照明、女ひとり、怪物のような男、悲鳴を上げるには充分な条件だし、こんな場合、初対面の女は大抵、息を飲み、居心地悪そうに俺の顔のどこを見れば良いのか〈自分の視線の安全地帯〉を探すか、さもなくば単にわざとらしく目を逸《そ》らし続けるのが普通なのだがブルーは前衛絵画でも鑑賞するかのように大きな瞳で俺を眺め回した。

「ひどく醜いわ。ジャコメッティの下手なパロディね」

「醜い男が好きだと聞いたんだ。最近、そういう女はベンガル虎なみに稀少なんでね」

「捕獲にきたの？」

「いや。喰い殺されに……」

するとブルーはその答えがいたく気に入ったようで一気に打ち解けてきた。

「醜い男は好きよ。味が良いもの」

この台詞はその時のものだっけ？

とにかく俺はすぐブルーが欲しくなった。ブルーもその気なのがわかった。

「ドアに鍵をかけろよ。やろうぜ」

「ただは厭なの」

「わかった。いくらだ」

俺はヴェルサーチの財布から二十万ほど引き抜いた。これで今月はおけらだ。

「ふふ。そんなもの貰ってもやらせないわよ」

俺の手が止まった。そのままカウンターに置くべきか、財布にしまうべきか迷っていた。

するとブルーは冷凍庫の中から金属のトレイを取りだした。そこにはポンプのない注射器が並んでいた。

「これで貰うわ」

ブルーは注射器を手にした。

「血が欲しいの」

「なんだか落ち着かないな、妙な気分だ」

「やめる？」

「いや。やる」

「なら、シャツをまくって腕を出して」

ブルーはドアに鍵を掛け、戻ってくるとゴムのチューブで俺の右上腕を縛った。

「病院で言われるでしょ。親指をなかにして握り込んで」

彼女は注射器の筒の中にゴムの管《くだ》を装着し、肘の内側の血管が膨らんでくるとそれを黒いマニキュアの爪でぷにゅぷにゅ押した。

竹槍に似た針の先が肌に食い込み、やがて皮膚の表面張力が限界を越えるとぶつりっと針が血管内に沈んだ。ブルーは取り付けた管の端をくわえていた。

俺が訝《いぶか》しそうにするとにっこりと微笑んだ。あの時のおふくろの顔を思い出した。

すぐに黒い液が注射器から管を伝わるのが見えた。

ブルーは初めは照れ臭そうに俺を見ていたが、乳を吸う赤ん坊のように二度三度、頬を凹ませ、口の中に血を溜めると一気に飲み込んだ。

ごくりと呻くような音がして、ブルーの細い喉が上下した。

忽《たちま》ちのうちにブルーの頬に赤味が差し、一瞬、若返ったようにも見えた。彼女はそれからは夢中で飲み続けた。喉が何度も目の前で上下した。血を飲み続けるブルーは寒気がするほど美しかった。周囲の空気すら透明度を増していくかのようだった。

突然、耳鳴りが始まると胃が暴れた。アッと思う間もなく俺はカウンターに吐いていた。

「大丈夫?」ブルーがカウンター越しに俺を支えた。「ごめんなさい。飲み過ぎちゃった。あなた、美味しすぎるわ。鳥肌が立つほどよ」

ブルーの息が俺にかかった。鉄錆《てつさび》を思わす血の臭いがした。彼女の唇の端から血がひと筋、顎へと延びていた。

「大丈夫だ。それより汚しちまった」

「平気よ。すぐに片づけるわ」

ブルーは注射器を抜くとガーゼで部位を圧迫するよう告げた。

カウンターを拭き浄め、金属のトレイを冷凍庫に戻すとブルーは俺の隣に座った。

「舐めてあげる」

彼女は俺の足下に跪《ひざまず》くと腕のガーゼを外し、傷口へ舌を当てた。舌の熱さが柔らかい皮膚を通じ、背筋に駆け上がった。

「わたしの唾は血がよく止まるのよ」

ブルーは舌で俺の肌を磨き上げるように何度も舐め上げ、やがて顔を上げた。

「あなた最高よ。いつまでもいてね。……愛してるわ」

言われなくてもわかっていた、俺を見つめるブルーの瞳はスクリーンやテレビで見る恋する女のものだった。

但し、それが俺に向けられたのは生まれて初めての経験だった。

2

当然俺はそれからブルーの店に入り浸《びた》った。

ブルーは俺の血を求め、俺はブルー自身を求めた。その意味で俺たちはうまくやっていたし、フィフティフィフティだった。その頃になると俺はブルーに注射器ではなく頸動脈から直接、口で飲ませるようになっていた。チューブだとどうしても味が落ちると彼女が言うのだ。

初回、俺がためらった風を見せるとブルーは、

「わたしの唾の威力を知ってるでしょう」と俺の耳朶《じだ》を咬んだ。

俺は「かまわん」と頷き、ブルーは短く「ヒャッホゥ」と叫び、おもむろに噛みついてきたのだった。

痛みは感じなかった。それよりも俺は血を吸われている間、得も言われぬ快感に細胞のひとつひとつを洗われていた。それは初め何の前触れもなく突然にやってきた。俺はブルーが息も荒く、頸《くび》に齧《かじ》り付いている間、手持ち無沙汰の手を彼女の尻に回し、その逆ハート形の丸みと窪みに指を這わせていた。

いきなりドンッと毛穴がドン開きになった。

誰かが悲鳴を上げていた。

俺の声だった。

座っている椅子の感覚が消え、俺は音速で墜落していた。しかも重力のひと筋ひと筋が俺の肉と皮と神経の間をすっすっと掠《かす》めていく、その度に脊髄もブギを踊る絶頂感が爪先から頭のてっぺんまで駆け巡る。俺は快楽が駆け巡るサーキット場のようになっていた。

目を開けるとブルーが上半身裸で俺を見下ろしていた。

「もうできないぜ……」

俺は全身が甘ったるく、微弱電流が走っているかのように皮膚が敏感になっていた。

それ以来、チューブは不要になった。

掛け値なしに俺たちはうまくいっていた。

神に誓って、それは言える。

あのデブが来るまでは……。

3

デブは通りを南からやって来た。

あの日、久しぶりに夕方から雨が降っていた。

店に向かって歩いていた俺はその目と鼻の先で反対側からきたデブと肩がぶつかったのだ。

「あっあっ、すみません」

二十代後半だろうか、オドオドしたそのデブは俺の顔からハッと目を逸らし足早に去っていった。

俺はその時、奴の首に絆創膏《ばんそうこう》が貼られているのを見逃さなかった。耳朶の下。頸動脈が走る部分にそれは貼ってあったのだ。

俺の腑《はらわた》で毒蛇がずるりと蜷局《とぐろ》を解いた。

以前、俺は女の髪を手でほぼ丸ごと引き抜いたことがある。

愛されていたわけでもない、その夢見る少女のようにメロウな女は、半ば義務と人類愛のために俺と付き合いだし、よせば良いのに同棲した。が、体内から無意識に湧き上がる生理的嫌悪感には抗しがたく、彼女の自我は建前と本音のふたつに押し潰されそうになっていた。

女は大学時代の同窓生に相談を持ちかけ、その男が俺の元へと穏便に別れてくれるよう相談をしに来たのだった。

俺は奴の前では物わかりの良い振りをし、帰宅してきた女にも別れる算段で応対し、深夜、寝入ったところで髪の毛を毟《むし》り取ってやったのだ。俺は抜いた髪を悲鳴をあげ続ける女の丸く開いた口のなかへ突っ込み、指に残ったものは自分が飲み込んだ。小一時間ほどで女の頭は荒れ野の枯れすすきのようになり、髪で胃もたれした俺は啜り泣く彼女の頭上へ反吐《へど》をぶち撒け、蹴倒すと部屋を後にした。

あの時の厭な味がまた口のなかに甦ってきた。

嗚乎《ああ》……結局、俺は捨てられるのだ——畜生。

店ではブルーが棚のボトルを並べ替えているところだった。

「……デブが出て行ったな」

俺が見、ブルーが見返し、それで全てが済んだ。互いに三文芝居は無用だった。

「あの子、おいしいのよ」

ブルーの目が猫のように細くなり、横顔に嘲笑《ちょうしょう》にも似た冷ややかなものが生まれた。

「あんたは俺のが最高だと言ったはずだぜ」

ブルーは、くすりと嗤《わら》った。

「最高よ。嘘じゃないわ……でも、飽きるのよ」

「なんだと」

「毎回毎回、同じ味だもの。たまには違うものも飲みたくなるわ。それにあなたは根本的な勘違いをしている」

「どういうことだ」

「あの子が先。あなたは後なの」

その言葉に俺は固まった。

「確かにあの子は以前は単純な味しかしない三流品だったわ。でも一昨日、再会した時には私、失神するのじゃないかと思った。最高級品。いや、ただの最高級品ならあなたね。彼はビンテージそのものに味が変わっていたのよ。何をしたのか知らないけれど単なる熟成を超えた、神の……いえ、悪魔の領域に彼は己の血を踏み込ませたのよ」

ブルーの語尾が震えたのは明らかにデブの味を思い出しているからだとわかった。

俺の噛み締めた奥歯がぎしりと鳴った。

「彼は言ったわ。あれから私に飲まれることだけを考えて生きてきたと……。結局、私たちの絆はそこに尽きるのよ。相手が誰であれ、私は最高の味を追求したいの。凡庸な最高級品なら最低なビンテージのほうが攻撃的だし、挑戦のし甲斐があるわ……」

「どうしろというんだ。俺はあんな奴の血をあんたに飲んで欲しくない。それに……」

「見返りでしょう？　知りたいのは……。ふふ、あなたと同じよ」

ブルーは眉根ひと筋動かさずのうのうと言ってのけた。

「血は吸収するもののひとつで味覚に変化を起こすわ。カレーを食べればカレーの影響を、砂糖を摂れば砂糖の影響を。またホルモンのバランス、気分による影響も大きいわ。とにかく負けちゃ駄目よ。素質はあなたのほうが彼より千倍もあるんだから私をノックアウトして……。あなた以外の血はいらないと断言できるようにして。お願いよ。いくら飲んでも飽きたらぬ神酒《ソーマ》になって」

カウンターから出たブルーは身を押し付けてきた。乳房の重みが俺の腕に感じられた。思わず摑もうと手を伸ばしたところ身を躱《かわ》された。

「わかった……。但し条件がある」俺は呻くように呟いた。

「なあに」

「俺に納得したら日本を出ろ。俺とふたりで外国に行くんだ」

ブルーは俺の顔を暫《しばら》く見つめ、「ええ、いいわ」と微笑んだ。「そんな簡単なことなら」

嚙み締めた紅い唇がキュッと音をたてたように感じた。

4

それから俺はヨガの本を買い、身体浄化について調べ、実践してみることにした。酒も煙草も止め、断食し、体の毒素を排出することに努めた。空腹に身の焦げるような思いもした。体が震え、立ち上がることも困難になった。夜はいつまでも寝られず、そんな時に限って俺の気持ちはデブのぬくぬくとした首筋に歯を立てるブルーの姿を思い浮かべさせ気が狂いそうになった。俺は腹が減ると洗った石を飴の代わりにして舐め、飢えを凌《しの》いだ。

二週間後、復食してからは肉類を一切やめ、穀物と野菜中心に変えた。充実感は全くなかった。ただデブへの恨みにも似た復讐心だけが俺を突き動かしていた。

既に生活は常人のものとはかけ離れていた。仕事も馘首《クビ》になっていた。


ひと月後、俺は店の前に立った。

ドアを開けるとカウンターにデブが座っていた。

奴は俺を見ると怯えたような顔になり、俯いてしまった。

ブルーはカウンターに肘を突き、俺たちの様子を興味深げに眺めていた。

「痩せたわね。何かしてきたの？　楽しみ」

「お邪魔のようだな」

「そうとも言えるし、そうとも言えないわ」

ブルーはデブを見た。

デブは俺とは視線を合わせないように俯き、何度も舌で唇を舐めていた。

首の絆創膏が忌々《いまいま》しい。俺はそれを引き剝がして並んだ穴に指を突っこんで血管を引きちぎってやりたい衝動に駆られた。ブルーの前でデブの血を全て床にぶちまけ小便をかけてやりたかった。想像しただけで俺は硬くなっていた。

「ぼ、ぼく、帰ります」デブが立ち上がった。

するとブルーがカウンター越しに腕を掴んだ。

「まだよ。用は済んでないわ」

「で、でも……」

デブの小さな目が落ちつきなく俺とブルーの間を行き来した。

「彼なら平気よ……。卑怯な真似はしないわ」

ブルーの腕が蛇のように男の首に巻き付くとそのまま引き寄せた。

デブは引かれながら俺に泣き出しそうな顔をしてみせた。腹の肉がカウンターの上でたわんでいた。が、それもブルーの唇が絆創膏を咬み取って吐き捨て、穴に押し当てられるまでのことだった。デブは即座に白目を剝くと「あわわわ……」と呟いて体を震えさせ始めた。まるで巨大なマッシュポテトがサンバを踊らされているようだった。

男の顔の陰でブルーの表情は窺えないが、細い喉が何度も嚥下《えんか》する様は見て取れた。

ひとくち、ふたくち、みくち、よくち……。

飽きもせずブルーは吸いまくっている。

「ふざけやがって……」呆けたようにその光景を眺めていた俺は我に返ると握り締めた拳に爪が食い込み、皮が裂けているのに気づいた。

どれくらい時間が経っただろう。

ブルーがふらりと唇を離した。歯垢チェックした後のように口内は真っ赤になり、顎から喉にかけ血がいくつも糸を引いていた。

デブは白目のまま大きな音を立てカウンターに俯《うつぶ》せると動かなくなった。

ブルーは絶頂《オルガ》に達したような顔で棚に凭《もた》れていた。目は虚《うつ》ろで体が小刻みに震えている。

〈げぇぇ〉吐き戻すような音をさせブルーがゲップをした。

俺は我慢できなくなった。ブルーに近寄ると肩を揺さぶった。

その瞬間、空気の漏れるような音がし、見るとブルーのドレスの股間が激しくしぶき始めた。

彼女は失禁していた。

「おい！」俺は煮えたぎる怒りに任せ、ブルーの頬を打った。

「あぁ……。なに？」目が焦点を結んでいない。

「なにじゃない！　ふざけるな！」

俺は首の絆創膏を剝ぎ取るとブルーの前に突き出した。

「吸え！　今度は俺を飲め！」

ブルーは条件反射的に唇を当ててきた。まだ夢見心地の表情だった。

彼女が吸血を始めた途端、全身に電気が走った。俺は思わず呻き、ブルーの体を腕で抱き締めた。巨大な胸の下にあるくびれに手を回し、俺は自分を支えた。

素晴らしい快味が脊髄を稲妻のように駆け上がる。

ドンと激しく胸を突き飛ばされたのはその時だった。

俺は無理矢理、夢から蹴落とされたような気がし、目を見張った。

背後の棚に後退《あとじさ》ったブルーが睨んでいた。

俺はその瞳のなかにはっきりと憎しみを見た。

ブルーは何かを言いかけようとして、どぶりと吐いた。

暗いコンクリートの床に音をたてて吐き捨てられたのは俺の血だった。

ブルーは躰《からだ》を折り、二度、三度と身を搾《しぼ》るようにして吐き続けた。

デブは既に起きていて怯えた目で見つめていた。

「不愉快だわ。あんな臭い汁を……」ブルーはドレスの袖が汚れるのも構わず唇を横殴りに拭いた。「あんたのは血じゃない。臭いドブの水よ」彼女は口の中に溜まった唾を汚らわしそうに俺の顔へ吐きかけ、啞然としている俺を押しのけるとデブに襲いかかり、無理矢理、吸血を始めた。

俺はカウンターを回るとナイフを摑んだ。そして両手首と首に刃先を抉《えぐ》り込ませた。

「おい、飲めよ！　おい！　ちくしょう」

ブルーはデブから唇を離した。

俺は哀願するように血塗《ちまみ》れの両腕と首筋をブルーに向けた。

「ごめんなさい、もう飲めないわ。彼に比べればあなたは本当に酸っぱい膿《うみ》でしかないもの」

ブルーはそういうとまたデブの首に戻った。目が直後に裏返るのが見えた。

俺は店を飛び出すと近くのコインランドリーから着替えになるものを盗み、店のそばの暗がりに身を潜ませデブを待った。出血は止まっていた。

二時間ほどしてデブが出てきた。

俺は奴の後をつけた。デブは全く後ろに注意を払う素振りもなく、また吸血が過ぎたせいだろう、時折、夢遊病者のように足元が危なっかしくなった。俺はデブを殺すつもりだった。

そして三十分後、その通りになった。俺はデブのひとり暮らしの部屋の中央に立ち、胸にナイフを突き立てられ驚愕したまま転がっているデブを足で押入のなかに蹴りこんだ。ふと見ると机の上に革表紙のノートがあった。表に【人血加工記】とあった。俺はデブの胸を抉《えぐ》った時よりもどきどきした。ページを捲《めく》るとそれは正にデブが自分の血を極上に仕上げた記録であり、レシピ集だった。

俺はそれを抱え自室に戻った。


【加工記】は微に入り細を穿《うが》っており、デブが並々ならぬ決意で自分をモルモットにして人体実験を行っていたことを示していた。摂取材料の項目は主なものでも【スパイス】【昆虫】【野菜】【ハーブ】【酒】【食物】とあり、なかには【石】【樹】【泥】などの項目もある。

奴は思いついたものを片っ端から食し、医療機関に血の分析を依頼、その結果を独自に作り上げたコンピュータープログラムによって味覚情報へと変換できるようにしていた。

【……このように血の味を決定するのはヘモグロビンの質、リンパ液の濃度、血液のpHである。特にヘモグロビン中に存在する四個のメソ位のフェニル基に長錯の置換基をつけたピケットフェンスポルフィリンが最重要要素と考えられる。これが一般にヘモグロビンの鉄錯体となり血の酸味、甘みまでをも決定づける。また本鉄ポルフィリンであるヘムまたはヘマチンの含有量と肺呼吸による酸素結合の度合いが所謂《いわゆる》「とろみ」を確定する……】

最終ページにこうした研究成果の総まとめとも思える記述の他、【至宝の血を求めて】としてビンテージとなる方法が記してあった。

俺は釘づけになった。

5

ドアを開けて入ってきた俺にブルーは眉を顰《ひそ》めた。

「何の用？」

「顔色が悪いな。元気もなさそうだ」

「出て行って。あなたにはもう此処《ここ》へ来る資格はないのよ」

「あれからひと月経つ。互いに変化があったはずだ。いや、俺には確実にあった」

ブルーが妙な顔をした。

何か気に掛かったようだ。いいぞ……と俺は内心、手を叩いた。

「まずは断食から始める。一週間程度を水のみで過ごし、体内の毒素をことごとく排出するんだ。二番目に厳選したスパイスとハーブだけの食事に移る。汗までがぷんぷん匂うほど喰って喰って喰いまくり、これがその後の主食となる」

俺は【加工記】の最後にあるレシピの部分を口にし、カウンターに近づいた。

ブルーに先程までの虚勢は見られなかった。あるのは俺に対する興味……しかもそれは強迫的に膨張した【血】の枯渇を癒せるのかという切実な興味だった。

「次は少々、厄介だ。ヘモグロビンの蛋白質を脂肪や硫化水素がいたずらに増加しないように洗練させるには奇策がいる。大型の蜘蛛もしくは、たがめなどの水棲昆虫の摂取。しかし、これらを呆れるほど大量に摂《と》ることは難しい……本当に難しいんだ」

俺は引き攣れた唇が喜びで震えるのを抑えることができなかった。今やブルーはこんがりと焼き目の入ったローストチキンを目の前に置かれた狼と同じ顔つきになっていた。俺の一挙手一投足に敏感に反応し、全ての言葉、行動を見逃さないようにしている。

俺は奴の司令塔と化していた。もう彼女は俺なしではいられまい。

「ゴキブリだ。あの一見、腐った油の固まりのような奴らが代用できる」

その瞬間だけ俺は軽いむかつきを思い出した。あれは思い出しても最悪の経験だった。レシピになければ思いつきもしなかった【下衆《げす》な飯】だった。俺は捕獲し、繁殖させた広口瓶のなかを逃げまどう茶色の紙のような奴らを手摑みにし、生で口のなかに放り込むと嚙み砕き、咀嚼《そしやく》した。それがレシピであり、【加工記】のオーダーだったからだ。奴らの脚の毛が舌や口の粘膜を引っ搔き、歯で切り裂き、磨り潰すたびに生じる古い油と水虫の膿んだようなシロップを飲み下すのは本当に困難なことだった。

「そして最後の仕上げなんだよ。ここは決断の瞬間なんだ。それこそ命懸けの選択をしなければならない。なぜなら、ここでの選択で【血】の味が基本的に決定してしまうからだ。これは後戻りはできない。一度行えば血液の構造が劇的に変化する。それはある種、血の進化であり不可逆的な反応なんだ」

「なんてこと……。あなた、それはあの子のレシピじゃないの」

ブルーは震えながら俺に摑みかかった。頰は上気し、目は泣きやんだばかりのように潤んでいた。それらは全て身を切るような絶望の末に一旦は諦めたものが再び手に入るかもしれないという喜び、歓喜の絶頂を予感した生の女の反応だった。

ブルーは俺の引き攣れた頰、唇のそばを舐め上げた。舌が燃えるように熱かった。

「あれがまた手に入るのね……畜生。あんたが憎い。私の負けかも知れないわ」

「負け？　とんでもない。おまえは俺の僕《しもべ》になったんだよ。勝ち負けの話じゃない」

ブルーはその言葉にため息をついた。芳《かぐわ》しい香りが俺の鼻をつく。彼女は身を擦り寄せ、何度も痙攣した。肌が熱い。

「この究極の選択のうちデブは安易な選択をした。妥当な選択と言えなくもないが奴が採ったのはセカンドベスト。究極ではない」

「どういうこと」

「仕上げに必要なのはふたつ。デブはおまえの排泄物を喰っただろう」

ブルーはハッと俺を見上げ、体を引き離そうとした。俺はそれを許さなかった。

「レシピは吸血者の排泄物の摂取も求めていた。それにより自己が樽《たる》のように血を醸造させるんだ。まさにおまえの言っていたビンテージになるのさ。但し、二番目のな。究極ではない。究極の味は求めるものも究極なんだ。デブにその度胸はなかった」

「究極化には何が必要だというの」

俺はそこで一旦、沈黙した。

ブルーは歓喜と期待で涙を流していた。本人も気づいていないようだが美しい頬が濡れていた。彼女は俺の答えが待ちきれないというように何度も俺の掌に接吻をくり返した。

「教えて……お願い。御主人様」

「子供を吸うのだ。しかもまだ生後千日に満たない童の血を体内に吸収し、自らの血と霊的交合をさせるんだよ……俺はした……そちらを選んだ……故に究極となったのだ」

俺はカウンターに広げられた新聞のトップページに躍っている見出しに目をやった。

連続幼児誘拐事件についてそれは報じていた。

「素晴らしい……。あなたは美しいわ」

「礼なら俺の努力とデブの探求心へ。それぐらいはしてやっても良いだろう。全ては彼の偏執的レシピに準じたまでだ」

「頂戴」

ブルーが俺の手を自ら股間に引き寄せ、なかの熱い泉に差し入れさせ、と同時に俺の首筋に吸い付いた。

最初のひと噛みで俺たちは絶頂に達し、それからは飽くなき快感の波状攻撃に身悶え、発狂するほど歓喜に震えた。

ブルーは全身を波打たせながら俺を飲んだ。全身が快感で溶けてしまうようだった。信じられないほど巨大な絶頂が連続的に爆発し、俺は床に倒れ込んだ。目の前が暗くなり、また明るくなった。俺は血と共に魂の実在までがブルーの口のなかに飲み込まれていくのを感じ、そこで初めて怖ろしくなった。

明らかに彼女の吸い方は長く、尋常ではなかった。

「よせ……」

俺は彼女を引き離そうとしたが、既に両腕の力は失われていた。

持ち上げた手は皺だらけで老人のように見えた。

「おい……やめろ」

ばりりと脳内で音がすると快楽は吹き飛んだ。代わりに底なしの冷気と闇が俺を飲み込もうとしていた。耳元でなけなしの液体を寄せ集めてでも啜り上げようという「ずっずっ」という音が続いた。

ブルーは俺を一滴残らず飲み干すつもりだった。

どれぐらい長い時間が経ったろう。ブルーは満足げに俺から口を離した。

するとそこへ大きく重い別の足音が響いた。

「あなた……」

ブルーはその人物に顔を向けた。

「どうだ？」

「予想通りよ。彼は子供を選んだわ」

「だろう。彼ならそうするはずだ」

そいつが俺を覗き込んだ。

デブだった。

しかし、その目には別人のように強い自信と落ち着きが漲《みなぎ》っていた。

「彼ならレシピ通り、自分を下準備すると踏んだんだ」

「汚いやつらめ。俺を単なる道具にしやがって。もう二度とやってやらんぞ」

俺の言葉にデブは微笑んだ。

「ここまで飲み尽くされては復活もできまい。君はもう用なしだよ。後は俺の楽しみだ」

デブはそう言うと俺のシャツを裂き、胸に顔を埋めた。果物を囓るような音と激痛が走った。顔を上げたデブが俺の肉を頬張っていた。血が垂れるとブルーがそれを舐め取った。

「彼は食人鬼なの。あなたは残らないわ」

「喰え……俺はおまえと奴の体内で生き続け、いつか必ず復活し、支配してやる」

痛みを堪《こら》えながら俺は掠れ声を上げた。

「どこまでおめでたい奴なんだ。おまえが行くのは便所のなかに決まってるだろう。明日の夜には下水管を旅してるはずだ。意識を持ちながらな……」

くそ……なんてことだと俺は思った。こんなことならこの店の看板をもっとよく見て熟慮しておくべきだった。

【Chat《シャ》 Sauvage《ソヴァージュ》】

山猫亭という意味じゃないか……。

俺はゆっくりと目を閉じた……今はひたすら眠ってしまいたかった。

けだもの

テオが錆《さ》びた扉を開けると既に老人は鉄製の〈帽子〉を被っていた。

「おはよう……」

間延びした声が響き、老人の自ら締め付けた革ベルトが顎の下で軋《きし》んだ。

無言でコンクリートの床に散乱するコーラやお茶の缶、濡れて黴《かび》の巣になった雑誌などを避けながら近寄るテオへ老人は目を細めた。

「今日は良い面構《つら》えだ」

テオは老人が座っている椅子の背後に立った。その方が〈帽子〉の引金を扱い易い。手順に狂いはない。もう何回も繰り返してきたのだ。

彼が定位置に着くと老人は鼻から大きく息を吸い込んだ。俯《うつむ》き加減だった頭をしっかり起こし、椅子の背板に体を押しつけるようにして座り直す。

「今日が良い……。うららかで……とても良い」

テオはゆっくり〈帽子〉の表面に触れた。金属のひやりとした感触が快晴とはいえ、いまは二月であることを教えた。半地下には頭上の小さな窓から幾筋かの光線が入り込んでいた。

老人の呼吸に合わせ〈帽子〉が僅《わず》かに揺れた。

その鉄製の〈帽子〉は完全なベル形で、チューリップを思わせる器に拳銃を突き入れる形になっていた。銃身に当たる部分にはw.w.Greneer's Humane Death-row Convict Killerと銘が刻まれ、それが本来、〈帽子〉は死刑囚に対して使用されるものであること、一瞬にして目的が果たせる為、苦痛を与えずに済むということを報《しら》せていた。

テオは銃身の尾部にあたるところのネジを回すと先に装塡されていた弾を外し、ポケットから取り出した弾丸を代わりに詰めた。ふたつとも銀色に鈍く光っていた。

この機械は弾を一度に一発だけしか装塡できない。

「……げに忌むべきは憤怒と月光……我らが……」

老人が口ずさみ始めるとテオは〈帽子〉の銃口が頭頂を外さぬよう支えた。頭蓋《ずがい》を貫いた銃弾が顎の真下、もしくは首の中程から脊髄へと収まるのが狙いであり、少しでも弾道がずれてしまえば背中や頰骨からそれは射出してしまう。未だ経験は無いが、それほどの手負いになってさえ老人が人間としての理性を保てるか否かはまったくの未知数であった。狂える老人に対抗する武器は〈もしも……〉のためにと壁へ立てかけられた手斧《ておの》ひとつだけだった。

右手の人差し指を引金に掛ける。目の前には薄暗く長いセメントで造られた空間があり、茫漠《ぼうばく》とした印象をいつも彼に与えた。

老人の祈りが済み、周囲の音が消え、いつでも撃てる準備が整うと耳鳴りが始まった。

「テオ……撃て」老人が呟いた。

〈帽子〉を脱ぐと老人はいつものように溜息をついた。平静を装いつつも、その視線には隠しきれない落胆と怒りが交じっていた。

「今日は確実だと思っていたのだが……」

テオは項垂《うなだ》れたまま、両腕で体を抱いていた。

老人は立ち上がり、部屋の奥にある檻《おり》から分厚い本を抱えて戻ると日の当たる場所を探して座った。小鳥の鳴き声が聞こえていた。

「テオ……もう互いに分かり切っていることだとは思うが、これは罰ではないのだ……。慈悲であり、祝福なのだ」

やがて、老人は本を傍《かたわ》らに置くと壁にもたれかかり、染《し》みの浮いた天井を見上げた。

「私が覚醒し、自ら初めて贄《にえ》を食《は》んだのはコンテの山麓。丁度、麓《ふもと》への道を下りてくる杣《そま》がいたので山ほど肉を毟《むし》ってやろうと牙を立てたが、彼奴《きやつ》めの力のほうが強く叶《かな》わず。肩口をひと握りほど欠いただけであった。暫《しばら》くすると私は村で狂人が出たという噂を耳にした。無垢《むく》の赤子を四人喰らった者がいるという。杣は四つん這いになったまま家々を襲い、誰彼と無く飛びかかり、咬《か》んだ」老人は小さく溜息をついた。

「……何の痛痒《つうよう》も感じなかった。その者が報いとして生きたまま火刑に処せられた様を見てもな……私は自身に与えられた力を神の祝福であり、充分に使い回して良い特別な道具だとすら信じておったのじゃ……しかし、四百年の〈生〉はいかさま長すぎた……。神は私を祝福されたのではなく、玩《もてあそ》ばれたと気づくに四百年……自らの子を九人も費やさねばならなかった。私は自分限りでこの〈玩ばれし者〉の血を絶やしたい。そして、神に玩ばれた者の哀れな願いとして十番目の子のおまえを善なる〈神の子〉として始めさせたい。さすればおまえの子が子を産み、育て、その子がまた子を産み育てる。人が人として当たり前のように支え続けている、あの脈々たる〈生命の樹〉を我らも持ちたい。その起点におまえを置く。これが我が望みだ。私には五十年間、野性を抑え続けた理性がある。しかし、それもいわば〈醜く長き生〉を振り返ればほんの付け焼き刃。いつ、剝がれるとも知れぬ。剝がれれば私のけものは私の人を喰い荒らし、また混沌《こんとん》へと堕するに違いない。私も老いた。老いは理性を削る。故におまえの決断がいるのだ。単に自死するのではなく、おまえによって私は後生へと送られ、おまえのなかで今度のことは〈神の子として生きる覚悟〉となろう。そう信じている」

テオは暗い視線を爪先の辺りに向けたまま微動だにしなかった。

「さぞ押しつけがましく聞こえるだろうが……所詮、生とはそうしたもの。神の押しつけ、親の押し売り……」

老人は傍《かたわ》らに立ったテオを一瞥すると諦めたように首を振り、立ち上がった。

「今日のおまえは遠い……。また覚悟を決めて来るが良い。だが次回は屹度《きっと》」

本を携えたまま老人が檻の方へ移動すると初めてテオはその方を見やり、後に続いた。

老人が自ら檻のなかに入り、一面を覆っている書棚で本を交換すると幾層にも積み上げられた藁《わら》へと身を横たえた。

「今週中に月は満ちる……。檻には錠を」

テオは言われた通りに入口に置いてあるチタン製の特殊錠の心棒を檻の閂《かんぬき》に差し込み、施錠の音《ね》をさせた。

暫く老人は本に没頭していたが、立ち去る気配がないのに気づいた。

顔を上げると、両手を脇に垂らしたままのテオがいた。

「どうしたのだ」と老人が言い終わらないうちに暗い呻き声が返ってきた。

「千鶴《ちづる》が……娘が殺されました」

ふたりは並んで座った。足下をそろそろ紅みを帯び始めた西日が照らしていた。

何度か老人は口を開け、何事かを語ろうとしては躊躇《ためら》っていた。

手元にあった小石を拾うと老人はひとつ、ふたつと壁の向こうへ放り、みっつめを放り終えた。

「……気持ちは判るが……賛成しかねる」

テオは俯いたまま顔を上げようとはしなかった。

「……人の世には法がある。それに委ねるのが、そこで生きる者の掟だ。おまえの話では捜査は既に始まっている。まだ結論も出ていまい。こうしている間にも犯人は見つかるやもしれん」老人は立ち上がり、部屋を行ったり来たりし始めた。「子を亡くした哀しみは私にも判る。私にもかつておまえを含め十人の子供がいたのだから……」

「違う！」テオは空気を切るように短く言い放った。「わたしはあなたとは違う……。あなたは殺したのだ。殺されたのではない」

「……テオ」

「とうさん……私は誓ったのです！　妻に。娘に。守ってやると……。その為には……何でもしてやると……誓ったのです……」

言葉は最後が嗚咽《おえつ》に変わった。

「警察にとことん協力することだ……。汝《なんじ》が軽蔑する父の助力など無用のはずだ……」

「私には他に術《すべ》が無いのです！」テオは立ち上がった。「何もあなたの助力を得るために来たのではありません。〈覚醒する〉為の条件を伺いたい！　後は私が何とでもします！」

「それは叶わぬ……」

「何故です？　私はあなたに何かを恵んで貰いたいわけではない。この体の、この肉体のなかに既にある自分のものを使いたいと言っているのです！　これは私のものだ」

テオはそう叫ぶとシャツを引き毟った。

「……テオ。おまえは誤解している。私があの〈星語り《ツイゴイネル》〉の女に〈けものの封印〉を求めた時、その条件は〈永遠に〉だったのだ。既に覚醒してしまっている私は別として覚醒前のおまえからは根こそぎそれは払拭《ふっしょく》されている。何も残ってはいない。そこにある鏡を見るがいい。その肉体のどこに人狼の末裔《まつえい》が潜んでいるというのだ」

テオは壁にある罅《ひび》の入った鏡に映る姿を見つめた。シャツのボタンの飛んだ割れ目から筋肉とは無縁に見える白い柔らかな肌が露出していた。

「はは……まるで豚です」

テオは腰が抜けたように座り込んだ。

老人はテオの体を両腕で包むようにした。

「幸いにも死んだのは杏樹《あんじゅ》の連れ子。哀しいだろうが……次回は汝自身の子を育《はぐく》め。大丈夫だ。女は我らが考えているよりも遥かに強く賢い。次の実子が授かれば、今回の傷もきっと癒える。そして、おまえは祝福されし者として暮らせ。おまえの来《こ》し方行《かたゆ》く末《すえ》にはわたしだけではなく、九人の兄弟の祈りが籠められているのだ」

老人は腕の下でテオが小刻みに揺れているのは啜《すす》り泣いているからだと理解した。

しかし、返ってきたのは嘲笑だった。

テオは老人を睨み付け、腕を振り剝がし、立ち上がった。

「とうさん……。やっぱりあなたはけだものだ。我々、人間はそんな風には考えない。失われた命は、どんなことをしても取り返すことはできないし、それを何かのパテのように別物で穴埋めなんかできない。そんなことができるのは人じゃない。けだものだ」

「息子よ、私をそのように罵《ののし》り、指さすのは止めよ」

「とうさん……警察は何もしません。彼らにとって千鶴はただの数字でしかないんです。今は親身になっている振りをしていますが、やがて次に何かが起きればガラッと担当者だって総入れ替えします。銀行と同じだ。とうさん……今はもう、とうさんが懸命に闘ってきた十八世紀や十九世紀ではありません。八歳の子の全身の血が抜かれたって、〈珍しい〉だけで終わってしまう時代なんです。8から9へと統計の数字が変わることにしかならないんです」

テオが呼吸を整えようと息を継ぐと、顔を蹙《しか》めたまま老人がどこか彼方を見つめていた。

「とうさん……あなたに選択肢はありません。これはもう私と杏樹で決めたことなのです。犯人がいつまでも見つからなければ、わたしたちは死にます。この世に未練なぞはありません。娘が死に、犯人だけがのうのうとしているような世界に生きている甲斐はないのです」

「……血」

テオの言葉を遮るように、老人は人差し指を静かに立てた。その顔に複雑な表情が浮かんでは消えた。

「血を抜かれていたのだな……」

テオは頷いた。

再びの沈黙。そして老人は言った。

「仕方ない……探してみるか」

テオは顔を上げた。

「だが……おまえにはみっつ誓って貰わねばならん。ひとつ、犯人を教えたら金輪際、自死を考えぬ事。ふたつ、そやつが人でない場合、全て私に任せる事。みっつ、人であるならば解決は警察に委《ゆだ》ねる。おまえは犯人である者の動かぬ証拠を密かに集め、それを穏やかな形で彼らに提示する。できるか」

テオは深く頷いた。

「屹度、違《たが》えるなよ」

老人は厳しい眼差しを向けた。

真っ向からそれを見たテオは目の中に老人のかつての無惨を、人狼の酷薄を垣間《かいま》見せられたような気になり、前膊《ぜんはく》部に粟《あわ》が生じた。

「葬儀は済ませたのか」

「いいえ。今朝……解剖から返ってきたのです。明後日、執《と》り行います」

「ならば。まずは我が孫娘に挨拶せねばなるまい」

老人は物思いに耽《ふけ》るよう顎に拳を当てた。

スクリーンでは死期を迎えた男が湖に浮かべた小舟の上で長年、確執を続けていた娘との和解を果たそうとしていた。テオは古びた暖房も効かない映画館のがらんとした客席の端に座り、失神するように眠りへ落ちた妻の顔を思い出していた。

杏樹の嘆《なげ》きは日を追うごとに激しく、それは通常思い至るような外へと暴発するような激しさではなく、自分の身内へ身内へと収縮していく形を取った。生気を失った杏樹は常に疲れ果てるまで啜り泣いていた。目蓋《まぶた》は殴りつけられたように腫《は》れ、潰れかけていた。目は虚《うつ》ろに、ふらりふらりと室内を徘徊《はいかい》し、疲れると転倒することなどお構いなしにどこへでも腰を下ろした。食事をする気力もなく、眠ることもしない妻は生きながら身を削り、生気を削り、気づかぬうちに埋葬されたがっているようだった。

夜中に目を覚ますと暗い部屋で妻は立ち上がっていた。

〈どうしたんだ〉と声を掛けることもできずに黙っていると、その時だけは啜り泣くことはせず、ただ頬に泪《なみだ》の跡を光らせたまま天井の一点へ向かい〈おいで……おいで〉と雨垂《あまだ》れのように口ずさんでいた。

飯茶碗を中身の入ったまま流しに運び、捨てる日が続いていた。

今朝、〈あなたは……半分だわねぇ……〉と壁を見つめていた妻がふいに口を開いた。

「どういうことだ」

「いいなぁ……そんなもので」

妻は微笑《ほほえ》んでいるようだった。

テオは黙って食器を洗う手を止めた。

妻は立ち上がり、風に揺れるタオルのように頼りない足取りで近づいた。髪は嵐に吹かれたように蓬髪《ほうはつ》となっていた。彼女は蠟燭《ろうそく》のような細い指をテオに突きだした。

「あんたと代わりたい。あんたは哀しんでないもの」

「何を莫迦《ばか》な！」

テオが声を荒《あら》らげた。すると妻は穴の開いた袋のような声で嗤《わら》った。

「初めは、やっぱり連れ子だからかなぁ……って思ってた。でも、そうじゃない。あんたの哀しみっていうのは、もともと違う。人の形をしていないのよ」

杏樹はテオを睨み付けた。そして仏壇に向かうと骨壺の入った箱を持ち上げ床に叩き付けた。緞子《どんす》の布のなかで瀬戸物の割れる音がし、箱は床を滑って、鏡台の前で止まった。

「千鶴を返して！　なんとかできないの！　あんたは何にもできないの？　本当に駄目なのお」

杏樹は唸り声を上げながらテオに摑みかかると胸元を滅茶苦茶に殴りつけ、ぐっと息を詰まらせたと思うとそのまま頽《くずお》れた。テオは義母に連絡を取ると後を任せてきた。

千鶴の遺体が戻った晩、アパートの2DKの部屋には義母とテオと杏樹の三人だけがいた。

葬儀社が設《しつら》えた簡素な祭壇があり、その前の布団に千鶴は寝かされていた。薄い桃色の生地に小さな赤い金魚が散るように描かれた浴衣《ゆかた》を着ていた。戻ってきたときには白い浴衣だけであったのを義母が着替えさせたものだった。

「酷《むご》いことじゃ。あんな小さな体にいっぱい……ごつごつした縫い目が。まるで荷物のように……母親にはみせられん」

頭を下げたテオに義母は声を詰まらせた。

放心したままの杏樹は千鶴の前髪を飽きもせず何度も何度も触っては直すようなふりをしていた。

深夜二時になるとテオは義母と妻にお茶を淹《い》れた。双方に医者が処方した睡眠薬を混ぜておいた。緩やかな薬効が顕《あらわ》れ、ふたりはその場で眠りに落ちた。と同時に外廊下の鉄階段が静かに軋み……ドアが低く叩かれた。

杖を手にした父は黒の洋装で立っていた。彼はドアを開けたテオに一言も発せず室内に入ると、寝入っているふたりには見向きもせず、浴衣姿の少女の前に膝を衝《つ》いた。

〈Raro antecedentem... scelestum deseruit... pede Poena claudo...〉

老人は呟きながら黒の革手袋を外すと少女の頬を手の甲でそっと触れ、黙禱《もくとう》を捧げた。

そして傍らにテオが並ぶと顔を上げ、少女へとさらに身を屈《かが》めると一気に息を吸い込んだ。

老人は鼻孔に溜めた匂いを吟味するかのように顔を上げ、遠い目つきになった。

「これは……違う……ではない……。アカシヤ？　いや……杉だ……」老人はひとりごつと先程よりは静かに呼吸してみせ、テオを振り向いた。「除血はどこから……」

「頸動脈です」

老人は浴衣の襟を捲《めく》り、首に巻かれた包帯をずらした。血の気を失った白いゴムのような皮膚の裂け目が幾重にも重なった層となかの筋肉を覗かせ、鰓《えら》を思わせた。

老人はそこも嗅いだ。

「人間だ……。人間が殺したのだ」

老人は少女の手を嗅ぎ、顔に鼻を寄せた。老人の動きが頬で止まった。

「どうです」

テオの言葉を老人は手で制した。まるで匂いを〈聴き取って〉いるかのように見えた。

「彼奴は顔に触れたかもしれん……。なぜだ」老人は少女の顎を摑むと小さな口を開けた。白い歯が蛍光灯の下に浮き上がってきた。老人はまるで横様に接吻するかのように鼻を千鶴の口に近づけた。一番、長く嗅いでいた。

「此奴《こやつ》。千鶴の舌を摑んだな……」老人はそう言うと体を起こし、もう確認は済んだというように少女の身繕《みづくろ》いをテオに命じた。

「どういうことです……」

「舌下に奇妙な刺し傷がある。犯人は当初、血を舌動脈、あるいは口内から顔面動脈を使って搾《しぼ》ろうとしたに違いない。しかし、叶わなかったのだ。あの血の管《くだ》は小さく、しかも舌は筋肉の塊。不用意に傷つければ忽《たちま》ち収縮してしまう。到底、時間が足りなかったのだ」

「なぜですか？」

「判らん。しかし、死体を美装するために口内を利用する吸血鬼かぶれにはプロシアで逢《お》うたことがある。その者は遺体を復活させるために損傷を少なくするのだと吐《ぬ》かしておった。女人の首の刀傷はどうみても惨《むご》たらしいと……。但し、其奴《そやつ》が使ったのは己が養いたる端《はした》女《め》であったので舌を抜き、三日三晩逆さ吊りにして血を搾り出す猶予もあったのだ」

「どうして、それが犯人だと。千鶴には警察も解剖を担当した医師も触れているのです」

「彼らは手袋をつけている……。犯人以外に素手で千鶴の舌を摑む者はおらん。私には彼奴の手の脂、仕事で負うた香りが判る。そして、彼奴がどんな気分であったかもな」

老人は冥《くら》い目をして呟いた。

「……興奮。〈歓喜〉と言い換えても宜《よろ》しかろう……」


エンドロールが上がり始めた。

テオは座席の下から忍び寄る冷気に身をすくめ、コートの襟を立てた。

〈さらにここには長年、私が嗅ぎ慣れたものたちがある。ひとつは葉巻だ。ジンジャーブレッドとチョコの芳香。サンルイレイ……レジオス。最高級のロブスト。残るひとつは錬金術師の命でもあったアンチモン。酸化バリウム。鉛。それらが混ぜ合わさり、融解し、昇華したもの……。テオ……おまえの求める者は葉巻を吸い、拳銃を撃つ……〉

いつまでも父の声が頭にこびりついていた。

義母が経営する定食屋はシャッターが閉まっていた。テオは町工場の連なる界隈《かいわい》を虚《むな》しく歩きながらアパートへと戻った。また父の助言を得なければならない……と感じていた。何人かめぼしい刑事の後を密かに尾行してみたりもしたが、成果はあがらなかった。

自分には父のように〈嗅ぎわける力〉がなかった。今となってはあれほど確信めいて響いてきた父の言葉もどこか頼りなく感じられた。自分の無能さが耐え難かった。

部屋に刑事の姿を見ると無意識のうちに緊張が走った。以前のような彼らに対する感謝の念は消え失せていた。こいつらか、こいつらの仲間かも知れないと思うと挨拶もそこそこに上がり込んだ。

義母が布団で横臥《おうが》している杏樹の体を背後から摩《す》り上げていた。

テオの顔を見ると室内の人間に一瞬、沈黙が走った。

「もう一度……、失踪当時の状況をお尋ねしていたんですよ」

その気まずさを取り繕うかのように布団の前にふたり並んで座った刑事のうち年若の方が半笑いでテオに訪問した訳を説明した。

「旦那さんは、内縁ですよね」

テオは頷いた。内縁だろうと法的効力があろうと気持ちに何の変わりもないはずだった。しかし、質問を始めるたびに彼らはそのことを冒頭で確認したがった。

「千鶴ちゃんが居なくなったのを聞かれた時、どこにいらっしゃいました」

「それは何度もご説明いたしました。義母の店を手伝っておりますので妻と共に夕方まで店内にいました」

「あたしは知りませんよ」突然、義母が切り落とすようにぽつりと呟いた。「あの日は腰が、えろうて……昼過ぎには二階に上がってしもうたから……。下のことはこのふたりに任せて夕方まで寝ていました」

義母はテオを見ようとはせず、ひたすら杏樹の体を撫でていた。

杏樹は呆然と畳の目を見つめるだけで聞こえている素振りもない。

あの日の午後、昼時の混雑を済ませると暖簾《のれん》を下ろし、仕込みを杏樹に任せ、テオは黙って父のもとを訪れていた。いつものように引金を絞ることの出来なかったテオは夕暮れには店に戻り、そこで杏樹から千鶴の行方不明を知らされたのだった。

「どういうことですか？」

「実は殺害時刻が小一時間ほど後退したんです」

中年の刑事が初めて口を開き、テオを訝《いぶか》しげに睨んだ。彼は手にしていたメモを口に啣《くわ》えるとコートのあちこちに手をやり、探し物を始めた。妙な手書き模様のネクタイが男の趣味の悪さを教えていた。

「ああ、これだ」刑事は一枚のはがき大の紙を取り出した。「これ、駅前商店街の監視カメラのコピーなんです。これ、照雄《てるお》さん。ご主人じゃないですか」

テオは杏樹を除く全員の耳目が自分に向けられるのを感じた。思わず〈ふざけるな！〉と怒鳴りたくなるのをどうにか抑え込んだ。

「わかりません」

「そうですか……これが時刻なんですよ」

刑事は画質の悪いコピーの上部を示し、それをメモに書き込んだ。

「僕は家内といいました」

「籍も入れずに亭主面……」義母の声がテオの言葉尻を潰した。

「わかりました。取り敢えず、二三日うちに少しお時間を戴《いただ》けますか……私、ナカタと言います」刑事がメモとコピーを差し出した。

男たちが出ていくと部屋は死んだように静まり返った。

「あんた……孤児だって。親兄弟も親戚もおらん。捨て子だったそうやないね」

テオは黙っていた。そうした履歴に関しては嘘をついていた。

「将来は安心してくれなんて……嘘、白々しいことや」

「……食事に行ってきます」

居たたまれなくなったテオは部屋を出た。

戸が閉まる直前、義母の短い怒声が聞こえたが振り返らなかった。

檻の前には猫や鳩の残骸が積まれていた。濡れた血が黒々と床を汚し、天井にまで血飛沫《ちしぶき》と毛や羽毛が貼り付いていて、狂乱の凄まじさを彷彿《ほうふつ》させた。

テオは父の姿を捜した。

「……とうさん」

低い唸り声が部屋の隅から響いた。空き缶が薄暗がりのなかで転がり、どこかで止まった。

檻とは反対側に老人はいた。蹲《うずくま》ったまま部屋の隅へ隠れるように身を押しつけていた。

「とうさん……私です。大丈夫ですか」

白い布を織っただけの貫頭衣《かんとうい》に似たものは血に染まっていた。老人が震えているのが判った。

テオはゆっくりと剝き出しの肩に触れた。

向こう側から頭が持ち上がり、良く知る父の顔が現れた。口元は血塗《ちまみ》れだった。

テオがそれに気づくと父は目を伏せ、手で口元を隠した。一瞬、白い歯が光り、消えた。

「さぞ哀れであろう……。自分では半ば覚悟ができ、揺るぎない理性を練り上げたものとばかりに思っておったが……たった数刻、世間の風、月光を浴びただけで我を見失い……。浅ましいことじゃ。情け無し……。狩ることばかりに熱狂し、体が牙が猛るのを如何にもしようがなかった。嵐のような興奮に身を任せ、襲い狂うたが、人に手を掛けなんだがせめてもの救い……」老人は手元の金属を引き寄せ、持ち上げた。〈帽子〉であった。「今こそ……頼む。今こそ！　犯人は既におまえの手のなかにある。私が助力することはもう何も無かろう。おまえひとりでも、この難局は乗り越えられるはずだ……頼む」

「とうさん……警察は私を疑っているのです」テオは老人の前に回り、腕を摑んだ。

「莫迦な。何を根拠に……」

「根拠はこれです。千鶴が殺された時間。私は此処《ここ》に来ていたのです」テオは受け取ったコピーを乱暴に取り出すと老人の顔の前に突き出した。「私にはアリバイがありません。初めは信じてくれていた義母も今では疑っているようです。杏樹には部屋で休んでいたと説明していましたが、この写真でそれは嘘だと知られてしまいました」

老人は呆然とした表情でコピーを見つめた。

「とうさん……時間がないのです。早急に相手を見つけなければ……。時間が」

老人は動かなかった。唯、写真がコピーされた紙と一緒に落ちたメモを眺めていた。

「それは刑事が書いたメモ書きです。写真が撮られた日時を書き込んだものです」

老人はメモを拾い上げると、喰い入るように見、次いで鼻を近づけた。

「テオ……おめでとう。ここには千鶴の血を含んだ唾液が付着しておる。この紙を噛んだ者は千鶴を飲血している」

「ちくしょう……」

突然、地の底から響くような声が響いた。

テオが振り返ると影が迫り、自分に向かって何かが振り下ろされた。

ぼんっとバットで殴りつけるような音、テオを押しのけた老人の呻きが上がった。

髪を振り乱した杏樹が老人の背中に足を掛け、何かを引き抜こうとしていた。こじられる度に声を上げている父親の薄い背中には手斧が突き立てられていた。鍬《くわ》で掘り起こすように肉がもげると自由になった手斧を杏樹は再び振り上げた。

壁際の手斧が消えていた。

「おまえらか……裏切りやがって……」

杏樹は凄まじい形相で間合いを飛び越してきた。

「待て……」

テオがそう言いながら差し出す腕めがけ、手斧は振り下ろされた。シャツの袖がパックリと口を開けた。

老人が杏樹を羽交い締めにしようと背後に迫った瞬間、振り向きざまに手斧が老人の腹に突き立った。鈍い音と共に老人は柄を握り締めたまま、背後の壁に凭《もた》れるようにして腰を落とした。

大量に吐血するのを見て杏樹が悲鳴をあげた。

テオは老人に駆け寄った。

杏樹は立ち竦《すく》んだまま両手を口に当てていた。

「大丈夫だ……」老人は辛うじてそう呟くと自ら歯を喰い縛り、手斧を引き抜いた。丼《どんぶり》のように大きな裂け目が開き、暗褐色の管が腹腔からずるりと溢れた。「お嬢さん、もう一度やってもらえんかね」老人は杏樹に向かい柄を差し出した。

「わたしの父だ……」

テオの言葉に杏樹はへたりこみ、号泣した。


まともな会話が始められたのは辺りが完全な闇に没してからだった。

テオは檻からコールマンのランタンを運んできてふたりの真ん中に置いた。

明かりが室内を照らすと既に老人の傷が止血し、裂け目が治りかけているのを見て杏樹は息を飲んだ。

それに気づいた老人が杏樹へ微笑み返した。

「私は見てのとおり。詳しい話は倅《せがれ》から聞いて貰いたいのだが、所謂《いわゆる》……人外の者」

テオは杏樹が理解しているかを確認しながら、少しずつ自分たちの説明を始めた。

そして話が千鶴の事に移った。

「杏樹、千鶴を殺《や》ったのはナカタだ……。間違いない」

「どうするの」

「司法に委ねるのだ。あなたたちの世界にはきちんとした法がある。それによって裁いて貰うのが良い。無辜《むこ》の童女を惨殺した者がどう処せられるかは判例が示している」老人は身を乗り出した。「私には宝物がある。あちらこちらで少しずつ歳月を掛けて集めたものだ。ふたりのこれからはそれで守られる。あなたさえ倅を受け入れてくださるのなら……それを彼に全て譲るつもりだ。また子を持ちなされ、生活の安定は保証できる」

「とうさんは犯人の目処《めど》がつけば後は相手が襤褸《ぼろ》を出すのを待つか、相手の隙を見計らって証拠を固めれば良いと言っている」

杏樹は黙っていた。

「今は耐えることだ。千鶴の遺体は灰になった。血の匂いの傍証は断たれている。私の嗅覚だけが唯一の記憶……」

「問題は……僕への疑念だけれど、それは杏樹に助けて貰うしかない」

「本当にあの刑事なの……」杏樹は膝を抱え、爪先を見つめていた。「本当ね」

男達が頷いた。

「……お父様。それなら私を殺してくださらない」

老人は眉を顰《ひそ》めた。「いま、なんと」

「殺して……と頼んだの」杏樹は立ち上がった。再び、目に狂乱が宿り始めていた。「逮捕なんて……裁判なんて関係ないわ。どうせ人ひとり殺したぐらいじゃ死刑になんかなりっこないもの。私はあいつが生きている世の中になんか生きていたくないの。丁度、良いわ。殺してください」

杏樹は手斧を再び拾い上げた。

「お願い！　簡単でしょう。今までも何回もしてきたはずだもの。できるはずだわ！」

「よさないか！」

テオが手斧に触れようとすると杏樹は後退《あとずさ》り、血で汚れた刃を首に押し当てた。

「何人も殺したでしょう！　今更、女ひとりぐらいなによ！」

老人は目を背《そむ》けた。

「あんたたちの心はそこまでなんだわ……。やっぱり、けだものね。憎悪で煮えくり返る腸《はらわた》の女に子供なんかできるはずがないでしょう。わたしはもう生きるのにうんざりなのよ！」

「そいつを寄越《よこ》すんだ……」テオが迫った。

「じゃ、勝手に死ぬわ」

杏樹が息を止め、口を真一文字に結んだ。

ふたりの睨み合いが頂点に達した。

「やめんか！」怒号のような老人の一喝が落ちた。「……私が彼奴《きやっ》を殺す……それで良かろう」

ふたりは老人を見つめた。立ち上がると腹にはもう薄い筋が浮いているだけだった。

「その代わり、あんたには魂に賭けて約束して貰う。自死はせず倅と仲良くすること……。そしてもうひとつは……この私を殺すこと」

「とうさん……」

「以前から試みているのだが、こやつでは全く埒《らち》があかん……。あんた以上に私も生きることには飽いてしまっていてな。毎月ごとに繰り返す自制と狂気……自分ではいくら理性ある魂を勝ち得たと思っても、油断すればすぐさま、この有様。まるで減量下手の拳闘士だ。正直、あんたに手斧を喰らった時はこれで逝《い》けるかと期待したのだが、やはりあの弾丸でない限り不可能なようだ。弾は装塡されている、あそこに転がっている機械を私が被《かぶ》っている間にあんたは引金を絞りさえすれば良い。それで全て済む」

老人は杏樹に向かい祈るように呟いた。

「四百年……生きた。厭な想い出ばかりだ……。哀れな魂を救うと思って……頼む。終わらせて欲しい。私はあなたを救う。あなたも……あなたの慈悲心を見せてくれ」

老人は膝を落とし、床に手をついた。

「君は僕が戻ってくるまでここを動いちゃいけない……」

テオは義母の帰ったアパートで杏樹と向かい合っていた。

先に杏樹を帰宅させたテオは老人と共にある建物の裏手を調べに回った。

「昔、ここは印刷用インクを調合する工場だった。今は潰されておるが、あの半地下にも外からトラックを回せる道がついていた。工場が閉鎖されてからは、廃材置き場になっている」

二階ほどの高さがある鉄扉に取り付けられた潜り戸を開くとなかは石膏ボードや畳、コンクリートのガラ、ただ丸めて歪められただけの鉄筋の束など建築廃材があちこちで小山を成していた。

「気をつけろ。かつての貯蔵タンクがあちこちに埋められたままになっているのだ。既にこれらの重みで半分は床のコンクリートごと腐れ落ちてしまっている。誤って落下すれば底に堆積《たいせき》した鉄筋や金物でずたずたにされるぞ」

廃材の山を縫って進むと小型の体育館ほどのあいだには合計八つの穴が開き、暗い底には老人の言葉通り、捻《ひね》くれた鉄筋がいくつも宙に向かって錆びた切っ先を伸ばしていた。

天井はスレートの名残りがあちこちに残っているばかりで屋台骨である鉄の梁《はり》が剝き出しになっている。そこに止まった鴉《からす》がふたりを見つめていた。梁の下には資材の残りであったらしい赤く変色した鉄板が束になっていくつもぶら下げられていた。いずれも軽自動車ほどの嵩《かさ》があり、新品ならば相当の値がついたはずであった。しかし、今では単なる朽《く》ちた鉄塊と化したまま、収穫されぬ葡萄《ぶどう》のように散らかされていた。ここは打ち棄てられたものの墓場だった。

「私はその先にある小部屋で待つ。おまえは彼奴をそこまで連れてくれば良い……。後は私がする。できれば建物の外にいて欲しい。おまえに見せたくはない」

「いつ」

「明日……夜半。満月を待って」

老人はテオにひとりで帰るよう告げた。

「私はもう少し下見をする……。テオ、彼女に私との約束を必ず守らせるのだぞ。よいな」

テオは老人の顔を見つめ、静かに、だが確かに二度頷いた。

「頼むぞ」老人は手を差し出した。

テオは握手をした。父の手は、驚くほどか細く感じられた。

「全てが済んだら連絡する。そしたら君はあの半地下の建物に来て欲しい」

「おとうさんはひとりで大丈夫なの」

「問題はない」

「でも相手は拳銃をもっているのよ」

「普通の弾は父には効かないんだ。ある特殊な条件下で造られた……つまり聖なる力を持つ銀器、もしくは銀の十字架で造られた弾丸でしか絶命させることはできないんだよ。父はイタリアに居た時、ある村の教会にあった聖遺物《せいいぶつ》の匣《はこ》から銀の十字架を盗み出し、それで弾丸を造りだした」

「それで本当に死ぬの」

「……彼は試した」

「試した？」

テオは一旦、口を噤《つぐ》むと杏樹を見た、そして、溜息をついた。

「彼曰く〈暗黒と無知の時代〉に造った末裔のひとりひとりを捜しだし滅《めっ》して回った。つまり、自分の子供を殺したんだよ。僕の兄弟姉妹達をね。九人居たそうだ。弾丸は十発用意された。全て有効だったらしい……」

「でも……なぜそんなことを」

「……さあ。ただ彼は僕に人として生きるよう求めている。兄弟たちはその為に死んだ。父はユーゴスラビアで出会った老婆に人狼の血を封印する呪いを掛けて貰ったそうだ。それには〈既に産まれいでたる女の股より産ませし人狼の子の心臓が全て〉必要だったそうだ。数十年後、僕が産まれた。僕は覚醒していない。月光を浴びて狂乱することはないけれど指の切り傷だって絆創膏とオキシフル無しでは膿《う》んでしまう。自分の愛する娘が殺されても待つしかない……。これが父の望みなんだ。もっとも、このお腹なら〈膃肭臍《おっとせい》〉にしかなれないけれど。……信じられないだろう」

杏樹はテオの手に触れた。

「今は信じる。千鶴のいない世の中がこうして存在しているんですもの」


その日、テオは一歩も外出しなかった。警察も動きはなく、午前零時、杏樹が受け取ったという名刺の裏にある携帯電話に掛けると間延びしたナカタの声が返ってきた。

遅く掛けた非礼を詫びつつ、テオは妻には内密に打ち明けたいことがあるからふたりだけで逢えないかと話し、一時間後にと、あの建物の近隣の住所を告げた。

『……マブネタでしょうね』

受話器を下ろそうとするテオの耳にナカタの語尾がぶら下がった。

「行くの」

「奴を父の待つ部屋まで案内しなくちゃいけない」

テオは頷いた。

「おとうさまを手伝うの？　その……ナカタとの事だけど」

「それはしない。多分、建物の外で父が声を掛けてくるのを待っている。数秒で決着はつくと思う。実際、獣性を発揮した父を目にしたことはないけれど……それでも、あの細い体で直径三センチもある檻の格子を飴のようにしてしまうんだ。終わったら父はナカタの体を処理し、告発文を手に全く別の場所に移動する。君は僕が迎えに来たらそこへ移動し、父との約束を果たすんだ」

「それほど変わってしまっても……ちゃんとあなただと判るの？」

「わからない。でも、もし獣性が理性を完全に飲み込んでしまった場合は……多分、君は彼のことを今後、ニュースで知ることになる」

テオは窓を開けた。いつになく巨大な満月が蒼々《そうそう》と空に浮いていた。


道を急ぎながらテオは決意を固めていた。杏樹にさせることはできない。父の祈りは自分自身の手によって成就《じょうじゅ》されるべきなのだ。自分のあの躊躇《ためら》いは実は父の理性の限界を探るためのものだったのか。それとも、やはり父を頼る自分が一緒の時間を永らえる為の姑息《こそく》な手段だったのか。しかし、それも昨日ではっきりした。

父は既に限界に来ている。ならば彼を送るのは自分でなければならない……。

ナカタは先に来ていた。

テオを見ると軽く片手を上げ、白い煙を吐いた。指先には葉巻があった。

「嫌いですか？　試してみると悪くないですよ」

「よく迷いませんでしたね」

「商売柄、所轄の地理はざっと頭に叩き込んであるんです。喫《や》りませんか」

ナカタが胸ポケットを探った。銃を納めたホルスターが覗いた。

「結構です……犯人に心当たりがあるという目撃者がいまして」

「ほう……そうですか。逢えますかな」

「もう待って貰っているのです。なかにいます」

「それは有り難い。いやぁ、これはまた凄い満月だ。落ちてくるんじゃないかな……はは」

テオはナカタを伴いながら廃工場の鉄扉に向かった。先に入り、潜《くぐ》り戸を押さえた。

人の気配は無かった。

「こんなところにいるんですか」

辺りを見回したナカタの声が曇った。

「実は事情のある方で身元を明かしたくないと言うのです」

テオは廃材に足を取られぬよう注意して進んだ。破れた天井から差し込む月光で中は懐中電灯なしでも不便はなかった。

「事情があるって言ってもねえ……」

中程まで来ると奥の部屋に煌々《こうこう》と明かりが点いているのが判った。白い工事用の白熱球が壊れた窓の桟から見え隠れした。

「あの部屋です」

振り返った瞬間、テオの顔面に破裂するような衝撃が走り、そのまま真後ろへと倒れた。しかし、倒れた先に床は無かった。テオは地下に向かって落下する自分を感じた。後頭部から無様《ぶざま》に着地した瞬間、頭の中で何かが音を立てた。背中を強打された肺が空気を求め喘いだ。頭上から重量のあるものが降ってき、耳元で次々と金属音が響くと全身を激痛が駆けめぐり蹂躙《じゅうりん》して回った。音はテオが絶叫している間、続き、そして自分が天井に吊されていた鉄板に潰されたと判ると終わった。手首が千切れかけていた。周りに広がっていくのが自分から溢れ出した血だと理解すると寒気が襲ってきた。

黒い血の表面に空に浮かぶ月が昇るように映り込んできた。

両足の感覚は既に無く、中身の詰まった靴が見たこともない方角に捻《ねじ》れ、鉄板の間で潰れていた。腹と胸と太股が串刺しにされていた。感電しているような震えが始まったが自分ではどうすることもできなかった。痛みが眉間で脈打っていた。

「お〜い。大丈夫か」ナカタの声が聞こえた。穴の縁《ふち》に立ってテオを見下ろしていた。「あ〜。結構、酷《ひど》いな。縫い目のばらけた剝製《はくせい》みたいだぜ」

ナカタはポケットから葉巻の吸差しを取り出すと目一杯、炎を強くしたガスライターで先端を炙《あぶ》った。

「なあ……ところで、どうして判ったんだ」

テオは〈畜生！〉と怒鳴ったつもりだったが唇が微《かす》かに震えるだけだった。

「おまえが俺達の後を追っかけ回していたのにはすぐに気づいた。おまえは俺が昨日、尾《つ》けていたのに気づいたかい？　やはりプロとアマの差だな。昨日、おまえは一人でここにやってきた。おまえの様子から何かあると踏んだんだ。それで俺は今日の午後、おまえより先に此処に来た。おまえの様子から何かあると踏んだんだ。それで俺は今日の午後、おまえより先に此処に来た。爺さんがいた。爺さんを始末した。爺さんは俺が何者かを知っていた。俺は爺さんを知らない。教えたのはおまえだ。どうしてだ」

テオは力を込めてナカタに言葉を発しようとした。しかし、腹筋が根こそぎ失われてしまったかのように力が入らなかった。

〈……とうさん？〉

泡のような微《かす》かな声をナカタは聞き取った。

「よく見ろ。おまえの変態爺さんは隣だ」

ナカタの言葉に顔を傾けると壁だと思っていた廃材の下から襤褸襤褸《ぼろぼろ》になった手の甲が覗いていた。微動だにしていなかった。父は完全に潰れていた。

「なあ、後は死ぬだけなんだ。意地悪しないで、どうして判ったのか……教えてくれよ」ナカタは瓦礫屑《がれきくず》をテオに向かって蹴り落とした。「でないともう一度、この鉄板喰らわすぞ」

テオは天井に不安定に吊り下げられているトラロープの一端をナカタが握るのを見た。

その時、ナカタの動きが止まった。

〈……あなた〉

鉄扉の向こうから杏樹の呼ぶ声が聞こえた。二三度、声掛けが済むとヒールの音が遠ざかった。

「あっちに聞くとするか」ナカタはロープを離し、テオを覗いた。「安心しろ……みんな、あの世で再会させてやる。但し、こっちじゃ殺《や》ったのはおまえって事になるがな」

左右に揺れるロープに合わせるかのようにナカタの靴音が響き……消えた。

テオは体を動かそうとした。何もできなかった。動くにはあちこちの肉を引きちぎらなければならなかった。踠《もが》くうち自分が何をしたいのかも不明瞭になっていく。

自分は何故、此処にいるのだ……。どうして此処はこんなに寒い……。

〈……テオ……〉

声が響いた……頭の中からだった。

〈とうさん〉心のなかで語りかけた……こんな経験は初めてだった。

老人の声は笑っていた。

〈こんな形で願いが叶うとは……テオ……私は獣化できなかった……。奴の気配も匂いも……不思議だ。神は最悪の形で積年の願いを受け容れられた……よくよく玩ばれる運命だ〉

〈とうさんは死にませんよ〉

〈斯様《かよう》に粉砕されては無理だ。既に地獄が口を開けて私を待つのを感じる。彼奴め、自分では判っておらんが……だいぶ魔に喰われておるな。妖気を身に纏《まと》いつつある。……月は見え

るか〉

〈ええ……。でも、もうあまり良く目が見えません……〉

〈……テオ。ひとつだけ答えよ。親子三人仲良くあの世で暮らすのも悪くない……。我が望みは聞き届けられた。おまえの望みは……〉

〈……〉

〈たったひとつ……ひとつだけ。《星語り《ツイゴイネル》》の呪いを解く方法があるのだ〉


杏樹は檻の前に立っていた。動物の死骸が厭な臭いを放ち始めていることを除けば昨日と変わらぬ光景だった。檻の反対側の椅子にあの〈帽子〉が置かれ、その上で工事用の電球が明かりを灯しているのを見るとテオの父が最期をこの場所で迎えようとしているのが判った。待機していろと言われていたが彼女は部屋に籠もっていることができなかった。テオの携帯電話に何度か連絡したが留守録になってしまっていた。彼女は部屋から持ってきた果物ナイフを握りしめた。

背後で錆びた扉が軋んだ。

ナカタが立っていた。

「ああ、奥さんですか……。ご主人、なかなか現れないんですよ」

「えっ。そうですか」

二三歩進んだナカタは杏樹のナイフを一瞥すると立ち止まり、欠伸《あくび》混じりの伸びをした。

「もう帰っていいんですかねぇ。何か大事なことなら明日、聞きますから」

「ええ……そうですね」

「それじゃ」

檻の前にいる杏樹を残し、ナカタは軽く手を挙げると扉へ向かった。

「あ、そうそう……。千鶴ちゃん、蛙《かえる》が嫌いなんですねぇ。口に突っ込んだら吐いてましたよ」

それを聞いた杏樹は右手を強く振って果物ナイフの鞘《さや》を払い落とし、ナカタへと突進した。

振り向きざまナカタは肘で杏樹のこめかみを強打した。

這《は》い蹲《つくば》うように倒れた杏樹は、取り落としたナイフに慌てて手を伸ばし、誤って刃を摑んでしまう。

その上をナカタの革靴が踏みつけた。

指の骨が折れ、ナイフの刃が掌を切り裂いた。杏樹は悲鳴をあげた。

ナカタは手を踏みつけたまま杏樹の顔面を蹴り上げた。折れた歯がナカタのシャツに当たった。三度蹴ると杏樹は仰向けに倒れ、動かなくなった。胸と腹だけが上下している。ナカタは背後に回ると杏樹の顎の下に左腕を入れ、右手で閂をするように絞め始めた。

杏樹は身悶えし、体を滅茶苦茶に動かしたが、すぐにそれも止《や》んだ。耳たぶが熟した柿のように変色し、絶息した際のげっげっという空気の漏れるような音が続いた。

「あんたのは飲まない。汚れているからな……血風呂にさせて貰うよ」

ナカタが呟いた。

杏樹の体が痙攣《けいれん》を始めた。

轟音と共に背後の鉄扉がちぎれた。ナカタは部屋を対角線上に投げられ、檻の天井部分にぶつかり、床に落下した。

見たこともないけだものが杏樹の体を抱えていた。

「なんだ……おまえ」呆然とナカタが呟いた。

言葉が終わらないうちに杏樹を下ろしたけだものは目前に立っていた。

〈狼男だよ〉

ナカタは再び、部屋を反対側に飛び、壁に激突した。血反吐《ちへど》が飛沫となって舞った。

「ま……まて！　待って」

けだものは部屋の中央でナカタを見下ろしていた。襤褸切れのような上着に見覚えがあった。

「照雄……か」

ナカタは拳銃を取り出すと発射した。コンクリート内に耳をつんざく音が轟いた。右足が摑まれブーメランのように投げられた。破れた入口の鉄扉が背中に突き刺さり、ナカタは悲鳴を上げた。コート越しに皮膚を切り裂かれながら落下したところに杏樹がいた。すかさず銃口を彼女の頭に押し当てた。

　静寂が訪れた。

　ナカタは顔を上げ、歯を吐き出した。

相手は目の前に聳《そび》えていた。銀色の毛をもつ筋肉の塊だった。両肩の間に犬よりも凶々《きょうきょう》とした首が載っていた。ずらりと並んだ牙が血で濡れた赤黒い唇を押しのけ剝き出しになっていた。燃えるような両目の間の鼻梁に細かな皺《しわ》が怒りと共に歪んで並んでいた。

「見事だ……」

　ナカタは心の底から感嘆の声を漏らした。そして銃口を押しつけつつ身を起こすと杏樹を離さないようにして背中を蹴りつけた。

　杏樹は呻き声を上げながら意識を取り戻すと目の前のけだものを見て短い悲鳴を上げ、次いでナカタに銃口を突きつけられているのを知ると観念したように押し黙った。

〈……アンジュ〉

　聞き取り辛い声がけだものの口から漏れた。

　それを聞いた杏樹は思わず口に手を当て、そして泪を零《こぼ》した。

「おい……判るな。おまえがピクリとでも動けば、俺はこの女の顔を粉末にするぞ」

「テオ、殺って。こいつを殺して」

「もっと下がれ。下がるんだ」

けだものは唸り続け、後退した。煉瓦を張り付けたように並ぶ腹筋が静かに動いていた。

ナカタは二発たて続けに発砲した。怒りがましい轟音が空間を圧倒した。

けだものは避けなかった。一発は腹に穴を開け、一発は肩を裂いていた。

杏樹の唇から嗚咽《おえつ》が漏れた。

ナカタは興味深げに被弾箇所を凝視していた。

すると腹部の穴は蠕動《ぜんどう》し、やがて唇のようにぷっとひしゃげた弾を吐き出した。肩の裂け目はジッパーを上げるように瞬《またた》く間に皮膚を修復し、消えた。

「……なんて素晴らしいんだ」

ナカタが溜息を漏らし、反対の手でアイスピックを取り出すと杏樹の鼻の下に針の先端を押し当てた。

けだものが唸った。

突然、ナカタは拳銃をけだものに向かって放り投げた。

「拾え」

けだものが屈んで手に持った。

「グリップの上に摘《つま》みがある。それを押し出して弾倉をリリースし、全弾床に棄てろ」

けだものの指が拳銃の突起を探り当てた。

リボルバーの弾倉が解放され、弾が床に散らばった。

「しゃがめ……」

けだものは膝を衝いた。

「爺さんを始末した後、この部屋で見つけたんだが……」

ナカタがポケットから取り出したものを、けだものの膝の間に投げて寄越《よこ》した。

銀色の弾が鈍く反射していた。

「だめよ！」杏樹が叫んだ。

アイスピックの先端が鼻孔のなかに差し込まれた。

「あの妙な帽子のなかに入っていやがった……。偶然にも同じ口径ときた。神はおまえより俺が生きることをお望みのようだ」ナカタは嗤った。「それを装塡し、銃口を自分の胸に当てろ」

杏樹が啜り泣く。

弾倉を戻し、心臓の真上に銃口を当てたけだものが顔を上げた。

「引金を絞れ」

カチッ……と乾いた音が響いた。

〈やめて！〉口を塞がれた杏樹のくぐもった悲鳴が漏れた。

「テオ……。俺はおまえに感謝しているんだ……やれ」

カチッ……。

「おまえが存在するということは俺が求めていた〈不老不死〉もまた存在するということだ……。俺は決意をもって希求していたが確証はもてなかった。だが今は違う。本当にありがとう。感謝の言葉もない……やれ」

カチッ……。

杏樹が動く、鼻孔の縁が切れて出血した。

「おまえこそ俺が正しきものを求めていたという証《あかし》だ……やれ」

腹の底に響くような爆音と共にけだものは仰向けに倒れた。

杏樹が絶叫し、ナカタを振り払うようにして飛び出すとそれにしがみついた。

胸に穴が開き、けだものは口から血を吐きながら痙攣していた。天井を見つめる目から急速に力が失せ、やがて閉じられた。

「所詮は犬っころということか……」

ナカタが近づき、手から拳銃を取り上げた。散らばっている弾を拾い出すと尚もしがみついている杏樹に声を掛けた。

「ちょっと拾うの手伝ってくれないかなぁ。俺達も早くしないとそろそろ夜が明けちまうぜ……」

杏樹が側に立っていた。

「殺してよ……もう何だっていいわ。たくさん」

杏樹は静かに目を閉じた。

「そうだな……いつまでぐずぐずしていても仕方ないからな」

ナカタはアイスピックを摑み直すと杏樹の左胸に振り下ろした。

が、寸前で首が薙《な》ぎ払われた。

ナカタの首はサッカーボールのように檻に当たって音を立て、それを失った胴体は血を噴出したまま二三歩、進むと真横に倒れた。

けだものが立っていた。

胸の傷は閉じ、凹みが内側の力によって復元される途中だった。

「テオ……」

けだものは杏樹を優しく抱きしめた。

「あれは父が僕の知らないうちに勝手に死んでしまわないよう本物そっくりに仕上げておいたメッキの弾だ。本物はいつも持ち帰る」

けだものはテオの声でゆっくりと口を開いた。「これが本物だよ」テオはポケットから銀色の弾を取り出した。そしてナカタのそばに落ちている拳銃を拾い上げると装塡し、杏樹に手渡した。

「君に……終わらせて欲しい。父の約束を僕が引き継ぐ。判るね」

杏樹は拳銃を見つめながら首を振った。

「できないわ……とても、そんなこと」

「僕は生きていてはいけないんだ。とても酷いことをした……」

「なに？」

「……父の心臓を食べた。それが呪いを解く唯一の方法だったんだ」

テオは俯き、震えた。

「僕はけだものだ……」

その様子を見ていた杏樹は自分のこめかみに銃口を押し当てた。「わたしも死ぬわ。みんな死んでしまった世界になんか生き残っていたくないもの」その言葉を言い終わらないうちに引金が絞られた。

聖なる銃弾が発射される刹那《せつな》、咆烋《ほうこう》と共に銀の疾風《かぜ》がぬけた。

残響が消えてもふたりは床に倒れていた。

杏樹が目を開くと髪がひと房、胸元に落ちた。

彼女を押し倒したテオが怒りに満ちた目をしていた。

「君は生きると約束したはずだぞ」

テオは身を起こすと天井の穴から潰れた銀の塊を 掌《てのひら》 に取り出した。

「これではもう使えない」

杏樹は黙っていた。

「なんてことをしてくれたんだ……」

「生きればいいじゃない……」杏樹の口から言葉が漏れた。「こんなに思うようにいかないんだもの。なるようになれば良い。あなたが生きていてくれるならわたしも、もう少し我慢してみる」

テオが近づいた。

「約束するかい」

杏樹は頷いた。

「もう一緒には暮らせない。僕はもう夜の人間になってしまったんだ……」

「それでも良いわ。生きて」


木箱を開けるとナカタが恨めしげに睨んできた。

〈メッキだなんてずいぶん、せこい手を使うもんだな〉

テオは墓石の納骨板を取り外し、髪を摑んでナカタを取り出した。

「首だけになっても強気だな」

〈俺はおまえが思ってるほど悲観しちゃいないんだ。何しろ大発見の連続だったからな〉

「人狼に呪われ破壊された者は朽ち果てるまで死ねないんだ。せいぜいひとりで腐りながら不老不死について考えてくれ」

〈いつか、借りを返すぜ〉

テオはナカタの首を骨壺の代わりに突っ込むと石板を戻した。

既に夜が明け始めていた。

朝日と共に自分は戻るのだろう。

父は最期《さいご》にある番号を教えた。財産を含めた我々の後見人だという。

〈おまえが掛ける。相手が〝ニコライ〟と告げたら〝ダルチムスキー〟と応えよ。次いで〝森は青く深い……眠りに就くにはまだ遠い〟と告げるのだ。後の指示は彼に従え。彼は人と狼を区別せん、私が知り合った唯一の種を超えた博愛主義者だ〉

テオは霊園の中央に立ち、西の空に薄れようとしている月に向かい叫んだ。

とてつもない遠吠えが二度、立ち並ぶ墓石を震撼《しんかん》させたが、やがて遠吠えの主同様、凜《りん》とした硬い空気のなかへ消えていった。

枷《コード》

あなたはキッチンの抽斗《ひきだし》をひとつひとつ祈るような気持ちで開けている。

しかし、期待に反して何の変化もないものばかり……。

胸の奥に苦いものが広がる。……そんなはずはない。抽斗は確かに鳴っていたのだ。

数分前、狂気の情熱に浮かされていた間、耳にした音は確かにこのキッチンからだった。

アーチ型に区切られた煉瓦《れんが》の仕切壁によって直接、震えているのを見ることはできなかったが聞き間違えるはずはなかった。

冷蔵庫の横にあるひと並びを開け、調味料の抽斗も探す。皿の入った抽斗、カップ類が並んでいる抽斗……。

ふと、指のひと節分、手前にずれた抽斗が目についた。

あなたは興奮のあまり頭のなかで血がふつふつと充満する音を聞く。

銀食器を納めた抽斗だった。

そっと近づき、まるで壊れ物を扱うように抽斗の取っ手をそっと引く。

ぴかぴかに磨きあげられた銀の肉叉《フォーク》、小刀《ナイフ》、匙《スプーン》が大小五組ずつ揃っていた。

そして全てが飴のように捻《ねじ》られ、曲がっていた。

「いいぞ……サンジュウヨン号……すばらしい……君は」

あなたは肉叉を掌の上に置き、矯《た》めつ眇《すが》めつする。まるで枯れ木の妖精が拳を握ったかのようにそれは五本の切っ先をうちに丸め込んでいた。他にも螺旋《らせん》のように一本ずつが捻れ、宙に伸びているもの、人の手のように開いたものなどがあり、小刀や匙は【の】の字、【て】の字に曲がっていた。

そのうちの一本をあなたは元に戻るかと力を入れるがビクともしなかった。

「すばらしい……」

あなたはもう一度、感嘆の声をあげるとそれらを摑み、テーブルの椅子を片手に隣へと戻る。顔皮を削《そ》がれた少女が横たわっている。腸の半分は搔き出され、手足の指は全部で六本しか残っていない。瞳に凍ったように貼り付いていた怯《おび》えは今や遠ざかり、ただ宙を見つめ戸惑っているような眼差しが残されていた。心臓はあなたが気管を潰した後、静かに動くのを止《や》めた。解体がここまで念入りになってしまったのにはわけがある……。

彼女がなかなか〈顕現《けんげん》〉しなかったからである。

あなたは焦り、怒り、そして破壊は酸鼻《さんび》を極めた。

そして諦めと共に体験の失敗を悲しみつつ、彼女を彼岸へと送り出すことに決め、窒息させていたところへあの音が響いたのである。

震え煮え立つような抽斗のがちゃつく音。

それはまさに旱天《かんてん》の慈雨《じう》と呼ぶに相応《ふさわ》しいものだった。

あなたは彼女に感謝の意を込め、軽く黙禱《もくとう》するとさっそく、始末に取りかかった。


「聞いてらっしゃるの……」

妻の困惑した声であなたは現実に戻る。

「あなたには迷惑かもしれないけれど……わたしも他に相談する人がいなくて」

「うむ。考えておこう」

「よろしくお願いします」

妻とは正式な婚姻関係ではなかった。彼女にはふたりの娘がおり、彼女らは前夫との間にできた子であった。あなたの望みで法的な繫《つな》がりは保留していた。あなたの手のなかには隠れ家から持ってきた先端の捻れた肉叉が一本。昨晩の出来事をぼんやりと回想しているところへ突然、声をかけられたのだ。

長女のマリコは前夫に母親共々虐待を受けていたのが災いしたのか、あなたと生活するようになって間もなく、友だちの家を泊まり歩き、家に寄りつかなくなっていた。

妻はしきりに彼女の素行のあれやこれやを酷いと気にしていたが、あなたにとって彼女の悪さなど蟻の足の泥のように些細《ささい》なものに感じられた。

「今夜はどうなさるの」

妻の言葉にあなたは新しい出演の依頼があること、今晩はその演出家と打ち合わせが入っていることなどを簡潔に説明する。

たぶん妻はあなたの説明など耳に入ってはいない。それが証拠にあなたが話し終えるのも待たずに四歳になる次女の相手を始めている。粉末コーヒーの蓋は開けたまま、包丁もまな板の上に放り出してある。妻は日常生活の全てに於いて中途半端で愚鈍だった。親に鉄拳と煙草《たばこ》の火で軍隊並みの躾《しつけ》を幼少の頃より受けてきたあなたとは生活習慣が違いすぎた。しかし、あなたはそれを後悔していない。寧《むし》ろ、喜んでもいた。

愚鈍であるからあなたの行動に気づかない。良い偽装《カモフラージュ》になっていた。


「人殺しというのは結局のところ度を越した怖がりなんですよ」

庵頭《あんず》という演出家は口をほとんど開かずに話をする男だった。そのたびにあなたは何度も彼の言葉を聞き返さなければならず、すると庵頭はさも大儀《たいぎ》そうに同じようにくりかえす。

英国の演劇賞を受けた鬼才だとか本年度の芸術選奨の本命とか、いろいろと下らぬ御託《ごたく》をお付きのマネージャーが捲《まく》し立てるが、あなたは全て受け流す。

「先生は是非、あなたに今回の芝居の主役級の役をお願いしたいと仰《おつしや》ってるのです。『悪霊』のピョートル役が先生の脳裏に灼《や》きついて離れないそうでして……」

あなたはマネージャーの言葉を確認するかのように庵頭を見やるが、彼は敢えて視線を外す。知らん顔をし、貫禄を見せてあなたの気を惹《ひ》こうとしているのが丸出しだった。

「さあ、果たしてわたしにそんな大役が務まりましょうか」

「大丈夫ですよ……。あんた、人殺し面《づら》だから」

庵頭はグラスを唇に付けたまま、上目遣いにあなたを見返す。

「随分ないわれ様ですね」

「褒《ほ》め言葉ですよ」

「あなたも相当な鬼畜面《きちくづら》に見えますがね」

すると庵頭は初めて「うふ」と声をあげて笑った。

鼠《ねずみ》が脇腹を踏みつけられたような顔だった。

「脚本はできているのですか?」

「これからですが既に案はまとまっています」

「ほう」

「今、新聞を賑わせているあの人殺しを俎板《まないた》に載っけて料理してやるつもりです」

それを聞くあなたの表情には一片の変化もない。

商品番号71A3072001D――あなたの現在の流れを作り出したのはこいつだった。

その60Wの電球は十三年と八十一日前、あなたと後にゼロ号と回想されることになる女性の頭上にぶら下がっていた。振り返るにあなたが独自の理論を摑み邁進する兆しと遭遇したのがあそこだった。

当時、自分以外の人間のための人生をせっせせっせと生きてきた結果、自分を単なる人間の屑《くず》に過ぎないと断じたあなたは生きることに嫌気が差し、リストカット、首吊り、服毒などの自殺未遂をくりかえしていた。当然、精神病院へも送り込まれることとなるが治療が叶《かな》い、退院宣告されても門の影を踏むのを待たずに忽《たちま》ち悪魔のような自殺念慮《ねんりょ》に背中を抱かれてしまい、すると引きずられるまま中途半端な覚悟で無自覚的にそれを行い、また救命され生きるをくりかえす。遂《つい》には自分が生きたいのか死にたいのかすらまるで判断ができなくなり発狂寸前だった。

ある日、このままでは本当に自分が駄目になってしまう。いっそ誰かにきっぱり殺してもらおうと一念発起《ほっき》したあなたは人殺しを求め旧赤線、青線地帯などの売春窟《くつ》を徘徊し、その筋の金で頼める相手を捜そうとしたり、伝言ダイヤルへ【わたしを殺してくれる人募集】などとメッセージを残してもみた。しかし伝言では連絡が取れてもイタズラか若《も》しくは話もできないような頭の壊れた人間が多く、あなたの疲弊《ひへい》度は絶望的に増すばかりだった。

なかでも大手広告代理店の管理職だと告げてきたタナカと名乗る男はあなたを人気《ひとけ》のない倉庫に連れ込むと座禅を組ませ、その形のままあなたを麻紐《あさひも》で縛りつけた。タナカの緊縛《きんばく》は巧妙で後ろ手に組んだ手も蓮華座《れんげざ》にした足も微動だにできなくなった。タナカはその作業の全てを無言のままに行い、そのまま達磨《だるま》のようになったあなたを冷たいコンクリートの床に放置した。あなたは縄を通して伝わってくる彼の興奮と異様な気配に覚悟と妄念《もうねん》を感じ取り、これはきっと首尾良く殺して貰えるに違いないと内心怖いような嬉しいような気持ちで高ぶっていた。

次にタナカはゴムの手袋を取り出した。それは普通の手袋とは違い靴下のように先端がひとつになっていた。長さも腕の付け根まで覆ってしまうほどで締め付けはきついようで、塡《は》め終わると腕自体が一本の黒い棒のようになった。

そしてタナカは手袋をしていない左手に工業用なのか見たこともない大きなカッターナイフを摑んで戻ってくると、いきなりあなたを蹴りあげた。肋《あばら》がおもちゃのような音をさせて折れるのがなかから聞こえた。感電したような痺《しび》れの後で五寸釘を打たれ続けるような痛みが脇腹に生まれた。呻《うめ》き声をあげるあなたを無視し、死体のように無表情なタナカはカッターを雑に使いあなたのズボンを切り裂いてしまう。

「なんだ！　なんだ！　これはなんだ！」

予期せぬ展開にあなたはタナカに向かって抗議の声をあげるが体は尻を頂点にした三角形のまま微動だにできないでいる。

「ゾウモツヲホリダシテヤル……」

カッターが投げ捨てられると次の瞬間、爪先から頭のてっぺんまでが木《こ》っ端《ぱ》微塵《みじん》になるような激痛が走り、あまりの痛みに失神することもできず、口から血泡と反吐《へど》を溢れだささせたままあなたは低く牛のように呻き続けた。背骨を中心にして骨と肉がカーテンを引き裂くような音と共に剝《は》がれていくのを感じ、肛門からはぼとぼとと何かの液体が迸《ほとばし》っているようだった。勿論、疾《と》うの昔に失禁していた。

痛みが熱のように全身を灼《や》き、その合間を縫うようにコンクリートの冷たさが骨を凍らせた。全身が一個の筒と化し、その内部を残酷に前後に掻き混ぜられるのを感じた。

意識が霞《かす》み、絶望と苦痛のなかで再び覚醒し、あなたは凶暴な怒りを感じては叫び、また恐怖を感じては子供のように泣いた。

突然、濡れた泥から足を引き抜くような派手な音がした。

全てが静止した。

再び横腹を蹴られ倒れたあなたは今度は仰向けになった。

遥か遠くに天井の照明と組まれた鉄骨が目に浮かんだ。

タナカが汗だくの顔を覗かせた。手袋には様々な色のゼリー状の粘着物や固形物ができもののように付着していた。先端からは菌類のジュースのように粘度の高い透明な糸が床に止めどなく垂れていた。

声は出せなかった。腹筋が丸ごと失われてしまったようで力が入らないのだ。

タナカはあなたの顔を覗き込むように見つめると静かに頰を撫で始めた。血と排泄物が起こす腐敗した酢のような臭いが手袋から湯気のように立ち上り、鼻腔を刺激した。あなたはタナカの手を拒否しようと顔を振ったが、タナカはそれにも懲りず辛抱強く、撫で続けた。、すると不意にあなたに思いもかけない温かさを感じさせた。不思議なことにタナカを好きになった。自然と涙が溢れ、嗚咽《おえつ》が漏れた。

と、いきなり唇の端が裂かれるほどの力で捻じ曲げられ、反射的に悲鳴をあげかけた口腔へ矢のような勢いで手袋の腕が突っこまれた。あっという間にそれは舌を越え、嚥下筋《えんげきん》を易々と通り抜け、食道へと達した。耳の下で壁に罅《ひび》が入るような音が続いた。顎関節が崩壊しかけているのだった。

タナカはあなたを手袋のように塡《は》めようとしていた。

食道を塞《ふさ》がれたあなたは鼻が何の役にも立たないことを知る。口を痴呆のように開けたまま窒息していく……無意識に酸素を求めようとする体が何度も顔を振り、腕を抜こうとするがそれは全く叶わなかった。既に上腕のかなりの部分が収まった状態では嚙みつくことすら不可能だった。次第に喉が自分の肉体とは別の存在になったかのように暗く重くなり、それにつれ意識も舟が岸を離れるように静かに遠く薄れていった……。

初め、人語を喋る馬が下品な嗤《わら》い声をあげているように思えた。それとも遠く霧の彼方《かなた》で濡れた大きな肉が引きずられているのだが地面に擦《こす》れるのがくすぐったくて堪らないと肉自身がぐふぐふ笑う……。

それが自分の声だとあなたは気づく。次に襲ってきたのは激痛と寒気。

倉庫には誰も居ず、タナカの姿もなかった。縄は解かれ、あなたの傍にはきちんと畳まれた替えの服と茶封筒。意識と共に覚醒した痛みが火災のようにあなたの内部で徐々に激しく強く巨大になっていく。

舌で車のドアを開けるような努力の末、あなたはやっとの思いで身を起こすが、途端に地雷の上で尻餅をついたほうがまだマシというような爆発的な激痛が臀部《でんぶ》に走り、そのまま床の上を転げ回る。折れた歯の残骸を吐き出しても瘤《こぶ》のようになった歯茎《はぐき》と腫れ上がった舌のせいで息が巧く吸えず、何か余分なものが顔に貼り付いているのに気づき手で触れると、それが外れかけ曲がってしまった顎だとわかる。

悲鳴をあげたつもりが、ほほほ……という間の抜けたオカマの含み笑いにしかならなかった。脇を走り抜けたゴキブリを目で追うと閉じかけた鉄扉《てっぴ》に気づく。

あなたは体を床から引き剥がすと服と茶封筒を無造作に摑み立ち上がった。玉乗りをしているように地面がぐらつく。もう一度倒れたら立ち上がる気力は残っていないのがわかる。慎重に歩かなければならなかったが他人の足のようにそれらはてんでんばらばらのほうへ動こうとしたし、体を叩く夕立のように襲う痛みを堪えながらの一歩一歩は気が遠くなるような作業だった。

鉄扉を開けることなどできなかったので薄く開いた隙間《すきま》に体を滑り込ませ、後は頽《くずお》れるように重力に身を任せ、ずりずりと抜け出した。外は青黒く夜明けになろうとしていた。二三歩進むつもりが踏み止まれず、たたらを踏んでしまった。

ドンと折れた肋骨を思い出させる外力が加わり、体が浮いて再び転倒した。ゴムの焼ける臭いがした。ざわざわとした声が続くと体が引きずられ、セメダインの臭いで窒息しそうな窮屈な箱に押し込められた。

「ダリぃなぁ。ちくしょう……」

箱が動き出す直前に男の吐き捨てるような声が聞こえた。

あなたの前には喇叭《らっぱ》のように拡げたビニール袋の口に顔を埋めている若い女がいた。女はあなたの足を自分の太股から叩き落とすと死人のような目で見つめてきた。その目は瞬《まばた》きもせず、ゆっくりと頭蓋の裏側を覗こうとするかのように白目になったり戻ったりをくりかえし、やがて真っ赤な爪を一本、あなたの頬へゆっくり抉《えぐ》るように突き立てた。

「サブ。なぁにぃこれぇ。にんげん？」

「あんたよぉ、急に飛び出して来たんだから。病院の近所で降ろすから後は勝手に行けよ」

運転席から声がした。

「あんた生きてんのぉ……」

女が指を舐《な》め、再び頬に突き立てて来る。片手のビニールは口元から片時も離れない。

あなたが咳《せ》き込むと何かが車のシートに落ちた。茶封筒だった。紙幣が口から無造作《むぞうさ》に溢れていた。

女がそれを見、運転手も同時に見たであろうことは後の展開から確かだった。

三人を乗せた車は突然、進路を変えると高速に乗り、近郊の山へ向かいだした。

あなたの記憶はそこから途中を省略したように曖昧で断片的なものとなる。林道を何度も急ハンドルを切りながら駆け上がるフロントの風景、笑うたびに唾液が糸を引いていたセルロイドのような臭いのする女の口、目玉だけがギョロついた日焼けした肩に髑髏《どくろ》のタトゥーをした若造、ふたりがあなたから封筒を取り上げようとするのに必死になって抵抗したこと。殴られ、切られ、そして再び失神したこと。

気がつくとあなたは廃屋のなかでひとり立っていた。手には血塗《ちまみ》れのバタフライナイフ。胸も腹も傷だらけで出血し、背中にも孔が開いているような気がした。

男は戸口の傍《そば》で海老《えび》のように体を丸めて固まっていた。顔を勢いよく踏みつけてみたが男は瞬《まばた》きひとつしなかった。女は中央のテーブルの上で大の字になっていた。両腕と足が妙な方向に曲がっていて、それぞれ関節がひとつ多い。あなたは近づくと肘の上の曲がっている部分を摑み、力を込める。女の口から悲鳴が溢れ、それでも構わず渾身《こんしん》の力を込める。女が口早《くちばや》に外国語のような喚《わめ》き声をあげた瞬間、バリッと皮を突き破り骨が露出する。あなたはそれを直《じか》に摑むと引き抜くことにする。脂で滑る骨端を梃子《てこ》の要領で、ゆっくり力をかけていくと皮膚と筋肉が古雑誌のように裂け、中途半端なところで骨が折れ、手のなかに残った。先端が斜めになっている。あなたはそれを女の右目にゆっくりと押し込んだ。女の顔は既に血と汗と涙で化粧が崩れ、酔っぱらいの拵《こしら》えたバースデーケーキのようになっている。骨は蠟燭《ろうそく》のように眼球の上に突き立ち、震えた。

あなたは小屋のなかから鏡の破片を探し、表面を磨いて女を映した。

女は悲鳴をあげたが、すぐに全てどうでもいいような口調になって「ブスな顔」と言い直し笑った。そして「ちゃんと殺してね、お願いよ」と頼んできた。こんな顔じゃ生きていても仕方ないもの。ちゃんと殺して……それは非難でも皮肉でもなく、純粋な祈りだった。

……こいつは今、俺と同じ気持ちになっている。

あなたはそこで初めて女を愛らしく感じる。

「俺が全部したのか」

「そうよ、あなたがしたわ。あなたは速く、強かった。空手でも習ってるの」

いや……と、あなたは首を振り、正直、何も憶《おぼ》えていないと付け加える。

女は微笑み、殺してと再び口にする。

あなたは女の……いや、ゼロ号の首を絞め付け始める。

白目になり、体が痙攣《けいれん》を始めた際、低い地鳴りを感じた。

こんな時に地震か……と訝《いぶか》しがりながらも女の首を半分ぐらいにまで絞りあげる。

すると突然、室内が輝きだした。

顔をあげると天井にある電球が暗くなったり明るくなったりとゆっくり明滅を始めていた。

激しく咳き込む音がし、女が呻きながら身を捩《よじ》る。

いつの間にか力を緩《ゆる》めてしまっていた。

「なにをしてるの！」女の声には、はっきりとした非難の響きがあった。

すまん……と謝るあなたに女の叱咤《しった》が飛ぶ。

「気づかなかったか……今、灯りが点《つ》いた。ここに電気が通っているはずがない。それに妙な地鳴りも……」

「なに」

するると女が潰れかけた喉を膨らませ、老婆のような声でぐぇぐぇと笑った。

「馬鹿だねえ。当たり前じゃないか……はあぷにんぐ」

「はあぷにんぐ……人を殺すんだよ……ハプニングがあって然るべきさね……馬鹿だねえ」

女は媚《こ》びたように笑いテーブルの上でくねくねと体を動かした。だらんと折れた四肢がテーブルの脚に当たるのも全く意に介していないようだった。

「死ぬも生きるもハプニング……。全く神がかった行為さね。そんなものの真っ只中に神の身ならぬおまえさんがほっそいほっそい嘴《くちばし》を差し込もうっていうんだろう。それしきのことで尻込みしてどうするんだよ。ハプニングこそあんたの殺しが、きちんと神の御手代《みてが》わりとなった証《あかし》じゃないか。それが証拠にわたしは絞められながら絶頂に達したんだ。そりゃ嬉しいもんだよ」

女は一気に話すと体をテーブルの上にバウンドさせ、早く早くぅと死の催促を始めた。あなたは女の上に馬乗りになると今度こそ思い切り首を絞め始めた。

眼球が膨れあがり、潰された側の蠟燭の根本から血が溢れ出す。舌が鼠のように身を潜《ひそ》め縮こまるのが歯の隙間から覗く。

再び地鳴りがし、頭上の照明が明滅を始めた。今度は力を緩めはしない。ハプニングは神によるこの殺人への祝福だという確信がふたりにあった。

突然、フラッシュを焚《た》いたかのように光量が上がり、電球が次々と盛大な音を立てて破裂した。柔らかい胡桃《くるみ》が潰れるような感じが絞め続けた気管を通じて手に残った。と同時にあなたはバランスを崩し、テーブルから転げ落ちる。呻き声をあげながらも懸命に起きあがろうとすると自分も体のあちこちが自由にならないのを思い出した。

ようやく立ち上がると既に女は事切《ことき》れていた。

「この男には女装癖があるんですよ……女になりたい……なりきれない。そのフラストレーションを被害者に向けているんです。綺麗で若い女……。犯人は内的には女性なんだな」

庵頭は稽古場でUの字型に並べられた椅子に腰掛けているキャスト、スタッフを前にそう告げた。彼らは熱く語る庵頭と目が合うたびに〈わたしはわかっています〉というサインを大きく頷《うなず》くことで返している。

あなたはそうしない。

「たぶん、幼い頃に両親かもしくはそれらに当たる者から様々な虐待を受けてきた……。本人の自覚の有る無しに拘《かか》わらずそういった心理的な背景が彼のエネルギーとなっているのに間違いはない……」

「でも、どうして若い女性ばかりを狙って拷問死させるんですか？」

刑事役の男が質問する。

庵頭は〈そこだ〉という様に人差し指で男を示すと先程あなたから借りていったボールペンでこつこつと歯を叩き、考え込むような仕草をした。

「動機は憎しみだ。派手だが深みのない脊髄《せきずい》反射のような憎しみ。男の肉体ではどんなに努力しても美しい女性になれはしない。ならばいっそ破壊してしまおう……まるで麻薬中毒者のように刹那《せつな》的な反応をする。人間よりも一段下位に属す動物的でチープな憎しみだ。無力な女性を抵抗できない状態で責め苛《さいな》むことで歪《ゆが》んだ支配欲求が満たされるんだ」

あなたを除く全員が〈おー〉と感心するような声をあげる。

ボールペンは、くれてやるとあなたは思う。

ゼロ号の電球はあなたの地下室に他の〈顕現〉作品と並んで展示されている……。

ふたりを埋めた後、男の車を麓《ふもと》に乗り捨てたあなたは電車を使い、見知らぬ街で入院を果たす。タナカの茶封筒に入っていた金のほぼ全額を使い三ヶ月入院する。

あなたは毎日、自分の体の上を通過していく治療作業を他人事のように傍観しつつ、繭《まゆ》のなかの蛹《さなぎ》のように自身の中身が激変していくのに気づく。

もう死ぬ気はなかった。いや、欲求はより先鋭的に形を変えたといったほうが良い。自死ではなく他者によって攻撃的に破壊死したい。それが自分にもっとも相応しい。但し、それはタナカがあなたに試みたような被虐的に迎える死ではなく、あくまでも戦士のような徹底抗戦のなかで死を他者によって与えられたい。知力も体力も自分を殺すに相応しい相手や組織にとどめを刺してもらいたい……。

またゼロ号はあなたにふたつの凶暴な個人的欲求を灼き付けた。

ひとつは単純な殺人欲求、もうひとつは顕現である。

あなたは、また顕現を目撃したいし、殺人も行いたくあった。

思うに他者を殺すのも自分を殺すのも覚悟の部分ではさほどの差は感じなかった。ふたつとも元来、恐ろしい行為であるし、忌《い》むべきものではあるけれどあなた個人の印象としては乗り越えるべき壁が前にあるか後ろにあるか程度の差異しか既にないことに気づかされたのである。

さらにゼロ号体験の印象は時を経るにつれ、鮮明で研ぎ澄まされたものになっていった。顕現は殺人者なら誰しもが経験するものではあるまい。それが発生する殺人もあれば単に鼻をかんだだけのように何の趣もなく終わってしまっている次元の低い殺人もあろう。こう考えると顕現とは……まるで〈生命〉というチップを使って神が胴元の賭けに参加するようなものだとも感じた。自分と生け贄《いえ》になるものとが見事に渾然《こんぜん》一体化した瞬間に顕現は生まれるのだという確信があった。ゼロ号がもともと超能力といわれるような力を持っていたのだというような陳腐な結論は脳のなかで雲散霧消《うんさんむしょう》した。あなたは全ての人間、少なくともある種の若い女性にはすべからくあの力は備わっているべきものだと白い天井を眺め、白衣の看護師の手当を受けるなかで看破した。

生命力溢れる女には全てある電気的な源流。故に命の発電機として己《おの》が子宮に宿った細胞に〈精神〉を注入するエネルギーをみな持っているのだ……。

あなたは退院後、即座にひとり殺し、翌週、もうひとりを殺した。

顕現は発生しなかった。

あなたは混乱し、絶望したが、氷の冷静さをもってふたつの事例とゼロ号を比較検討した。浮かび上がってきたのは被害者の精神状態であった。ゼロ号も開始直後は死に戸惑い、錯乱し、恐怖と怒りに身を任せていたが後に彼女は全てを受け容《い》れた。そして事態を一旦、理解すると意志の力を持ってコントロールし、積極的に注意と集中を死ぬという作業に注ぎ込んだ。他のふたりはその意味に於いて全く死への参加ができていなかった。ゼロ号の場合にはシンナー中毒者であった点も幸いしたと今では考えられる。薬物が引き起こす適度な妄想や幻聴に馴れている中毒者にとっては此岸《しがん》を飛び越えた状況を把握することも比較的容易であったのだろうと思われた。

死を浸透させること、そのプロセスのなかに傍観者としてではなくあなたも含めた自分を殺す当事者として彼女ら自身も参加させなければならない。

これらの反応を積極的に引き出すための効果的な方法に〈得手《えて》を挫《くじ》く〉というものがある。つまり本人が誇りとしているものを取り去ってしまうということである。

これを教えてくれたのはイチ号であった。

イチ号は前二例が失敗に終わっていたあなたにとって今後顕現に依った殺人を実行し続けるか、それとも否かの重要な局面に登場した女性だった。彼女は役者の卵であり、彼に芝居への興味を持たせた人物でもあった。といってもひと晩だけの付き合いだったが。

「リー・ストラスバーグっていう人が開いたアクターズ・スタジオが……」

イチ号はスタジオを〈すてゅーでぃお〉と発音した。

「現在、ハリウッドを象徴する俳優のほぼ全員がアクターズ・スタジオの門下生だったの」

彼女は本場アクターズ・スタジオで勉強をしたという日本人がやっている巣鴨《すがも》の演劇学校に通っていた。

「スタジオが実践している演技法全般のことをメソードというの。もともとはスタニスラフスキーというロシアの演出家が発明した理論なんだけれど、それをより現代的、具体的、ドラスティックにリーは発展させたのね。如何にして役を自分のものにするか、昨日までは思いもよらなかった役とそれが生み出す劇中の空間をリアルなものとして体験し、その場で生きるか？　つまり、役に成り切るためのテクニックなのね」

「要は降って湧いたような話でも何でも本物に感じようということなんだな」

「う〜む。物語では何でも起きるでしょう？　それこそ常識なんか通じない世界。それを本物として演ずるにはいくつもの障害を乗り越えなくちゃならないの。馬鹿らしいとか自分はそんなことはしないとか、そういった傍観者的な拒否反応をひとつひとつ自分の体験で翻訳し直しながら当事者として参加し、やがては役の感覚を把握するという技術なの……」

思い返せばイチ号は千載一遇のチャンスであなたの前に登場し、あなたにもっとも必要な理論を開陳したのであるが、その時にはイチ号で顕現が出現させられるのか否かに気を取られ聞き流していたような気がする。

イチ号はなかなか当事者になろうとはしなかった。勿論、あなたの豹変ぶりに動転し、怒りと失望を顕《あら》わにしたが常識の薄いベールは彼女をしっかりと包み込み、反応は凡庸《ぼんよう》でゼロ号が間際で感じさせたあの突き抜けたエネルギーの渦は望むべくもなかった。イチ号は何か勘違いしているようで途中から頻《しき》りにあなたを改心させようとでもいうのか「こんなことをするなんて、なんて可哀想……」とか「憎みはしない。ただいつの日にか、あなたが自分の行いを振り返った時、罪の重さをわかってくれたら……」とか「とどのつまり、あなたも被害者なの……」などと頓珍漢《とんちんかん》な御託を並べ始めた。

うんざりしたあなたは思わず椅子に縛りつけ、固定されたイチ号の髪を引き抜いた。殴打《おうだ》され皮膚が浮いていたこともあったのだろう。思いもかけずそれは大量に抜けた。するとイチ号の反応が僅《わず》かに変わったのである。あなたは彼女の目の光が変化したのを見逃さなかった。そしてイチ号に襲いかかるとほとんどの髪をその場で引き抜いてしまった。イチ号は放心したようにしばらくの間、何もいわずにいた。それでもまだ足りないと直感したあなたはイチ号の顔にライターのオイルをかけて点火し、そして直ちに毛布でくるんで消火すると、まだ焦げ臭い熱い顔面を軍手で激しく擦《こす》った。浮いた肉や皮膚が垢《あか》のようにボロボロと足下に散らばる。イチ号が喚きたてるのも無視し、擦り続け、軍手の生地が肉と血で目詰まりすると新しいものへ交換しながら半時間ほど丁寧に頭部を磨きあげた。イチ号の顔はマッチの頭のように凹凸《おうとつ》の失われた肉の塊になった。

あなたは鏡を運ぶとそれを彼女の前に置いた。

「は？　なにこれ」

そこには先程までの気取った調子は消えていた。イチ号を今まで無意識に覆《おお》っていたメッキが剝げ、地金《じがね》が見えた瞬間だった。

「なんだこれ」

「……君の顔だ」

部屋の空気を震わせるような哄笑《こうしょう》がぱっくりと開いたイチ号の赤い口から響いた。

嗤《わら》いは音程を高く低く変えながらしばらく続き、その後を長い沈黙が支配した。

長年、自他共に認め、生きる力の原動力ともなっていた美しい顔が復元不可能なまでに破壊されてしまった現実を彼女は嚙み締めていた。

部屋のなかのあらゆるものが次の瞬間に備えているような緊張が充満した。

〈めそーど〉イチ号はそのひと言で沈黙を破った。

「いいよ……いいよ……これじゃ仕方ない……殺されてあげる。一世一代のメソードを見せてあげる。その代わり狂人に殺される女の絶望と断末魔。よく憶えておきな」

イチ号はその瞬間、状況の支配者となった。当事者として主体的にあなたと自分を把握したのだ。ぞくぞくする予感を背にあなたはイチ号の首に針金の輪をかけるとその中に鉄の棒を差し入れ、ゆっくりと捻り始める。棒が回転するにつれ、輪がすぼまり、首が砂時計のように縊《くび》れる。

イチ号は何事かを瞑想するかのように正面の壁の一点を見つめ続けている。

突然、ごりりりり……砂と砂を擦《す》り合わせるような音が始まった。

それはあなたとイチ号が立てるのとは別の音だった。

すると部屋のあちこちで軋みと砂同士の擦過音《さっかおん》が草原の虫の音のように始まる。

あなたは部屋のなかの変化をひとつも逃すまいと周囲の壁を見回し続けた。

そこは古いワインセラーのように剝き出しの煉瓦壁で囲まれていた。

ずりりりり……ごりりりり……。

イチ号が激しく頭を振り始めた。既に意識は飛んでしまっていて表情もなく、頭は単なる大きな物体のように感じられた。それがぐるんぐるんと可動範囲ぎりぎりで大きく振られる。あなたは締め付けた輪が内側から押し戻されるのを感じ、さらに力を込めて締め上げる。赤い肉の頭皮にみしみしと血管が浮き出す。既に首は大人の指三本分ほどにまで細められている。

空気を裂く気配に顔をあげると頰を掠《かす》めていくものがあった。それは床に落下すると派手しく鳴った。

煉瓦だった。

見ると煉瓦のはまっていたはずの場所に孔が開いている。

と、続いてもうひとつ彼に向かって煉瓦が飛び、それは肩胛骨《けんこうこつ》で鈍い音を立てた。

〈おかあさん……〉イチ号の声があなたの脳に直接、飛び込んできた。

ぼきっとイチ号の首が鳴ると空気の抜けた風船のように頭が胸元にぶら下がった。

突然、頭に鋭い衝撃を受け、あなたの視界もブラックアウトする。

気がつくとあなたは床に頬をつけ横たわっていた。

目の前には縛られた両手の間に赤いボールを抱えるようにして座っているイチ号。

ボールは頸骨《けいこつ》を砕かれた彼女の頭部であった。

煉瓦は都合、五つ。あなたたちの周囲に散らばっていた。

顕現が発生したのである。

立ち上がったあなたはイチ号の首へ感謝を込めて口づけする。


以来、三人ほどの原因不明の失敗を挟みつつも、あなたは順調に顕現を被害者達とコラボレートして生み続けることとなる。地下室の棚にはゼロ号の電球、イチ号の煉瓦の他に木ぎれにしか見えない椅子の破片、曲がった包丁、溶けた燭台、凹《へこ》んだトースター、焼けた雑誌などが小さな日付を書き込んだプレートとともに陳列してある。冒頭のふたり以外にあなたにとって印象的なものには、焦げた手跡のついた椅子の握り、床板に半ば貫通している辞書がある。

既に品々は棚の三棹《さお》を占め、四棹目をあなたは組み立て終えている。

顕現にはそれぞれの個性があり、それこそ興味が尽きなかった。なかにはあなたの上着を発火させた少女もおり、重ね着をしていなかったら重傷を負うところだった。

イチ号の話に興味を持ったあなたはその後、アクターズ・スタジオを主宰するストラスバーグの著作に触れ、演技技法メソードが実に顕現を発生させる技法と相通ずるものが多いことに驚く。

メソードではリラックス、集中、感覚記憶、情緒記憶が非常に重要な要素として扱われるが、顕現でもそれらは最終的に女性達に喚起させなければならない課題でもあった。彼岸に渡ることを納得させ死の緊張から一時、解き放たなければ顕現に不可欠な精神の集中はならず、彼女らひとりひとりがもつ感覚と生活史が顕現に様々なバリエーションを生む。あなたは様々な顕現を目撃したかった。一見、平凡な市井《しせい》の女性達のなかに眠っている驚くべき力の顕現には神の降臨に臨むのに近しい魂の昂揚《こうよう》があった。今や、それだけがあなたが生き続けている理由であった。

あなたはメソードの研究に傾倒し、それを独自の理論で顕現発動技法へと展開させていった。それによりますます顕現発動は容易となり、また不幸にも発生しなかった場合にも諦めがつくようになった。

しかし、その頃から思いもよらなかった別の深刻な問題があなたを悩ませた。

それは〈手当たり次第に〉やってみたくなる衝動との戦いであった。たぶんある種のニンフォマニアの心情とリンクするものであろう。あなたは町で適当な女性の姿を目にすると忽《たちま》ちのうちに顕現妄想の虜《とりこ》となり居ても立ってもいられなくなってしまったのである。しかし、それではすぐに自分の満足する唯一無二の最高の顕現を目撃せずに捕まってしまうことも理解していた。何度も挑戦したいターゲットを眼前にしながらも浮き足だってしまうばかりで決断できず、また冷静さを欠いたあなたの態度は以前よりも女性を警戒させ、誘《おび》き寄せが現実的に困難になっていた。このままでは暴発的にひとりかふたりを使った程度で終わる日は近かった。

脳のなかで硫黄を焚《た》かれるような悶々《もんもん》とした長い日々が続いた。

そんなある日、あなたは偶然、酒場で出逢った中古レコード店を営む男からあるコレクターの話を聞き込む。

「コレクターっていうのはもう病気なんだよ。居ても立ってもいられない。集めたい物は何でもかんでも欲しいんだ……でも、それじゃどんな金持ちだってもちゃしない。だからみんな自前の枷《コード》をはめるのさ。いわば孫悟空の輪っかだね」

「どういう意味でしょう」

「例えばプレスリーのレコードを集めようとする。シュリンクが破れていずに未使用だとか、スリーブやライナー、プレスとか一式全部揃ってるとか、貴重盤、廃盤、オリジナル盤とかに拘《こだわ》るのは、まだ可愛いんだ。そんな奴はまだ——。なかには世界中でリリースされるプレスリー盤を全部、蒐集《しゅうしゅう》しようっていう奴もいる。でもね本当に大変なのはジャンル主義者だ。例えばハワイアンとかジャズとか名の付くもの全て欲しくなってしまう奴らなんだ。

これは物理的に無理だ。すると彼らは自分の欲求を鎮める防衛術として枷を作る。例えばグループは駄目だ、女性は駄目、それにオリジナルでなければとか廃盤のみとか……。こういう具合に枷を作って絞っていけば何とか自分の生活を崩壊させない程度の出費で済む。こういう風に長らえていくんだよ。但し、これにも強烈な副作用がある……」

「どういうことですか」

「一度、枷を作ってしまったら二度と外せないということさ」男はなぜか声を低めた。

「本来は全てを抛《なげう》っても所有したいという強烈な渇望を薄皮一枚ぎりぎりのバランスで拒否させているわけだから逆に一旦、枷に合致したものを発見したら見捨ててはおれない。つまり、あれば買わなければならないんだ。もしくはそれを見逃したら今までのコレクション全てが無意味になる……」

あなたはレコード屋の理論に感銘し、さっそく実践することにした。枷については当時、少しずつ顕現の参考になればと始めていた演劇にまつわるものに決めた。関わっている芝居のヒロインと同様の装飾品をつけた女性に絞った。あなたはコスチュームプレイに興味はないのでこれは有効だった。年齢は十三から二十九歳まで。さらにもうひとつ、ヒロインが唱える台詞《せりふ》を仮令《たとえ》文の一節であれ、あなたに向かって直接、語ること。

枷の効果は想像以上だった。かつての物狂おしい焦燥感は払拭《ふっしょく》され、再びあなたは自分自身を取り戻すことができた。全てがスムーズに運び、あなたのコレクションは着実に増えていった。また芝居という流動的なものを枷にしたのでターゲットをばらつかせ、傾向を豊かに揃えることができた。

「魚は喰いたい。でも脚は濡らしたくないなどという臆病猫そっくり……」庵頭はみなの前でヒロインの台詞を読んで聞かせた。「この台詞で、恋人の本当の姿を知らないヒロインは、彼が取った行動を相も変わらず誠実さの仮面に隠れた臆病者の選択だと揶揄《やゆ》するわけだ……。しかし、実のところ彼は新たな殺人を犯していただけのことだった」

庵頭の脚本は単なるセンチメンタルな妄想の押しつけに他ならなかった。あなたは彼が稽古のたびに振り回す殺人心理論には飽き飽きしていたし、またそれを疑うこともなく受け容れている共演者やスタッフにも愛想が尽きていた。しかし、それでも仕事を降りなかった。理由はただひとつ……経済である。顕現はコストが馬鹿にならない。ざっと計算するとひとりあたり百万近い出費が処理と建物の維持にかかっている。

資本主義では誰しも平等に金に困るようにできている。

その後、庵頭はメインキャストを誘い、酒場へと繰り出した。

「あんたには全編女装してもらうことになりそうだ」

「でも、女装している男にヒロインは惚れやせんでしょう」

「ああ、だから。あんたの女装はヒロインには見えない。あんたの心理状況を客に反映させたものとなる」

「ちょっと待ってください」

「もうデザインは発注してあるんだ」

庵頭はクロッキーのラフを拡げた。

「なんですか、これは」

「男の滑稽な心的変質性を際だたせた最高のアイディアだ」

そこにはソフト帽を被り、背広姿でバレエのチュチュを着た男が凡庸に描かれていた。

「しかし、これはいくらなんでも……」

「チュチュは四枚重ねにする。当然、バレエレオタードも背広の下に着てもらう。殺人の場面ではバレエバトンも凶器として使ってもらう」

「うう……」

「君には理解し難いとは思うが殺人者というものは得てして倒錯しているものなのだ。きっとあの男もこれに触発され、現実の事件にも影響が出るだろう。この芝居はマスコミも注目しているしな。いいじゃないか、わたしと君とであの男を散々に愚弄《ぐろう》してやろう、これは我々からあの男への挑戦状となるのさ」

「あんた殺されますよ」

「望むところだ。返り討ちにしてやる。俺のカミさんの従姉妹《いとこ》は奴に殺されたんだ。おっと、これは絶対にオフレコだ。いいな？」

あなたはしばらくの間、庵頭を見つめている。

「それとあんたの意見を聞きたい。まだ決定していないラストについてなんだが……」

庵頭はグラスで唇を湿らせるとあなたの耳元で囁《ささや》いた。

「この男は最愛の人を拷問できると思うかい？」


不意に肩を叩かれたのは自分はなぜあのラフを見た瞬間、庵頭の眼球を抉り出さなかったのかと地下鉄のベンチで掌を見ながら開いたり閉じたりをくりかえしている時だった。

マリコだった。

「おとうさん……」

「よう」あなたは返事はするが、すぐまた興味なさげに視線を落とした。

「電車来るよ」

「ああ」

「なにやってんの」マリコはあなたの腕を摑むとじゃれるようにして立ち上がらせた。今時の高校生らしく茶髪に化粧、母親に似てほっそりとした顔立ちだが瞳が大きく愛嬌がある。

「帰るんでしょう」

「おまえは？」

「わたしは……」一瞬、顔を曇らせるがあなたを見上げて「おとうさんと一緒なら帰る」

「好きにしろ」

「暗いね……なんか」

「面白いことなぞあるものか。生きてるんだぞ」

「ほんとだよ。ほんとだね」

あなたたちはそのままやってきた電車に乗り込むと並んで吊革に摑まった。

「どこに行ってたんだ。今まで」

「いろいろ。友だちのとことかゲームセンターとかカラオケボックスとか」

それっきり会話は続かなくなってしまった。

あなたは暗い窓を見つめる。庵頭は自分が犯人だということを知っているのだろうか。知っていて復讐のつもりであんな道化のような恥曝《さら》しをさせようとしているのだろうか……。

脇腹を突《つつ》かれ、気づくとマリコが同じ窓のなかから見返して笑っている。

「おとうさん……疲れすぎ」マリコは甘えるように体をぶつけてくるが目は叱られないか顔色を窺《うかが》っているようなところがある。「ねえ、シェークスピアって、おかしいよね」

あなたは無言でいる。

マリコは隣の客が読んでいる本を盗み読みするとあなたの耳元で囁いた。

「魚は喰いたい。でも脚は濡らしたくないなどという臆病猫……だって。変な言葉。ふざけてんじゃないの」

あなたは上半身を分断されたような衝撃を受ける。

「なんだと」

「まくべ……マクベスだ。魚は喰いたい。でも脚は濡らしたくないなどという臆病猫、変なことというんだね」

マリコは迷惑そうに本を隠した客を無視して覗き込む。髪に隠れていた耳が露出した。

そのピアスにあなたは見覚えがあった。

相手役のヒロインの耳にもそれはあった。

膝から力が抜けた。

「どうしたの」

「いいから……おまえはどっかに行け。ああ！　もういい！　俺が行く」

「なんでよ。どうしたの！」

あなたは丁度、滑り込んだホームへと降り立つとそのまま改札へと歩き出した。

言いようのない苦い味が喉の奥から溢れてくる。

地上に出るとビルの側溝に吐き戻してしまう。

顔をあげると〈ビッグハプニング！〉と、ピエロがびっくりした顔の看板の店がある。騒がしい音楽とパチンコの音が客が出入りするたびに路上に撒《ま》き散らされている。

枷を設けてからは直ちに実行してきた。チャンスをふいにしたのは今回が初めてだった。あなたは義父という役柄のなかに於いてマリコを可愛がってきた。怯えた顔つきのおかっぱ頭の頃、中学の制服を初めて見せた頃、そして髪を染め家に寄りつかなくなっても厳しいことをいわず、適度な距離を置いて付き合ってくれるあなたに、マリコは母親よりも心を許し、素直な顔を見せてきていた。

果たして俺は例外に耐えられるだろうか。あなたはデニーズに転がるようにして入るとテーブルに座り自問し続けた。マリコを例外にすると、殺さなくてはよかった娘、殺すのを諦めた女の顔が次から次へと脳裏に浮かび始めた。後悔と錯乱が血を沸騰させ、注文を取りに来たウエートレスの首を絞めたいという猛烈な欲求が生じ、あなたはそれに対抗するため、膝にボールペンを突き立てた。目眩《めまい》が今までの事例を引きずりながらあなたの頭蓋を行ったり来たりし始めた。あなたは立ち上がるとタクシーで家に向かった。

棚のコレクションを見つめてもマリコを例外にし、その後、何もなかったかのように枷を再び締め直してやっていけるという確信はなかった。一旦、外れてしまえば際限が無くなるという恐れが劫火《ごうか》となってあなたを灼き、自分でも知らぬ間に何事かを喚き続け、テーブルをひっくり返し、壁を殴り、地団駄を踏み、泣いた。

「おとうさん……」

不意に声をかけられ振り返ると、マリコが立っていた。

「なんか大きな音がしたし……鍵が開いてたから」

マリコはあなたの様子が心配でずっと後をつけてきたと謝った。

あなたは狂ったように笑うとその場で昏倒した。


気がつくとまだ自分は床の上に倒れていた。階段の上のドアは開け放されたまま地下室にマリコの姿はなかった。たぶん隅にある業務用冷蔵庫の中身でも見たのに違いない。なかには埋めやすいように刻み、加工された女達がいる。

これでおしまいか……と溜息をついていると階段の踏み板が鳴った。

マリコが降りてきた。

「人殺し……」

彼女は青醒《ざ》め、手に包丁を握っていた。

「ま、そういうことだ」

あなたは立ち上がりスーツの埃を払う。

「冷蔵庫を見たわ。それにその机のなかの写真も……」

マリコの言葉にあなたはひとつひとつ頷く。不思議なことに先程までの興奮や怒りは消え去り、嵐の後の凪《なぎ》のように心は穏やかだった。

「吐き気がする……。警察に電話したわ」

「そうか……」

「怒らないの」

「いや……いつかは終わる。永遠に続けられるはずがない。自分としてはよくこれまで続いたものだと思っている」

マリコはあなたに突きつけていた包丁を少し下げた。

「人を拷問して殺すのが楽しいのね……。大好きだったのに」

「失望させて悪いが。わたしは殺しを楽しんだことはない。過程は寧《むし》ろ苦痛だった。勿論、彼女たちのほうが苦しかったに違いないが。わたしや彼女らにとって重要なのは結果だった」

「結果？」

「そこの棚にあるものを見たか？　それらは全て彼女たちが臨終に際して発揮した科学では決して割り切れない力の成果なのだ。わたしはこれを顕現と呼び、それを蒐集している。殺さずに痛めつけずに誰しもが発動できるのならば、わたしはしなかっただろう」

「手当たり次第に殺したのね」

「それではすぐに露見し、君や君のおかあさんとの生活は立ちゆかなくなってしまったろう。わたしは自己を抑制する方法を学び、それをこの国の法律よりも厳守したのだ。わたしはある枷を選択条件とした」

「どんな」

「仕事にまつわるものだ。相手役が身につけている装飾品と同じものをひとつ以上つけていること」

「そんな人はいくらでもいるわ」

「それとヒロインの台詞の一節を唱えることだ……」

マリコはそこで瞳を大きくした。

勘のよい子だとあなたは思う。

「今はなんなの」

「君がしているピアスもひとつだ。どこで手に入れた」

「これは今の流行よ。原宿で買ったの。メソードっていうブランドなの」

あなたは暗く笑う。

「それと芝居の台詞。魚は喰いたい。でも脚は濡らしたくないなどという臆病猫そっくり
……もその一節だ。不思議なものだ。あの愚かな演出家は脚本を小出しにしているんだ。その台詞は今晩、初めて出てきたのだよ。おまえに出逢うのが昨日ならば、また稽古が明日ならば……」

「わたしじゃなかったのね」

あなたは頷く。

「おとうさんの態度がおかしくなったのはそのせいだったのね」

「おまえだけは除外して考えねばと思ったのだが……どうやらそれほどわたしは強くないらしい」

「どうなっちゃうの」

「近々、錯乱するだろう。自己破滅的に全ての幕を引くはずだ」

「おとうさん」

「もうそんな風に呼ばなくていい……」

「殺しながら犯したりするの？　殺した後でも。ケンゲンって」

「論外の質問だ。そんなことは考えたこともない」

マリコはそうと呟くと部屋の反対側に包丁を放り捨てた。

「なら殺してもらおうかな、おとうさんに……。あたし、本当は死にに行ってたんだ。いろいろあって汚れちゃって取り返しのつかないこともたくさんしたから。もういいやって。でも、なかなか死ねないんだよね。疲れちゃって疲れちゃって。死にたい死にたいと思って生きているのって辛いんだ」

「馬鹿な。おかあさんが悲しむぞ」

「ないね。あの人はあたしが実の父親に犯《や》られてる時、隣の部屋であたしの悲鳴が聞こえないようにヘッドフォンでレンタルビデオを見てた女だよ」

マリコの目から大粒の涙が次から次へとこぼれた。

「一番優しくしてくれたのはおとうさん。だからおとうさんが居なくなるのは困る。妹が可哀想。それにこのまま生きていてあたしの悪いところがドンドン出てきて嫌われて死ぬより、今おとうさんに殺されて最高の顕現を残すほうがいい」

「おまえには何もわかっていないんだ。ことは簡単ではない。わたしも首尾《しゅび》良《よ》くできる自信が、今は正直言ってない」

「しっかりしなさいよ!」マリコは突然、あなたの胸倉《むなぐら》を殴りつける。「棚に並んだ人たちに恥ずかしくないの! 自分の娘だって手がけるほどの枷だから本物なんじゃない」

彼女の涙が頬に散った。

あなたは彼女を優しく抱き締めるとそのまま目を閉じ、考え込む。

「よし……やろう」

あなたの言葉にマリコは頷いた。


「まず四肢の先端から破壊していく。爪をペンチで引き抜き、赤い孔をはんだごてで灼き潰す……」顕現用の頑健な椅子に固定されたマリコの前に道具を並べながらあなたは説明していく。「状況が進むまで刃物は使わない。出血量を抑えるためだ、失血が進むと意識が混迷してしまうからな。それまでは折る、剝ぐ、砕く、潰す、灼く、削ぐが中心になる。八時間ほどかけ、じっくりと解体したいところだ」

「途中で気持ち悪くならないかな」

「吐いて構わない。みんな吐くし、失禁するし、排便する者も多い。特に腸を引きずり出す際にはほとんどが脱糞する。自然なことだよ。顔の皮も剝いでいく、左側の耳を削いで切り傷を灼き潰す。皮を剝ぐのにもっとも適しているのはボンナイフだ。大型のナイフや包丁では筋に抵抗されて刃先が浮いてしまうのだが、この小学生が使うような文房具は全身の皮を剝ぎ取ってもさほど切れ味が変わらないのだ。優秀だよ。爪を剝いだ後の指は数本ペンチで切断させてもらう。左手から始めるのが良いだろう。左全指を切り落としたら手首を外す。「全てを途中で眼球をこれで掬《すく》わせてもらう」あなたはグレープフルーツ用匙を取り出す。抉るのではなくて視神経の束は繫げて垂らしておこう。胸は圧搾空気を送り込んだ後、石板に挟んで片方を潰させてもらう。その頃になると君はかなり我慢ができなくなってくる。早く終わって欲しいと思う。それらが顕現のエネルギーになるようだ。半身の関節を外し、皮膚を取り去り、灼いた後で片側も同様に行う。足首と膝蓋骨《しつがいこつ》が折れる痛みは想像を絶する。ここでは思い切り叫んでもらって構わない。わたしを罵《ののし》ってもいいんだぞ。腕はその後、スライサーと挽肉器に入れてみよう。かなりの出血が始まるが随時、血管をバーナーで灼いて対処しよう。背中に釘を打ち込んでいく。それらに電気を繫げるつもりだ。その前に舌を引き抜くだろう。完全に取り去るつもりだから窒息の心配はしなくてよい。但し、話がそれ以降はできなくなってしまうから言い残すことのないようにして欲しい」

「わかった。考えておく」

「その後、少しずつ内臓を引き出していく。意識が混沌とするだろうが背中の釘に電流を流すことで覚醒時間は見込めるはずだ」あなたはバリカンを手にするとマリコの頭に当てた。

「処理がしにくいから剃《そ》らせてもらうよ」

マリコは静かに頷いた。長い髪が音を立てて落ちていくのを彼女は眺めている。

あなたはマリコの頭に凸凹《でこぼこ》が多いことに気づく。

「注射の跡。女は頭に打つの。目立たないから。舌や膝裏も使うけれど。シャブ中とかは顕現しないのかしら」

「以前、ある種の中毒者からは良い反応が引き出せたよ」

「よかった」


翌朝、全てが終わった。

残念なことに顕現は起きなかった。

所詮《しょせん》、凡庸《ぼんよう》な娘に過ぎなかったか……。

あなたは床の組織片や体液を洗い流し、ビニールに指や耳の断端を捨てながら、がっかりしていた。髪が隅に固まっていた。新聞紙に載せて一緒に丸め込み、ゴミ袋に捨てる。なんだかつまらないことを一生懸命していたような気がする。

疲れていた。今は眠りたかった。


「そこで遂にこの男は愛する女を殺すことができず自らの罪の深さに苦しみ悶えつつ自殺を決意するのだ……」

庵頭は興奮気味に語り終えると脚本を置いた。信じられないことだがこの男は涙ぐんでさえいた。するとまばらに拍手が湧き、あっという間に盛大なものへと変わっていった。

稽古場が異様な興奮状態に包まれた。スタッフが立ち上がって庵頭へと賞賛の声をあげ、キャストの多くが涙ぐみ、喝采《かっさい》を送っていた。

白々しい気持ちであなたはそれらを傍観していた。

既にマリコを処置してから二週間が経っていた。

それは立ち稽古を始めてからすぐに起きた。

ヒロイン役の女があなたの頰を張る場面でリアリティをもたせようと庵頭は少し当てて欲しいと要求した。

「結構です」

と、納得ずくの上で頰を張られたあなたは何かが飛び出していくのを感じた。

一瞬、稽古場内に静寂が訪れた後、けたたましい悲鳴が上がった。

庵頭の胸元に千切れたての耳が貼り付いていた。

ヒロイン役の女が目を見開き、あなたを震えながら指差した。

頭の横に大きな孔が開いていた。

するともう片方も床に落ち、蛙《かえる》が着地したような音を立てた。

悲鳴とざわめきがあなたを包んだ。何人かがあなたを助けようと近寄ってきたが、それを振り払いあなたは外への階段を駆け降りる。

体が揺れるたびに内部で何かが潰れていく音がした。

きっぷを買おうとすると指がばらけて落ちた。

あなたはタクシーを捕まえる。

下水に吸い込まれていくような音がいつまでも体のなかから聞こえてきていた。

家の近くまで来た時に運転手が突然、「じょ、じょうだんじゃない！」と叫ぶと強引にあなたを車から降ろしてしまう。鼻が消えていた。

足先が無くなり靴が飛んでいってしまった。

玄関を開ける際に左腕が肩から落ちた。

既に地下室への階段を降りる時には四肢は残されていなかった。

達磨《だるま》のようになりながら階段を見上げると自分の腕が溶けたチーズのように伸びきっては

したたり落ちていた。

事態の把握には時間を要した。

あなたは脳が溶け流れるまでの間、意識をフル回転させた。

芋虫のように床を這い回り、我が身に降りかかった状況が顕現なのか別の影響なのかを思索したのだ。


……あなたは存在している。

溶解は四肢と耳鼻で一応は止まっている。

しかし、自分が死んでいることは水も食事も摂らずにいられることではっきりしていた。

既に排泄も止まっている。

悩みは数日前から湧き始めた蛆《うじ》と蟻が競ってあなたの体内に迷路を作り上げていることだった。彼女達に使っていた鏡が皮肉なことに真正面にある。既に青黒いボール状と化したあなたに人の面影はない。

マリコはきちんと、約束通りの仕事をしていったのだとあなたは感じている。

自分の死と共にあなた自身の生命も彼岸へと持っていったのだと……。

気づかなかったのは当事者であるあなただけ。

マリコは……いや、サンジュウゴ号は立派にやり遂げていたのだった。

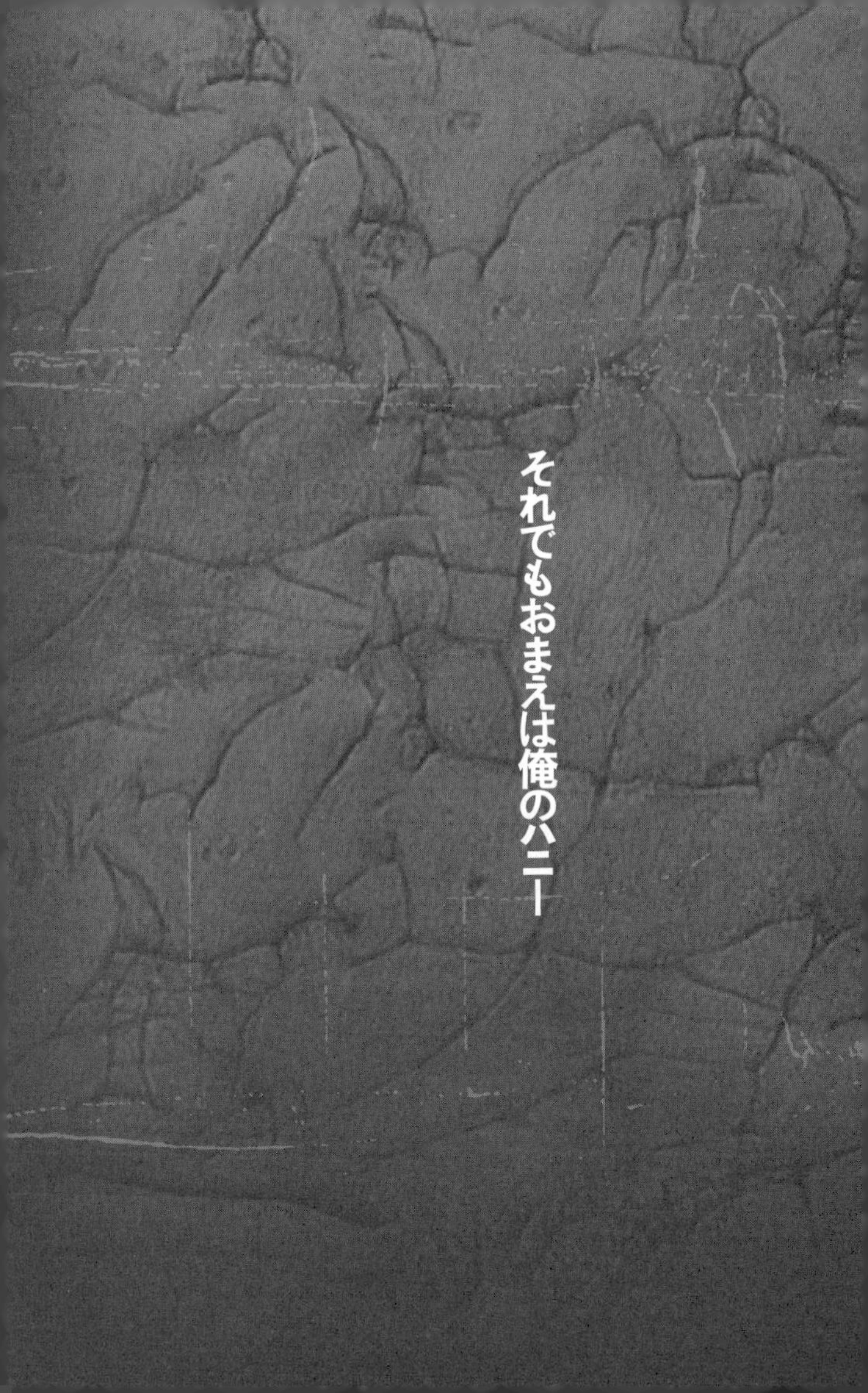
それでもおまえは俺のハニー

1

エミは中身はともかくとして見た目はたっぷり八十歳って女だが俺は毎日毎晩ＦＵＣＫしてやってるんだ。皺々のたるんだ尻とたるんだ太股を抱え込んでＦＵＣＫ！　ＦＵＣＫ！　ＢＡＮＧ！　ＢＡＮＧ！

そりゃ毎日やるのは五十になる俺にはかなり堪《こた》える仕事だが、それでもあいつは俺のハニー。死ぬまで毎晩、可愛がってやる。

2

仕事もなく、家もなく、死んだ犬の尻《けつ》の穴みたいだった木賃宿からも追んだされて俺はもうどうでもよくなった。どうでもよくなった瞬間から飲み始めていたものだから、その町にどうやって辿り着いたのかも憶えちゃいない。いや、本当に憶えちゃいないんだ。たぶんどこかのお人好しかホモが道端でゾンビのように突っ立っていた俺を車に積み込んだは良いが、乗せたのが〈束《つか》の間《ま》の友人〉でも〈ガン決めトロマン野郎〉でもなかったのに途中でハタと気づき、ゴミのように捨てるに捨てられず、仕方なくこのゴミ箱みたいな町に放り出した、と——ご名答。そいつは正しい。

考えてみりゃ、まったくもってこの町はゴミ溜めそのものだった。

俺は朝日だか夕日だかわからないなかを安楽死させて貰えそうな場所を探して、ほっつき歩き、いつになったらこの国が既に一部官僚のための奴隷制を布《し》いていたことにみな気づくのかと頭を悩ませ、ゲロを吐いた。丁度、凭《もた》れかかるのにうってつけの台があったからだ。もともと胃の中には何も入っちゃいないので見栄で何か吐いたようなもんだが、俺はそれだけでひと仕事した気になってずるずるとゲロの上へ、へたりこんだ。

おつむをトントンとノックされたのはその時だ。目を開けると小麦色に灼《や》けた黒のタンクトップへ上物《じようもの》のメロンをふたつぎゅうぎゅうに詰め込んだようなオッパイの女が微笑《ほほえ》んでいた。おまけに奴は指先が斬り落としてある革の手袋をしていた。丸っこい鋲《びよう》がナックルのところに出てるやつさ。あんなのはめた女には漫画のなかでしかおめにかかったことがなかった。

俺はすぐ、こいつはあぶれ淫売だと悟った。

「悪いな。オッチャンの精液袋は財布同様すっからかんなんだよ」

返事の代わりに鼻紙が降ってきた。

目玉がトチ狂い、それが使い終わったティッシュでなく、押しつけがましい生き方をして押しつけがましい本を遺《のこ》して、死んでまで人に大切に扱って貰いたいなんていう押しつけがましい魂胆が面に浮いたジジイを印刷した、寄って束になりゃ人殺しだってさせるヤクザなあの紙に見えたのさ。

顔を上げると女が手をヒラヒラさせて去っていくところだった。

3

俺は自分の目ン玉が狂ってることを証明するため、その辺の飲み屋に入り込んだ。

カウンターには仏頂面のデブが健康診断の結果待ちのような顔をして立っていた。

「ビール」

聞こえないのか見えないのか気がきかないのか、それともヘレンケラー主義者なのか俺の言葉に奴は全く反応しなかった。もしかしたら最新式のロボットかと思い、俺は「ハロー」と手を振った。するとデブにスイッチが入り、念入りに元はマリア様のように純白だったのに今は政治家の腑《はらわた》みたいに黒くなったエプロンで手を拭いた。〈右足を踏み出す＝エプロンで手を拭く〉みたいなプログラミングをされているのか几帳面に奴は手を拭き拭きやってきた。

ロボットにしては油の差し過ぎ。すき焼き鍋のラードのようにぷんぷん脂が臭った。

「あんたチョウセン人かい」

「昔はよくチョウセンしたけれど、今は特別のマンコでなきゃチョウセンしないよ」

ふんとデブは鼻を鳴らした。

「気の利いたことを返したつもりだろうが、さほどでもないね」

「それよりアンタ、そんなこと此処《ここ》に来た誰にでも訊いて回ってるのかい。よく殺されないもんだな」

「俺は何も買わないよ」

「見て視えず、聞けども聴こえずってやつだな。その鳥の巣みたいな頭の中に誰かいないのか？　ここにいるのは歴《れっき》としたお客さんだよ。冒険家と呼んで貰っても良い」

「俺には機嫌の悪いバーテンに殴り殺されたがってるクズのラリ公にしか見えないよ」

目玉のケリを付ける時が来たと思い、俺は女に貰った紙切れをカウンターの上に置き、丁寧に皺を拡げた。

「これは何でしょう？」

「万札かな？　万札に見えるが……やっぱり万札のようだ」

デブが唸った。

ビンゴ！　狂ってるのは俺ではなくあの女の方だった。

「わかったら、いつまでもデブってないでさっさとビールをだしな」

「何のためにさ」

デブは機嫌が良くなった。

「此処にある酒を俺様の胃袋で外へお運びになってブチ撒くためだよ」

一時間後、本当にその通りになった。

俺はもと来た道を電車のように正確に折り返すと台座の根本にゲロを吐き、へたり込んだ。前回の奴はなかば土に染み込み、植え込みでは逃げ遅れてゲロのかかったパンジーが花弁を変色させていた、アーメン。

またおつむがノックされた。

顔を上げると、あの女がいた。髪が濡れていた。

「商売は終わりかい。残念ながらあんたがティッシュと間違えてよこした金は使っちまった。ごめんよ」

「いくわよ」

「どこへ」

「あたしのうち」

いよいよ、俺は何か酷《ひど》い目に遭って死ぬんだと思った。こんなについていて良いわけがない。

そしてその勘は半分ドンピシャだった。

4

女の車はトヨタの四駆。狂っているのは運転でわかった。信号で停まらないのだ。俺は対向車や周りの車が心中はごめんとばかりにタイヤを軋《きし》ませ脇へどくのを目《ま》の辺《あた》りにした。一度などは大型トレーラーが手で触れるところまで石油の詰まった尻を押し付けてきた。

「おう」とか「うわ」とか俺は叫びっ放しだったに違いない。

女はサングラスをしたまま何の反応も見せずに突っこんでいく。

どうせこのまま死ぬのなら、この女に手を出さぬ法はないと思ったがシートを腰から浮かせる間がなかったというか、正確には腰が抜けちまっていた。

つまり、俺は空き缶に詰められたビー玉のように振り回されていたんだな。

車から降りるとタイヤの焦げた臭いがぷんぷんした。

「あんた物凄い運の持ち主なんだな」

返事はなかった。

女は町外れの一軒家に住んでいた。

部屋のなかも桁外《けたはず》れだった。

床も壁もテーブルも棚もタンスも二階へ上がる階段にも黒電話が所狭しと並び、黒い甲殻類にどこもかしこも占領されているように見えた。ユニバーサル配給【黒い電話蟲《むし》の来襲】って感じだ。

「旦那は電話コレクターか何かなのかい」

返事はなし。

女は俺が当然ついてきているものと疑わぬ様子で二階への階段をすたすたと上がった。

目の前で革のホットパンツから尻たぼがはみ出していた。

大人のディズニーランドの入口がそこにある。今までの入場者数は大変な数に違いないはずだが手入れは行き届き、新品同然に見えた。

二階には部屋がふたつあった。

女はドアの開いていた部屋（そこにも電話はごまんとあった）に俺を連れ込むと振り向き様に俺の息子を摑み、キスをしてきた。

「おい！　ちょっと待ってくれ。俺、本当に金もってないんだよ！」

そう叫び終わらぬうちに俺たちはディズニーランドへ入場していた。

揉まれ、絞られ、吸われ、振り回され、沈められ、ぐにゃぐにゃにされ、ようやく放り出された時には洗濯機から取り出された気分だった。

悪くはなかった。それが証拠にその夜は、久しぶりに悪夢を見ずに済んでいた。

目覚めると女が俺の顔を覗き込んでいた。いたずらっぽい狐顔。瞳だけが大きくぬらぬら濡れていた。

「旦那に叱られるぞ」

「わかってるでしょ。そんなものはいないのよ」

乳房が俺の腕に乗っかっていた。悪くない。しかし、朝からなんて事だ。俺は急に何もかもが怖くなった。

「俺、そろそろ行かなくちゃ」

「どこへ」

彼女の言葉はどこか呪文めいていた。何かがずれてるんだ。言葉の意味じゃなく、発音自体のことだ。何か、微妙に聞く者を不安にさせる何かがあった。

俺は浮かしかけた尻をまたマットレスに落とした。

「怖いんだよ。こんなことが続いて良いはずがない。俺には良いことなんかあっちゃいけないんだ。落ち着かないんだよ」

女は俺の目の中の中の中を覗き込んだ。本当にそんな感じだった。

「私はエミ」

「俺はジョー」

「わかる？　ジョー。私は耳が聞こえないの。あんたの唇を読んでるのよ。だから私に話しかけたかったら正面から来て」

ふたつの事が俺のなかでハッキリした。エミの発音が変わっている理由。そして俺がエミにぞっこんになっちまったということ。なんてことだ。もうそんなことは懲《こ》り懲《ご》りなはずだった。恋愛なんて、どえらいハンデのついたポーカーのようなもの。いつだって女は男の半分しか愛を返さないものなのに……。

5

翌日からエミと俺は目が開いている間は飲むか喰うかＦＵＣＫをして過ごした。

「ああ、もうちきしょう。気が狂いそうだ」

俺はベッドから下りると棚にあったワインの瓶を摑んでラッパ飲みした。その際、足が電話機のひとつを蹴っ飛ばした。

「止《や》めて！」エミが金切り声をあげた。「電話を傷つけないで」

その声があまりにも悲壮《ひそう》だったので俺は驚きのあまり理由も訊けなくなった。

「ごめんよ。悪気はなかったんだ。ちょっとその足癖が悪くて。水虫なんだよ。それにしても凄い数だ。数えたことあるのかい」

「昔はね。まだ私が若かった頃。無音《ミュート》に成りたての頃」

「こいつらは全部、生きてるのかい？　その、つまり繋がっているのかって意味だけど」

「憶えてないわ。コードは引いてあるけれど。親切な友だちがしてくれたの。今は親切じゃなくなっちゃったけど……」

何日か経って家の中の物を飲み尽くし食い尽くした俺たちは買い出しに出かけた。

運転は俺。

その方が話ができる。

エミが俺の唇を読めるからだ。

こうして運転している時、それ以外の時でもエミはいろいろと教えてくれた。町が腐りきっていること。町には代々国会議員をやっている一族がいて、そいつらが自分たち以上にのさばる奴を許さないこと。警察もヤクザも土建屋も商店主も奴らの金の小便を飲みに行ってること。

そして自分の商売のこと……。

「その話はサラッと流してくれ。胸が痛む」

「仕方ないわ。本当のことだもの」

「そうじゃない。そのことであんたに批判めいた感情の起きる自分が許せないんだ。俺にそんな資格はない。なのに聞けばそんな反応になるかもしれん、そうなれば俺は自分の心臓を抉り出して捨てたくなる」

「好きよ。愛してる」

「妙だな。俺もそんな感じだ」

飲んで飲んで！　FUCKFUCK！　BANGBANG！


「淫売がいるわよ」「一緒にいるのはヤク中かしら、脳梅かしら」「どちらにせよ腐れ耳に違いないわ」「乱痴気脳梅で腐れ耳なんでしょう。薄汚いし」

酒屋でワインを品定めしていると棚の向こうから声が聞こえた。

見ればいい歳した銀髪の婆様たちが顔を寄せ合っていた。

俺は知らん顔をして婆様の側を通り抜け、屁をこいてやった。昨日、大蒜《にんにく》たっぷりのペペロンチーノを盛大に平らげたやつだ。すぐに死んだイタチのような臭いが漂い始めた。婆様方は目を白黒させながら出て行った。屁は便利だ。臭いさえ気をつければエミに迷惑をかけないで済む。

レジへ行き、俺は買い物袋を受け取った。

「まいど……。二度と来るなクソ淫売！　腐ったマン臭！」

店主はエミが後ろを向くと即座に悪態をついた。俺も同様に聞こえないと思っているのだ。

反射的に振り返ると奴はそそくさと奥へ引っ込んでしまった。

エミが美容院に行っている間、俺は〈デブの店〉で待つことにした。

デブは俺を憶えていた。

「あんた、あのメス犬の所にいるんだって」

「なんだってここの奴らはみんなそんな口を利くんだ。あの人はレディーだよ」

「もちろん別の意味で〈淫売《レディー》〉なんだろうけどな。昔は安くやらせてたのが、最近はすっかり高くなっちまって。なあ、あんたオマンコ代ってのも値上がりするのかい」

「知るもんか。ビール」

「あの女はそこの先でせがれを死なせてから住みつきやがって。初めは家庭教師かなんかやってたんだが、よそ者をまともに喰わせるほどこの町はお人好しじゃないんでね。やがてレディーになったたってわけさ」

「子供はなんで死んだんだ。げえ、ひでえ味だ。サーバーの掃除を忘れてるだろう」

「当て逃げだって話だ。ひとりでボールか犬か追いかけて通りに出てきた所をぽこんとやられたらしい。しばらく生きてたんだが、気がついたら死んでた。あの女は駆け落ちするつもりの男と宿屋でオマンコしてたらしい。子供をレストランに待たせてたんだよ。混ぜてやってりゃあ、餓鬼は死なずに済んだのによ」

「おい！　俺はビールを頼んだんだぜ。てめえの小便なんか出すんじゃねえ」

俺はジョッキをカウンターに叩きつけた。

「殺されねえうちにあの淫売の家を出なよ」店の隅から声がした。「あいつはサブのだぜ」

「サブってのは、ここら一帯の電話を取り仕切ってるお方の息子さんなんだよ」ビールをかけられないようカウンターから下がっていたデブが言った。

「サブがいるから俺らは手を出さなかったんだ。でなきゃ、あんな女。今頃、世界一くせえ公衆便所にしてやってるぜ」

男が三人立ち上がってくるのが見えた。プロだった、暴力の。奴らはそれで喰っている。

「おまえが来てから、あの女はサブの所へ顔を見せなくなってる。それがどういうことかわかるか」

つまり既に導火線に火が点いちまっているということだ。それぐらい俺にもわかる。

「どちらにせよ、おまえは電話に出なきゃならなくなる」

「町を出るか。電話に出るかだ。へへへ」

俺は、びびってないように見せながらスツールを下りると外に出た。脇の下にべっとり汗染みができていた。

6

家に戻ってからも男たちの言葉が耳から離れなかった。

試しに黒電話の受話器を取り上げてみた。ツーッという音が聞こえてきた。しかし、ダイヤルを回してもどこにも掛からなかった。

初めの一発は文字通り一発やってる時に始まった。

ベッドの真下にある黒電話が突然、鳴り始めたのだ。

俺は無視しようと行為に集中したのだが、エミはすぐ俺の変化に気がついた。

「どうしたの」

「さっきからあの黒蟲が鳴ってるんだよ」

「うちに掛けてくる人なんかいないわ。間違い電話よ」

「そりゃそうだ」

プッシュ回線のベルに慣れた身に黒電話のベルはきつい。ゲリリリリと耳の中へ指を突っこみ、奴ら頭の内側を削り取っていくんだ。

「ごめん。ちょっと出て良いか？」

俺は手前の一台を取り上げたが、ベルは止《や》まなかった。四台目で引き当て

『糞は喰わせたか？』

「どちら様？」

『糞を喰わせてやれよ。エミはそれが大好物なんだ』

俺は電話を切った。

振り返り、間違い電話だったよという風にエミに肩をすくませた。

途端にまた鳴り始めた。

俺は気づかないふりをしてエミに突撃した。しかし、失敗した。

「電話なのね」

「ああ」

今度は二回目で鳴ってる電話を引き当てた。

『トーストに塗った糞が大好物なんだよ。焼きたての上にひりだしてやんな。玉が火傷《やけど》するぐらい尻を近づけてブチュッと茶色の尻尾《しっぽ》を……』

俺はコードを引き抜こうと電話機を摑み上げた。

「やめて！」エミが絶叫した。「やめてよ……お願い。電話に酷いことしないで……」

エミはベッドに突っ伏すと狂ったように号泣した。

俺は長い間、黙って背中をさすってやった。

おかげで電話が鳴っても放っておくことができた。

7

三日も経たないうちに俺の耳はおかしくなってきた。あれから電話は昼夜を問わず立て続けに鳴り、耳の中では電話が鳴り終えても残響がし、またあの忌々《いまいま》しい黒蟲が鳴る直前に〈くっ〉と息継ぎする間にノイローゼになっていた。

もちろんエミには全く変化はなかった。当たり前のことだが彼女が困惑しているのは俺の変化に対してだった。

「もっと落ち着いて。なんだか動物園の虎みたいよ。いつもウロウロして。少しはゆっくり話をしない?」

その通り。このままでは何のための俺たちなのか訳が分からなくなる。

俺は彼女との話に神経を集中するようにした……が、五分もすると鳴り続けの黒蟲に気を取られていく。無視しよう無視しようとすればするほど無視することに神経を使い果たし、彼女の話がうわの空になる。

『小便がドレッシングになるぜ』

『ピーナッツを食べな。トーストに塗る時のおまけになる』

『直接、吸い出して貰ったことはあるか』

『キスをしな。キスを。キスをするが良いさ。熱い泥を舐めあうんだ』

俺は限界に来ていた。

もともと俺の限界なんざ、金魚すくいの紙網のポイのようにやわなものだ。

仕方なく俺は家を出ると裏に駐めてある車の中で生活した。

昼間は庭か裏手のだだっ広い砂ばかりの土地に寝ころんで酒を飲んだ。

夜か雨の時には車に籠もった。

エミは哀しそうな顔をしていたが家に戻れと無理強《むりじ》いはしなかった。

ＦＵＣＫはなかった。

俺は使い物にならなくなっていた。黒蟲のガリリリが耳につくと全身に悪寒《おかん》が走り、冷や汗が出た。頭のなかの捻子《ねじ》がギリギリと締め付けられるので家のなかではいつも地雷原を歩いているようにびくついていなければならなかったからだ。それでも電話は何度も何度も鳴りに鳴った。

エミは俺の様子を見て電話の有無を認識した。

彼女によると俺はほんのちょっとだけ飛び上がるのだという。

「これぐらい」とエミは指で薄い幅を作って微笑んだ。

まだ幸せがうっすらと残っていた頃の話だ。

8

俺は酒を浴びるようになった。素面《しらふ》でいることは少なくなり座ったまま〈粗相《そそう》〉をすることもあった。腐ったアル中に逆戻りだ。連続飲酒。それは渇飲と呼ぶに相応《ふさわ》しい消費だった。

おかげで電話に怯えることはなくなったがエミを失う確率は高まったように思った。

俺は捨てられるんだと感じるたびにテラスで発作的に泣き叫んだ。

エミが飛んできてくれるのを期待するが音は通用しないのでエミの部屋のガラスに石をぶつける。すると彼女は駆け下りてきて俺を抱き締めてくれた。

俺はおいおい泣き、そのあとで喚いたり怒鳴ったりした。

主にあの忌々《いまいま》しい黒蟲のことについて。

なぜこんなにたくさん必要なのかと迫るのだ。

エミは明確な返事はしなかった。言っても信じないとも。

するとすぐに黒蟲がガリリリリと鳴る。

俺は度胸試しのつもりで、クジ引きのように何台もの受話器を上げたり下げたりした果てに目当ての一台を摑み上げる。

『下痢のポタージュを飲ませてやんな』

俺は受話器を取り落とすとはらはら涙を流し、ポーチに出て再び、飲み始める。

それの繰り返し。

エミとの、めくるめく愛と誘惑のＦＵＣＫは今や銀河の彼方《かなた》へ……。


ある夜、妙な気配がし、俺は目覚めた。

寝床代わりの車を降りると空には星がビーズ玉を散らかしたようにあった。

相変わらず黒蟲はガリリリリリと鳴り続けている。

俺は家の中には入らず裏手に回った。

すると今まで気がつかなかった細い小さな杭の囲いがあった。何も植えていない菜園のような感じ。真ん中に平たい石が置いてある。

エミがいた。

石の上には花束。

「今年で諦めるわ……」

俺が触れる前にエミはそう語りかけてきた。

「なにを」

「いろいろ……。そうしたらここを出て一緒に暮らす？」

「どうだろう。そううまくいくかな」

エミは俯いた。

「俺はどうしようもないぐらいポンコツだし。学も資格も技術もない、おまけに腐りかけた内臓をもてあましているおいぼれたアル中だ」

「電話を待ってるのよ、私」

「電話なら糞にたかる蠅ほど掛かってきてるじゃないか」

「そうじゃないの。聞こえる人には聞こえない電話」

「悪い。いま頭が腐ってる途中なんだ。哲学とか禅問答にはつきあえないぜ」

「ほんとなの。そういう経験をした混血のジプシーから聞いたの。だから私は覚悟を決めたの」

エミの話では死んだ者と本当に心から通じていたのなら一度だけ電話がかかってくるチャンスが実は誰にでもあるのだという。但し、その電話の音は聞こえる者には聞こえない。故に普通は見逃してしまうのだと……。

「だから私は鼓膜を潰したの。あの子の電話を受け取るために」

虫の歯ぎしりのような黒電話のベルが屋内から漏れてきた。

「私、あの子を置き去りにして。愛されているのでもなんでもなくただ単に遊ばれてただけの人をわざわざ迎えにバス停に行ったの。レストランなら置いといても安全だと過信して。まだ五つだったのに。ほったらかしね」

「その話は豚みたいな男から聞いたことがある。車にはねられたんだろう」

「人は見ていたはずなの。あそこは昼間は人通りが多いわ。それなのに誰ひとりとして彼を病院へ運ぼうとか声すらかけようという人はいなかったの。あの子は倒れた道路からひとりで立ち上がって横切ると郵便局まで歩いて入口の壁にもたれかかったのよ。そしてそこで死んだの。頭のなかとお腹のなかを血で一杯にして。まるでどこかの犬か猫みたいに死んだの」

「ひき逃げだ。殺されたんだ」

「殺したのは私だわ。だから私は私を許さないの。でも……ひと言だけ謝りたいの。ごめんなさいって。それを伝えてから地獄に堕ちたいの。どうしてもそれだけ言いたいから、どれにかかってきてもいいように、ありったけの電話を用意したの」

　エミは墓の前に崩れ落ちた。

「でも、電話は掛かってこないわ。あの子が私を許すはずがないし。こんな母親が愛して貰えるわけがないもの」

「電話はいつ掛かってくるんだ」

「命日の前後七日間の月夜。この三日が最後ね」

「結論はまだ早いよ、エミ」

9

俺は家に戻ることにした。

電話攻勢はいっそう激しくなっていた。

今までは一台ずつ鳴っていたのが、二三台一斉に鳴り出す始末。

酷い時には五六台、いや、もっとかもしれない。

俺は枕をかぶり、耳にティッシュペーパーを詰めたが無駄だった。

受話器を取っては切り、取っては切りをくり返したが、もぐら叩きも良いところだった。

エミのために受話器を上げておくことはできなかった。

せがれの電話は夜にかかるとはいえ、昼間は使えない状態にしておいても良いということにならないのが人間の心理だ。

俺はあの夜、エミが諦めるといった言葉を信じてはいなかった。

エミは新月が過ぎても待ち続けるに違いない。どこへ行って暮らそうとも諦めるわけがなかった。それが証拠に諦めて新しい生活に飛び込めるようなら俺を拾ったりはしない。そうした人がたまに犯してしまう優しいけれど忌々しい嘘については厭というほど俺の肌身に染みついている。俺がエミと一緒にいたいのであれば、電話を待つことを許さねばならないし、この家ほど電話の充実した場所はない。

俺は黒蟲攻撃に耐えなければならない。

と、無意識に取った電話の声のトーンが変わっていた。

『死にたいのか』

「おまえが親玉か」

『俺のオマンコを返せ』

「おまえインポだろう。それか中折れ」

ビンゴ。相手は黙り込んだ。無視しているのではない、怒り狂っているのが鼻息でわかった。俺はいきなり勝負に打って出ることにした。

「どちらにせよ。おまえがなぜあれほど執着するのかは判ってるぜ、サブ。エミのせがれを撥ねたのはおまえだろう。おまえのようなトンマのインポは無意識のうちにべらべらイイ気になってしゃべったことがエミから俺に伝わって、墓穴を掘るのが怖いんだ」

黙って電話は切れた。

瓢簞《ひょうたん》から駒とはこのことだ。

が、そんな俺の自信も、続く黒蟲の一斉攻撃にめためたになった。

翌日の晩、俺はまた酒に逃げ出してしまった。

そしてそんな状態での酒は俺をさらにめためたにした。

黒蟲は今や十台単位で鳴るようになった。

恐るべし人海戦術。

俺は子供を叱るように何時間も黒蟲に怒鳴りつけ、喚き散らした。

エミはそんな俺の姿に恐れを成してか二階に上がったきりになった。

ドーンッ！

遂に家が爆発したかのような地響きと共に電話が一斉に鳴った。

俺は、もう耐えきれなかった。

耳を塞ぎ、怒鳴りつけた。

エミからすれば全ては滑稽なパントマイムなのだろうが、俺にとっては狂気と正気の縁をすれすれで行き来している命懸けの姿だった。

耳から手を離すことができなくなった。

と、壁に立てかけてあったミラーに俺が映っていた。

廃人寸前のアル中が涎と涙でぼろぼろになって歯を剝きだしていた。

その瞬間、俺のなかで何かが切れ、そして絶好のアイディアが誕生した。

エミと一緒にせがれの電話を永遠にこの家で待つ方法。

俺は黒蟲の隙間を縫って台所に行くとバーベキュー用の金串を取りだした。長さは充分。

但し、突っ込み過ぎないようにしなけりゃロボトミー手術の出来損ないになっちまう。

俺は手にしたバーボンのボトルを口に含むと金串の先端に吹きかけ、まず右の耳に差し入れた。初めはくすぐったい感じ。ひんやりとした串の冷たさが穴の縁に触った。

俺は串を少しずつ押し込んでみた。耳掻きで深く入れすぎた時のようにゲェッと声が出た。体がぶるぶる震え、背が丸まってしまった。

俺は串を外した。

とてもじゃないがゆっくりなんかやれやしない。

俺はバーボンを何度も飲み干した。酔いたいのに飲めば飲むほど冴えてくるようで焦った。それでも何度か頭を振り回すと景色が慣性で動く程度にはなった。

今だ。

俺は壁の前に立ち、耳に金串を差し入れると、一、二のさん。

串を向けて体当たりした。

ガリッ。貝殻が潰れるような音とプールに飛び込んだような感じ、そして激痛。耳の穴が爆発して吹っ飛んだ。俺は床に転がったまま串を思い切って引き抜いた。音はせず、ただ耳から歯を抜いたようなボコリという感覚があった。

　残った耳に入る音が変な音に変わっている。

黒蟲は騒ぎ立て、波のように俺を持ち上げ叩きつけた。

串は曲がり、白い腱のようなものが血と一緒にくっついていた。

俺は立ち上がろうとしてひっくり返った。なんだか平衡感覚が取れない。抽斗《ひきだし》のなかのものを叩き落とし、串を掴んだ。

今度は左耳。俺はさっきよりも深く差し込むと気合いを入れて床に串先を叩きつけた。

「ぶぎえ……ぇ……」

スイッチが切れたように世界が沈黙した。

俺は突然、息が苦しくなった。自分が充分に息が吸えていないような気がして焦った。

串を抜いて放り捨てる。

俺は壁まで体を引きずると、もたれたままバーボンを飲んでむせた。

むせてから思い切り吐いた。

吐く度《たび》に耳が痛んだ。

不意に体が摑まれ、振り回された。

エミが真っ青な顔をして俺に抱きついてきた。

「おなじ……俺とおまえ……おんなじだ。はは」

俺は笑った。

エミは俺の頬を張った。

二度三度、四度目は振り上げただけで止まり、俺にしがみついてきた。

エミが俺の胸の上で震え、暴れていた。見ると泣いていた。

突然、エミが何かを叫んだが、俺には判らなかった。

「わかんないよ。俺は唇が読めないんだ」

バットで肩を殴られたような衝撃に俺は吹っ飛んだ。

エミは黒蟲のなかに突っこんで倒れていた。

背中の壁が揺れた。

その時になって初めてふたりの男が猟銃をもって入ってきていたのに気づいた。

ジジイと若いの。

若いのが俺に向かって何ごとかを喚いていた。尻を轢かれたブルドッグのような剣幕だった。

俺は立ち上がろうとした。しかし平衡感覚が滅茶苦茶なので、すぐに倒れてしまう。

目の前の黒蟲が木《こ》っ端《ぱ》微塵《みじん》になった。ざまあみろという気がした。

エミが狂ったように若いのに飛びかかっていき、銃の台座でなぎ倒された。

ためらいも加減もない、女を殴るのに慣れたやり口だった。

その時、氷のグラスを叩くような透き通る音が聴こえた。

リリン、リーン、リリン。

音は二階からしていた。

エミが俺を見た。

俺は頷いた。

若いのが駆け出したエミを追って銃口を向けたまま部屋の外へと飛びだした。

若いのに飛びかかろうとした俺にジジイの銃の台座が突き刺さった。肋骨が変な感じに潰れた。倒れ込んだ先にバーボンの飲みかけの瓶があったので俺はそれをジジイに投げた。

ジジイが空中で瓶を撃つと火の雨が降った。慌てたジジイが黒蟲を踏みつけ、足を滑らせた時。

ジジイの銃が俺とはあらぬ方向へ火を噴いた。

エミが駆け込んだ階段に通じる、安普請の壁に穴がぼこりと開いた。するとその裏から若いのがニヤニヤして出てきた。

胸が真ッ赤に抉《えぐ》れていた。

ジジイは銃を捨て、口をまん丸に開けっ放しながら若いのを抱きかかえに行った。

俺は脇腹と肩の痛みを堪《こら》え、奴らを避《よ》けて階段へ向かった。

まるでタチの悪い船酔いのように単純な段差が上下にアップアップした。

俺は何度も足を踏み外し、落ちかけながら一歩ずつ進んだ。

「エミ！」

二階の廊下で俺は叫んだ。

寝室にエミの姿はなかった。
俺はもう一方の部屋を開けた。
そこは子供部屋だった。
利発そうな少年の顔写真が壁に幾枚も貼られていた。
微《かす》かな声が聞こえた。
二段ベッドの向こう側からエミの足が覗いていた。
だが、エミはいなかった。
泣きながら受話器を摑んでいるのは白髪の老婆だった。
『ママ……』
受話器からの声が俺にも届いた。
俺はこちらを向いた老婆の目を見て、それがエミだと判った。
その開いた胸元を見て何が起きているのか判った。
話すたびにエミは老化していった……物凄い勢いで肌は乾き、縮み、たるんだ。
俺は受話器をもぎ取った。
エミが狂ったように俺を殴りつけてきた。
「もう充分だろう。おふくろさんを許してやれ」
『ママ、愛してるよ。ありがとう』

電話は切れた。

エミは失神していた。

皺くちゃだが、その顔はこの上もなく安らかだった。

10

あれから俺はエミを連れ出すと車で脱出した。

既にジジイと若いのの姿は消えていた。

その後、町がどうなったかなんて知ったこっちゃなかった。

大事なことは俺とエミが今でも生きて支え合っているってことだからな。

いまだに唇が読めないので筆談なのが玉に瑕《きず》だが耳の事はさほど気になりゃしない。俺は田舎の農家を借りて百姓を始めている。暮らしは相変わらず苦しいがそれでも何とかやっていけそうだ。

エミは俺にひとつだけ隠しごとをしていた。それは電話料金のことだ。坊やと話すには三十年／一分のチャージがかかるんだと。しかも料金はこちらもち、どんなにエゲツない電話屋もまっ青《さ》おだ。まあ極めつけの遠距離だから仕方ない。おかげでエミは八十のババアになっちまった。

それでもあいつは俺のハニー。

毎晩、可愛がってやっている。

付け加えると俺はあのジジイの家に匿名で手紙を書いた。

〈もし、息子さんと話がしたかったら……〉って例のやつを串で簡単にやる方法を添えてな。

今日も明日も明後日も俺はエミを抱く。

ババアだが、それでもあいつは俺のハニー。

最高の女だ。

或る彼岸の接近

墓地のある家を借りたのは勿論《もちろん》、賃料が破格だったからなのです。

バブル時に購入した東横線沿線のマンションを、リストラされた為に捨て値で買い叩かれてしまったわたしは、何やら世の中を渡っていくための頼りのようなものを失っていました。工業機器メーカーの総務部から吐き出され、やっとの思いで今のタクシー会社に拾って貰ったのです。そう、まさに拾って貰ったというのが相応《ふさわ》しい這々《ほうほう》の体での就職でした。失業当初には砂を嚙むような思いがした不況の実感も、その後の再就職活動のなかで味わった絶望と啞然に比べれば、まだまだ甘露の蜜のなかに居たと申せましょう。不思議だったのは応対して戴《いただ》いた同年輩らしい先様《さきさま》の多くが、ふとした拍子に怯えの表情を浮かべられているということでした。まだまだ自分を必要としている会社があるはずだという思いが打ち砕かれたのは、その事にはっと気づかされたからでした。彼らからすれば大した瑕疵《かし》もなく、そのキャリアを奪われたわれわれはまさしく〈忌み掛《いが》かった存在〉なのでしょう。仕事とはいえ、来る日も来る日もそれらの集団の面接に応じなければならない彼らは、〈棄民《きみん》との境界〉に立つ者として自己の寄る辺《よべ》を不安に感じたとしてもおかしくはないのです。

わたしと妻は日なたの水溜まりのように時々刻々と蒸発していく蓄えをなんとか生かして

使おうと算段し、生活のあれやこれやを見直しながら右往左往した挙句、その都下の物件に辿り着いたのでした。

　不動産屋は五十間近の無職という経歴にあからさまな不安を見せましたが、家賃未払いの場合には、わたしどもに代わって立て替えをして戴ける保証会社に家賃の一割を払って別契約を結ぶのならという条件で物件の紹介をしてくれました。

　偶然にも後《のち》に勤めたタクシー会社まで小一時間の距離だったということが、ここでの暮らしで唯一、良かったと思えることでした。

　築四十年というその建物は住宅地の家並《やな》みが途切れた外れにありました。かつて画家が住んでいたという二階建てのそれはがっしりとした柱に支えられた堅牢な庭付き別荘とでも呼べそうなものでした。

「一応、掃除と手入れはしてありますから」

　不動産屋はそう言うと、勝手知ったる様子でどこからか人数分のスリッパを取り出して案内してくれました。玄関から続く廊下を行くとふたつの部屋と居間、台所があり、風呂はその奥でした。玄関脇の階段から上にあがると洗面所とさらに部屋が三つありました。そして要所要所に作りつけの机や書棚がそのままになっていて、居間には大きな革張りのソファまでがそのままになっています。試しに触れてみると革は意外に傷みが少なく、触れてぼろぼろと崩れるようなこともありませんでした。

顔を上げると不動産屋がわたしに微笑んだものです。

「昔は横にアトリエがあったんですが、なにしろ古いんで家主が壊しました」

不動産屋はわたしどもが既に契約を決心しているだろうといった感じで次々と説明していくのですが、妻は気づかれないようにわたしの袖を頻《しき》りに引いたものでした。

それは当然、〈こんな不相応な家に住むわけにはいかない〉というサインであり、それはわたしにも判っていました。というよりも店では散々、渋い顔を呈していながら、わたしたちのような条件の者に、何の疑念もなくこのような物件をつらつら案内していく相手の心が測れなくなっていたというのが事実でございます。

屋内を一周した頃合いを見て、わたしは賃料について尋ねる事に致しました。

その頃には断る腹ができていましたので、相手の残念をかわすには双方とも了解済みである経済的な面での説明直後が良いと思ったのです。

「まあ多少、光の射し込みづらい箇所はありますが、それは土地の向きのせいでして致し方ないことなんです。気に入りませんか」

「いえいえ、そういったことではないのです。ただ、これだけの広さに住むほどの……」

そう言い淀むわたしに不動産屋が口にした賃料は全く莫迦《ばか》げたものでした。

「そんな……」

すると相手は顔を見合わせているわたしたちを外に招いたのです。

そして家の裏手に回ると青いトタンに囲まれた庭の一角を指さしました。

「あれが理由でしてね」

その時、初めてわたしは不動産屋が極度の斜視である事に気づきました。いや、気づかないのも当然です。彼の斜視は目の筋肉の具合なのか振り返った瞬間、ひどく中央に寄ったのですが、すぐに左目がゆっくりと定位置に戻ったのです。どうやらその斜視はなんらかのタイミングで本人も気づかぬうちに発生するようでした。

「まあ、そんなに驚くほどのものではありませんよ」

不動産屋はわたしが唖然としているのを大袈裟《おおげさ》にとったようです。

わたしたちはその場所に近づいていきました。

「ごらんなさい」

彼は弛《たわ》んでいるトタンの隙間に指を入れ、覗くように勧めました。

なかは雑草で大人の背丈ほど繁茂していましたが、その隙間に大きな石が乱雑に折り重なって打ち捨てられていました。

「お墓です」

目を離したわたしに、不動産屋は初めてひ弱な口調になりました。

「はか？……ですか」

再び、わたしと妻は互いの顔を見合わせなければなりませんでした。

「正確には墓と言えるのかどうか……。なにしろあの有様《ありさま》ですからね。もちろん、墓石もあるんで墓なんでしょうけれども。ここらの史家には古墳だって言う者もある始末で……その……詳しくは誰も知りゃしないんです」

「でも、なぜ家主さんはあんな状態で放置しているんです」

「ここはこの家のものではないんです」

　わたしは再び黙らざるを得ませんでした。

「かいつまんで説明しますとね。土地の権利というか、所有者がはっきりしないんですよ。先の戦争でそういったもんが消失してしまったらしくてね。はっきりしているのは此の場所、つまりトタンで区切ってある一角のことですがね。此処《ここ》は家主のもんじゃないってことなんです」不動産屋はそこで一旦黙ると、もじゃもじゃの髪を引っ掻くようにしてからこう言いました。「で、どうします？」

　翌週、わたしたちは引っ越しを終えていました。不動産屋の話ではあの墓所へのわたしどもの管理責任は一切無く、またこの敷地内に孤立した形で存在している以上、誰も無断で侵入できないので煩《わずら》わしい事は発生しないだろうということでした。今年三歳になる息子を含めた三人で暮らすには充分な広さでありましたし、あちこちに罅《ひび》の走る壁、錆の浮いた便所の配管や排水溝なども自分たちの境涯には相応《ふさわ》しく感じていました。

　わたしたちの二階の寝室の窓を開けるとすぐ眼下にあの墓所はありました。

「気になるかい」

「全然」

妻はあっさりと答えました。


ほどなくわたしの仕事も決まり、久しぶりに我が家に和やかな空気が甦ってきたように感じていました。ある時仮眠を取っていると、妻と息子の妙にはしゃぐ声で目覚めてしまいました。わたしは欠伸《あくび》を噛み殺しながら日の当たる台所に入っていきました。

「ごめんなさい、起こしちゃったわね」

テーブルの上に両手を伸ばしたまま妻は振り返りました。

見ると、妻が手を乗せているのは単行本ほどの大きさのハート形の板でした。その下に車輪がついているようで、自由に滑《なめ》らかにテーブルの上を転がす事ができます。材質はしっかりしていて、表面には見たこともない紋様が彫られていました。

「昨日、食器棚の脇で見つけたのよ」

息子は妻が板を転がすのが面白いのか、それとも動いたときに下の車輪が立てる音が嬉しいのか彼女がそれを動かすたびにキャッキャッと大声を上げるのです。

「ふ〜ん」

わたしは彼女の代わりに板を手に乗せてみました。すると思った以上にその板はがっしりと重く、とても妻のようにころころと転がすことができませんでした。わたしはストッパーでもついているのかと板を裏返してみましたが、真ん中に透明な硝子が塡《はま》っていてその周囲に三つの車輪があるだけでした。わたしはもう一度、試してみましたがやはり重くて大変でした。

「何かコツがあるみたいだね」

「そんなことないわよ」

交替した妻が、再びテーブルの上を滑らかに転がしてみせました。

息子は手を叩いてはしゃぎ始めました。

それから妻がこれからは玄米食にするべきだと言ったのです。彼女は病気がちな息子のためにもそれが良いと言いましたので、わたしも週に何度かであれば我慢できると了解しました。

確か、その晩だったと思いますが、妻が夜中に絶叫したのです。

結婚して十二年になりますので多少の寝ぼけや魘《うな》された姿はお互い目にしたこともありますが、あのように大声で叫び、両肩を揺すぶって覚醒させなければならなかったのは、初めての出来事でした。息子も飛び起きてしまい、妻とふたりで抱き合って泣いています。わたしはとにかく落ち着かせようとココアを妻の元に運びました。カップを受け取った妻は恥ずかしそうにごめんなさいと口にしました。

「いったい、どんな夢だったんだ」と尋ねましたが、妻は首を傾《かし》げるばかりで詳しくは憶えていないようでした。

「ただ怖い夢。なにかぬるぬるしたものを、ずっと毟《むし》られてるの」

「きっと引っ越しや何やらの緊張がここにきて噴き出してしまったのだろう」

妻はわたしが額に触れるとごめんなさいねと微笑みました。

階下に降り、カップを流しに戻すと正面の窓にいくつもの大口の瓶が並んでいました。紅茶キノコというのが昔ありましたが、あれの仲間のようなものでしょうか。何やら茶色や黒いゼリー状の物体が暗い液体のなかに浮いていました。濁った水を透かして見ていますと何か厭な気分が増長して参りましたので、わたしは台所の電気を消すとさっさと寝室に戻ってしまいました。


ひとりでの乗車を始めてひと月ほど経った頃の事でした。その頃、わたしは酷《ひど》く体調を崩していました。思ったよりもタクシー勤務というものは難しく、朝八時から翌朝の八時まで二十四時間の乗車勤務は、不慣れな接客と不案内な道を行かねばならぬ緊張とで大変な疲労を生みます。俗に〈ロング〉と呼ばれる一万円を超えるお客様などは無線でも摑まえなければお受けすることもできず、またそうした電波のキャッチし易い場所というのは極々《ごくごく》限られたポイントであって、乗務員同士でもなかなか明かさないものだということでした。

「だってよ、大将。釣りと一緒だよ。釣り屋は自分のポイントを明かさねぇだろう」とワタナベさんは即乾ワックスを拭き取っているわたしの傍《かたわ》らで煙草をくゆらせます。

わたしは少しでも日銭を稼ごうと思い、帰庫した車の洗車・清掃を千円で他の乗務員の方たちから請け負わせて戴いていたのです。通常一台の車をふたりで使いますので、片方が勤務明けの場合には相手に渡す前に綺麗に清掃・洗車をするのが決まりなのです。実入りの良かった人や実力のある方々はガソリンスタンドで済ませてしまいますが、費用が三千円ほどかかるのです。ですから、これを千円で請け負わせて戴くというバイトができるわけでした。わたしは自分が勤務明けの朝にはこれを日課にしていました。

「とにかく無線はよ。聞こえてもコッチからセンターに電波が返せなきゃ仕方ネェの。わかる？　ピーピーガーガー鳴って、〈はい！　何号車〉なんつったたって。一斉に何百台もが応答するんだからポイントが悪いとセンターに返事なんか入んねぇもの」

ワタナベさんは素人仕事のわたしの清掃にも嫌味ひとつ言わず、車を洗わせてくれます。わたしが死んだお父様に似ているからというのがその理由でした。

軽い偏頭痛を覚えながら帰宅すると妻が台所にいました。玄関でただいまと声を掛けたはずですが、妻の耳には届いていなかったのか彼女はテーブルの上をジッと見つめたまま身じろぎもしません。わたしは何やらその様子がおかしく思えたので、黙って見つめていたのです。彼女は組んだ腕をテーブルの上に置いたまま、手前三十センチほどのところに視線を当てていました。あまりにも真剣に見つめている様子なので、何かあるのだろうかとわたしも目を凝《こ》らしてみましたが、それらしきものは発見できませんでした。

テーブルクロスはライトブルーと白のチェックでした。その上に簡単な調味料を入れたトレイと傍《かたわ》らに読みかけの本があるだけでした。

気を付けていると妻は何事かを唱えておりました。

〈ん狂い……朽ちぅ取るぅ家うが殴るふた軍……〉

わたしにはそんな風に聞こえました。

やがて、妻は深い溜息をつくと振り返りました。その瞬間、わたしは奇妙なものを妻の顔のなかに発見したのだと言えます。それは単純に言ってしまえば〈怒り〉そのものの表情でした。無防備な自分の姿を盗み見られていたことに対してのものなのでしょうか。わたしにはそうは思えませんでした。彼女の顔に浮かんだそれは何事かを果たせなかった無念の表れのように見えたのです。

しかし、そんな表情は車窓の風景のように一瞬でかき消えてしまっていて、すぐにわたしの知っている穏やかな妻に戻っていました。

「あら、いつ帰っていたの」

「玄関で声を掛けたんだが……随分、熱心にやっていたようだけど何かの練習なのかい」

わたしがテーブルを指さすと妻は悪戯《いたずら》がばれたときのように恥ずかしそうな顔をしました。

「つまらないことよ……気にしないで」

わたしは妻に勧められるままに椅子に腰掛け、コンロに薬罐《やかん》を掛ける妻の姿をぼんやりと眺めていました。わたしは帰宅して寝入るまでのこのわずかな時間がとても好きでした。見ると冷蔵庫の傍らに十字の飾りがあります。長さは縦棒四十センチ、横棒が二十センチ強でしょうか。遠目にはただの黒い裸木を重ねたように見えますが、実は全体に虫や蛇、蛙や蛞蝓《なめくじ》のような稚拙《ちせつ》な彫り物がしてあります。中央には角の生えた犬のような顔。十字と申しましたが横木は数段下がっているので、〈逆さ十字〉といった飾りでした。

「触らないで！」

材質を確かめようと手を伸ばすと妻に叱られてしまいました。

「まだ薬剤が完全に乾いていないのよ。かぶれるから……ね」

「君が作ったのかい」

「ううん。買ったの。魔除《まよ》けの十字なの。縁起をかつぐわけじゃないけど……」

暗に妻が裏庭のトタン囲いの事を言っているのだということはわかりました。

「どこで」

「ネットのオークション」

妻はわたしにぬるめのお茶の入った茶碗を渡しました。

「何か食べる？　それとも一度寝てからにする」

「いや、寝てからにしよう。いま食べても、きっともたれてしまうと思う」

妻はわたしとは違ってパソコンを趣味にしていました。結婚して以来、さらに人見知りの強くなった彼女にとっては唯一の気休めとなっているようで、少々根《こん》を詰めていても咎《とが》め立てはしないようにしていました。

不思議な夢を見ました。

実車中のわたしが偶然、自宅の近くを通りかかるのです。するとそこに家はなく、何か巨大な土塊《つちくれ》のようなものが見慣れた敷地の真ん中に聳《そび》えているのです。行き交う人は鼻を押さえ、顔を蹙《しか》めています。我が家はその土塊に埋もれていました。わたしは大変な事態が起きているにも拘《かかわ》らず、何故かここが自分の家だとは言い出せず「すごいですねぇ」と言います。するとお客様は「早く掘り出さなきゃならんのに夫は何をしているのか」と呆れられたようなのです。

次の場面では、わたしは半狂乱になって粘度の高い泥に埋もれた玄関の前に立って妻子の名を呼び続けていました。消防署員らしい男たちにわたしは家のなかに入ることを制されています。それは次から次へと泥の山が崩れて家を飲み込んでいるからなのです。いまや泥の山は天に届くほどであり、家は完全に没してしまっています。

わたしはもう何日もここで叫び続けている自分に気づき、消防署員にいったいいつになったら妻子を救出できるのかと詰め寄ります。署員たちの道具というのは手にしたちっぽけな玉串だけです。

「こんなもので何ができると言うんだ！」

わたしは彼らを一喝し、足下にまで流れ出した泥を手で掻き分け始めました。

すると署員のひとりが「あなたはこの臭いが平気なのですか」と驚嘆したように言い、泥まみれで失神寸前になっていた署員にわたしを見習うように指さしたのです。

その時、泥の海を掻き分けるわたしの耳に道路を埋め尽くしていた野次馬達のひそひそ声が届くのです。

〈もう今更、掘り出したってとっくに変化してるわ。別物よ〉

その途端、わたしの胸に深い悔悟の念が湧き上がったのです。そうだ……もう妻子はすっかり変化してしまっている。怪物になり果ててしまったのだ。すまなかった。なぜ、もっと優しくしてやらなかったのか。なぜもっと良い思いをさせてやらなかったのか……。

わたしは寝室で奇妙に身を捩《よじ》っている自分に気づき目覚めました。窓の外を見ると既に夕闇が迫っていました。窓を開けると街灯がぱらぱらと点灯していくのに出くわしました。

眼下にあるトタンの囲いは相も変わらずで打ち捨てられた墓石を風に揺れる鬱蒼《うっそう》とした茂みが隠していました。

その晩の食事には見慣れないものが登場しました。

「うぇっ、これはいったいなんだい」

わたしはその暗褐色に濁った液体を鼻に近づけてそう言いました。

するとと妻は全く意外だという風に答えたのです。

「あら、とても身体に良いのよ。体内の毒素を浄化させるものなのそれは」

「でも、酷《ひど》く臭いし、完全に粉末が溶けていないようだけど」

「身体には良いのよ」妻は傍らでスパゲッティーを手で拾い上げている息子の口元を拭いてやりながら繰り返しました。「身体には」

わたしは疲れ易いと口癖のように言っている自分の身を案じてくれているのだろうと、我慢して半分ほど飲み下してみました。しかし、それは全く腐った木か老廃物のような味で、一度コップを下ろしてしまうと二度と持ち上げる気にはなれない代物でした。

「そんなに変かしら」

妻は自分のコップにあるその液体をごくごくと飲み干してみせました。「漢方だと思えば平気よ」

わたしは唖然として口元に手をやると、液体の残滓《ざんし》が指に付着しました。何かの鱗のようにそれは見えました。

深夜、肌寒さで目が覚めると妻が窓を開けて立っていました。

「おい、どうしたんだ。寒いじゃないか」

わたしが声を掛けると彼女は振り返りました。顔には何やら卑猥な笑みが浮かんでいます。月光が薄い寝間着を通して彼女の身体を透かせて見せていました。

〈彼ら……〉妻はわたしに向かって呟きました。しかし、それはわたしに向かって発せられたというよりも、途中で断ち切られた言葉がたまたま唇に引っかかっていたのでこちらに向かって落ちたといった感じです。しかし深夜、窓の外に向かって話すなどという法はありません。わたしはそれを無視することにしました。

「眠れないのかい」

「あなた……電波は見えないわ。でも存在する。わたしたちの意識もそう。ジークムントは意識が意識し得ない無意識すら存在すると言っているでしょう。それなのに見える見えないだけで存在の有無を確定してしまうなんて実に莫迦《ばか》げたことだとは思わない？」

突然の問答にわたしは混乱いたしました。

「これを拡大させればもっと交流がし易くなる。聞こえないけど存在する。触れないけれど存在する。知らないけど存在する。存在しないけど存在するのよ。自らの意識解放をそのステージまで上げることによって全惑星的一致感が断絶した現象の修復を加速して」

わたしは黙って寝室の灯りを点けました。

眩しくなった室内に妻ははっと怯《ひる》んだ様子で恥ずかしそうにわたしを見やると、それから窓を閉めベッドに戻ってきました。

「今日はちょっと疲れたわ……」

彼女はそう呟くと忽《たちま》ちのうちに寝入ってしまいました。

わたしは電気を消し、黙って射し込む街灯でぬるく光っている壁を眺めていました。

思うにそれは地震の前触れの気持ちに似ていたように思います。地震が来ると感じていながらも身を起こすこともできず、実際に自分の身が揺さぶられるまで待つ、あの息を殺しているような寸刻。意味もなくそのような気分に囚われていたのでございます。

妻がわたしに人形を紹介したのは、それからほどなくのことでした。

帰宅すると息子が大声で駆け寄って参りました。彼は興奮さめやらぬ様子でわたしの人差し指を摑むと台所まで引っ張っていきました。

「ママがすごいよ」

彼は入口でわたしを振り返りました。

見るとテーブルの前に座った妻が以前のように目の前に意識を集中しております。声を掛けようと思ったのですが、あれだけ大騒ぎしながら入ってきたわたしに気づかぬはずもなく、またそれでもこちらを振り向かないということは既に〈なにか〉に取り掛かっているのだろうとわたしも黙っておりました。息子も黙ってわたしの膝元に身を寄せて参ります。

先日と違うのは妻が見つめているのが何もない空間ではなく、その視線の先には一本の胡椒入れがあるということでした。木で出来たそれは二十センチほどの高さで、真ん中が若干くびれております。妻はそれを睨み付けております。暫《しばら》くするとあの文言、朽ちぅ取るぅ……云々という呟きが妻の唇から漏れて参ります。

くっと何かがテーブルの上で鳴ったような気がいたしました。すると〈ぽとん〉といった感じで胡椒入れが転倒したのでございます。

そこで妻は初めて深い息を吐き、わたしを見上げ微笑《ほほえ》んだのです。まるで長い潜水を終えたような顔でした。

「今、胡椒入れが倒れたが」

「すごい？　パパ！　ママすごい？」

息子がわたしの袖口を無闇に引っ張り跳びはねております。上着が肩脱ぎになりかけながらわたしは苦笑しつつ、妻に近づきました。

「おまえが倒したのか」

妻ははにかみながら頷きました。

「いつからだ。初めて見たぞ」

「このあいだ、不意に試したくなったの」

「変わった奴だ。何度もやってたのか」

妻は根を詰めすぎたのでしょうか、多少青ざめた表情で額に手を当てました。

「今のを入れて二回だけ。あまりできないの。頭の芯が朧んだようにぼーっとしてしまって」

わたしは転がっている胡椒入れを手に取ってみました。もしかしたら透明なテグスでもついているのではないかと思ったのですが、妻はそういったことで人を担《かつ》ぐような者ではありませんでした。軽く振ってもみましたが胡椒入れは胡椒入れ、なかの胡椒粒が音を立てるのみでした。

「お茶にしますか」

わたしが頷くとさっそく妻は立ち上がりました。

「こんなこと身体によくないんじゃないか」

妻は黙って茶筒の蓋に茶葉を移しています。

わたしは胡椒入れを起こしたり倒したりして遊んでいる息子のほうを見ました。

「もっと大きいのに挑戦したい……」

妻は背中越しにそうきっぱりと言いました。

「そんなことしてどうする」

わたしは妻のそばに行きました。

「胡椒入れを倒したからって何になる。母親がそんなことに血道《ちみち》をあげたら子どもにどんな影響があるか考えてごらん」

妻はわたしを振り向きました。そしてジッとわたしの目の奥を覗き込むようにしてから告げたのです。

「怖い？　自分の妻が言う通りにならなくなるようで」

「何を言っている」

「それとも嫉妬？　自分にない力をもった人間への嫉妬なの」

妻はわたしから身を離しました。

二の句も継げずにいるわたしを残し妻は階段を上がっていってしまいました。

わたしは今にも泣き出しそうな顔をしている息子を抱きあげ、大丈夫大丈夫と繰り返しました。

その時、居間のソファに誰か腰掛けているのに気づきました。小柄な男がこちらに背中を向けていました。わたしは用心しながら相手の顔を覗き込みました。

人形でした。丁度、息子と同じくらいの人形が座っていたのです。

「ヨーイチ。ママ買ってきたの」息子は人形を指さしました。

息子を下ろし、人形を見てみました。アンティークらしく全体にひどく古びていました。頭部は磁器のように滑らかで眼球は虹彩のついた青い硝子、瞼《まぶた》もあって横にすると眠ったように瞼を閉じます。腹話術にでも使われていた品だったのでしょうか。口の両脇にも切れ目があり、指で唇を開けると黴《かび》が生え白いペンキの剝げた歯がカクカクと上下します。白と黒の縦縞の服に蝶ネクタイ。真っ白な肌、瞼には青いシャドー、唇は毒々しい朱で、どことなく下品な印象の代物でした。

どこかに商標でもあるのかと裏返して見ると、背広のタグのところに〈occupied〉という英文を辛うじて読むことができました。わたしは何となく妻のところに戻るのが億劫になり、人形を床にどかすとソファに寝転がりました。

息子もわたしの腕のなかにもぐりこんできたのでそのままテレビを点け、画面を眺めていました。

〈occupied〉とは辞書を引くと――占領、使用中とありました。

床に顔を押しつけるようにして倒れている人形は気障《きざ》なポマード頭を模したものか、前髪だけがカールして額の真ん中から垂れています。なんだか厭な人形でした。


妻とわたしは晩婚でした。わたしの父は会社では良き父良き夫で通っていましたが、家庭ではひどい暴君でした。それは酒癖の悪さとなって爆発し、物心ついた頃から母とわたしは父の暴力に苦しめられていたのです。母は深夜になると父に殴打された傷が疼くのか、そっと寝室を出ると洗面所で顔を冷やしていました。わたしは台所の横に部屋があったせいか、冷蔵庫の開くときの粘着したパッキンが離れる音を耳にするとハッと目が覚めるのです。それは母が少しでも腫れを引かせようと氷を取る音でした。

その他にも殴られ弛んだ歯の疼きを抑えようと嗽《うがい》をする音も耳にしました。

「今日はどうかねぇ」

母は夕方、食事の支度をしながらぽつりと今晩の父の様子を占うように呟くのでした。丁度、テレビの天気予報と時刻が一致したこともあって母は〈おとうさん予報〉と言っては怖いのを誤魔化していました。

高校卒業を目前にしてわたしは下校途中、タクシーに撥ねられてしまいました。友達とふざけていたのが原因で非はわたしのほうにありました。転倒した拍子に頭部を強く打ったわたしは三日ほど眠っていたそうです。目覚めたとき、病室には父がいました。憔悴しきった表情の彼は窓を背にしながらわたしに母が死んだと告げました。

わたしの事故の知らせを聞いた母は駅に自転車で向かう途中、赤の点滅信号を無視して飛び出したためにトラックに轢き潰されたのでした。

高校を卒業した晩、父は母の死によって得た金を畳に並べ半分にすると、わたしに向かって押し出しました。

「俺は疲れた。これでウチはもう解散にしよう。おまえは好きに生きろ」

わたしは結婚をする気が全くありませんでした。

結婚とは誰かを幸せにするものだと思っていましたので、そんなことはできないだろうと思っていたのです。同じような境遇の方でも逆に反発心をもって〝絶対に幸せな家庭を築いてみせる〞という向上心をお持ちの向きがあることも存じておりますが、わたしにはとてもそんな意気地はありませんでした。では、なぜおまえはそこにそうしているのだとお尋ねになられるのも当然でございます。振り返るに当時のわたしは一種の病であったのだろうと存じます。それは自分にとって何か挫折なり裏切りなりが相応しいと、うまくいく人生ではなく土足で踏みつけられていくことが使命というか、自然な人生なのだと感じていたのでございます。

妻と出会ったのはそんな折の事でございました。当時、彼女は繁華街のビルの壁に塡め殺したような小さな立ち食いソバ屋にバイトとして勤めていたのでございます。彼女を最初に認めたときに一種、何と言いましょうか、懐かしいような安心感が胸に湧いたのを憶えております。以来、足繁く通うようになり、半年ほど経ってようやく会話らしいものがふたりの間でなされるようになっていました。当時、既に婚家を追われていた彼女はあてもなく勤めていたようでした。父が失踪し、女手で育てることは叶わぬと実母から施設に預けられて育った彼女の生い立ちは、えくぼの生まれる間もないような陰惨なものでありました。我が子を不要とする夫のために二度の処置を致した末の離縁でした。

きっと妻はあれ以降も何やら自身の力の〈鍛錬〉をしていたのだと思います。なぜならば日が経つにつれ妻の顔に疲労の色が濃くなってきたからでございます。何度か意見をしようとは思いましたが、何やら仕事の疲れでしょうか、相対して口論になるようなことは避けたいという気持ちが心のどこかに強く、また妻のほうでもそれに関しては口を出しては欲しくないという態度がありありとしておりましたので、自分では〈時機を見る〉という口実で忠告すべきをしなかったのだと思います。

またもうひとつの理由と致しましては妻は家事もきちんとこなし、また息子の相手も充分にしているように見受けられたからでございます。わたしが帰宅して息子にどうしていたかを尋ねると、妻があの人形を使って遊んでやっていたというようなことを本人がたどたどしくも口にしました。

「ヨーイチがあそんでくれた。パパもあそびな」

彼は人形を重そうにひきずってきては、あのポマード頭を小突き「こんにちはは？　こんにちは？」と頻《しき》りにわたしに挨拶をするように促すのです。

人形は半眼に開いた眼《まなこ》を床に向けたままぐらりぐらりと揺れています。

「ゆえ！　ゆえ！　こんにちはってゆえ！」

息子は懸命になってわたしに人形と遊んだ様子を見せようとしていました。

「わかったわかった。壊れちゃうぞ」

わたしはヨーイチを息子の手から取り上げました。その時、憶えておりますのは、丁度、手を当てた胸元の辺りが奇妙に温かかったということでございます。ボール紙か何かでできているような感触がほっかりと温《ぬる》んでいるような気が致しました。半眼になったヨーイチを見つめていますと、息子も息を詰めてわたしが何事か言うのを待っているようでした。

「いきてる？　ね？　いきてる」

息子はたどたどしくわたしに尋ねました。小さな手がわたしのズボンの横を強く握りしめていました。

夕食には相変わらず変わった品が続いておりました。妻は頻りに身体のことや〈気〉などということを口にするようになり、木の皮のようなものやペースト状に擂《す》り潰した得体の知れない一品を勧めて参ります。わたしはそれらを苦笑いしながら避け、なるべく食べ慣れた野菜や魚に箸を伸ばしておりました。

「たまにはカレーやハンバーグにしたらどうだい」

わたしは息子の顔を横目で見ながら水を向けますが妻は聞いているのかいないのか、なかなか返事をしません。玄米の薄茶の固まりを黙々と口に運び、たまにわたしと目が合うとにっこりしてみせますが、それが逆に文句を言わないで欲しいと強調しているようにさえ思えてきます。妻が無言でいると、カレーになるかと心持ち期待していた息子もやがて諦めたのか、下唇を突き出し、茶碗のなかをフォークで掘り出しました。妻がそうしたのか、息子越しにソファに座るヨーイチの後ろ頭が目に映りました。

深夜になってわたしは廊下に物音を聞きました。

妻も息子も横で寝息を立てています。

黙って天井を見つめていると廊下の気配が徐々に膨らんでくるように感じ、続いての音がないにも拘《かかわ》らず目をつむることができなくなってしまいました。すると再び、ごりッと壁をあちら側から削るような音がいたしました。一瞬、頭の芯が麻痺したような緊張が走りました。しかし、まだ起きあがるまでの確信はもてず、わたしは横になったまま気配だけを察知しようと懸命になっておりました。

すると妻が大きく息を吐きました。なかば〈ほぉー〉っと声の混じるような吐息です。見ると眉間に皺が深くよっておりました。

ごッごッ。

わたしは身を起こしました。廊下に何かがいると確信できたのです。でも、それは人ではないと思われました。迷い込んだ猫か大型の鼠が立てている音のように思われたのです。戸口脇で厚手の本が手に触れましたのでそれを薄暗がりのなかで持つと、わたしはゆっくりドアを開けました。

廊下の突き当たり、丁度、階段を上りきったところから音がいたします。

ごッごッ。

わたしは廊下に出ました。闇のなかで何かが微かに上下に動くのが判りました。手探りでコンセントに触れるとわたしはスイッチを入れました。

突然、視界がはっきりと形を現しました。目的の場所にはあの人形、ヨーイチがありました。わたしはじっと息を殺していましたが、それの下から飛び出してくる猫や鼠の気配はありません。人形は上半身を踊り場に載せた格好で下半身を階段の蹴込みにだらんと伸ばしておりました。爪先で人形の背中を押してみましたが、何か原因となるものが出てくる気配はありませんでした。

わたしは黙って本を置くと人形を起こしてみました。ヨーイチの目はわたしを見つめています。階下に運ぼうかと思いついたとき、ぼーんと階下から柱時計が午前一時を報《しら》せました。電気を消した階下はいつにもまして黒々と濃い闇があるようで、わたしはヨーイチを廊下の隅に押し込むようにして置きました。

些《いささ》か臆病な気分だったことは事実です。わたしの目には電灯が灯るあの刹那、人形が自らその身を押し上げていたような映像の残滓があったのです。錯覚に違いありませんが、ぬっとそれは棍棒のように身を突き上げていたのです。しかし、本当に不思議だったのはそのことではありません。

うちには柱時計がなかったのです。

「脳病院へ突っ込んで」

妻はそう言うと自分の膝に突っ伏すようにして顔を覆い、さめざめと泣き崩れました。

その日、わたしは仕事を休ませて貰いました。

電話口の主任は苦々しい声を出しましたが、熱があると仮病を使ったわけです。

妻は疲労が重なってゆくにも拘らず、口では病院へ行ったとはいうものの薬を飲むことも、また診察券も見当たらないので本人は何やら頑《かたく》なにそれを拒否しているようでした。首根っこを押さえてまで無理矢理運ぶわけにも参りませんのと、ここ数週間における互いの齟齬《そご》を少しでも修復できたらという思いもあり、妻と息子を連れてこの港沿いの公園に来たのです。

あの晩の人形のことは口にしませんでした。言っても詮《せん》ないことと思われたのです。但しヨーイチのことは、いずれ捨ててしまうことになるだろうと決めていました。当初は興味をもっていたように見えた息子も、最近ではあの人形を不気味に思ったのか避けるような素振りを見せていましたので、捨てるのに反対しそうなのは妻だけでした。

またあれから家のなかには妻の奇妙な絵がやたらと貼られるようになりました。絵は菱形や三角形などの幾何学図形を何重にも重ねた先に人の目があるものや、雲か波が極彩色に描かれているもの。そして白黒のタイルがうねって紙の奥へと吸い込まれていくようなものでした。そしてその絵のどこかに必ず見たこともない文字が書き連ねられていました。そうしたものが日に日に壁を埋めていくのです。

この公園はかつて妻とよく歩いた場所でした。港には艦内を見学できる船が係留されていて、夏などは花火大会で大変な賑わいを見せる場所でもありました。わたしと妻がこの場所を好んだのには、集まっている人々自体が放つ〈華やいだ雰囲気〉に浸りたいという気持ちがあったと思います。ふたりとも自分たちは無意味でいなければという因習のようなものが染みついていましたから、そういった雰囲気のなかに身を置くことが唯一の慰めともなっていたのです。また、そういう楽しみ方が自分たちらしさと認めてもいたのです。

突然、妻が顔を覆って泣いたのは通院の件を口にしたからでした。

息子がどこからか駆け寄ってきた小型犬とじゃれあってわたしたちの前を無心に行ったり来たりを繰り返しておりましたので頃合かと思い、わたしが口火を切ったのです。

「きっと知らず知らずに疲れが溜まっているんだ。わたし同様、おまえもさほど強いほうではないから」

わたしは妻の肩に手を置きました。

しかし、妻は顔を覆ったまま頻りにかぶりを振るのです。

「ひとりで行くのが不安ならわたしも一緒に行ってあげよう」

「いいえ、そうではないんです。普通のお医者ではもう駄目なんです」既に目を腫らした妻はわたしを見上げました。「わたしはすっかり狂い果ててしまっているんです。もうどうしようもないのです」

「そんな……何を突然」

「わたし幸せになりたくて。なりたくって」

「そうだそうだ。そうしようじゃないか。大丈夫だよ、大丈夫」

「わたし……こんなつまらない女のままじゃ、あなたに申し訳ないし、あの子にも大きくなったらじきに愛想を尽かされてしまうと……心のどこかで怖かったんです」

「そんなことはお互い様だ。俺だって五十近くにもなって世間から廃品扱いされるつまらん男じゃないか」

妻は暫く顔を伏せたまま膝の上に両手を置き、桃色のハンカチを揉んでおりました。細い項《うなじ》の後れ毛がそよそよと風に揺れています。

「わたし辱《はずかし》められました。わたしたちの寝室で、あの布団の上で……」

ドンッと苦い砂を胃へじかに塗り込まれるような衝撃がありました。わたしは話の接《つ》ぎ穂《ほ》を失って黙り込んでしまいました。いつ、どこで、どの夜だったのだ、と頭のなかで次々とあの家での記憶の日めくりをしていたように思います。

「相手は判っているのか」

ようやくそれだけ口にすると妻は頷きました。

「ネットで知り合った人」

脳裏に三面記事の文言が並びました。遠い話だと思っていたものが突然、真正面に、よりによってわたしの家庭に飛び込んできていたのでした。

「でも、女性だと思っていたのです。男の人だと判っていたら怖ろしくて話なんかはしなかったと思います……。初めは女同士のつもりだったの、だって相手はルルと名のっていたから」

「そいつは幾つぐらいの男なんだ」

「わからないわ」妻は溜息をつきました。

「その……辱められたといったじゃないか。相手の様子ぐらいは判らなかったのか」

「眠っていたから……判らないの」

わたしは混乱いたしました。そしてよく聞き質《ただ》すと妻は悪夢での妄想をどうやら現実と混同しているのでした。わたしは思わず苦笑してしまいました。

するど妻がそんなわたしの表情を見て顔色を変え、途端に消沈したように顔を曇らせました。

「やっぱり、あなたには判らないのね」

「いや、強姦されたと言うから生きた心地もしなかったのだがね。それが夢だと判ったらなんだか安心してしまったのだよ。別に莫迦にしているわけじゃない。おまえが疲労困憊している事には間違いないのだから」

妻はわたしの言葉を聞くと、ワッと声を上げて再び泣き伏しました。

人目もありますのでわたしはどうにか彼女を宥《なだ》め家に帰ろうと思い立ちました。

「ルルはあなたがそう言うだろうと予言していたのよ。あの忌々《いまいま》しい触手でわたしを汚《けが》しながら。あの忌々しいべとべとした厭らしい触手でわたしを犯しながら。〈既にたったひとつを除いて為すべき事は為された。あとは成されるべきを待つのみだ〉」

妻の言葉にわたしは彼女の顔をまじまじと覗き込みました。最後の文言はまるで、どこかの文書に書かれているような聞こえ方だったのです。

妻はそこでまたハッと我に返ったようになり、

「お願い、普通の病院じゃ駄目。脳病院へ、必ず脳病院へ入れて頂戴。そうしてこのなかに詰まっている悪いものを、怪しいものを取り出してもらわなけりゃ」妻は自分の頭を両の拳で殴り始めました。「あなた、知ってるかしら。あいつらは人の鼻の穴から脳に性器を送り込むのよ。やつらの仔は脳に巣くうのだわ」

「取り敢えず帰ろう、な。そうして残りは家で話そう、な」

わたしは妻の身体を立ち上がらせようとしましたが、なにやら彼女は今の告白で呆けてしまったように足下がおぼつきません。わたしは息子を呼び戻すと公園の出口までどうにか彼女を運び、タクシーを拾うことにしました。わたしは息子を助手席にお願いしました。彼は初めての助手席に大喜びで乗り込み、わたしは妻がおとなしく家まで乗っているよう隣で見張っていました。

「お出かけですか」

途中で運転手がミラー越しに話しかけてきましたが、わたしはうわの空だったと思います。

運転手はそれが気に入らなかったのか、わたしと妻をじろじろと見つめていました。わたしは動転していたのです。妻は発車すると助手席を小さく指さし、呟いたのです。わたしにだけ通じる微《かす》かな言葉で。

「わたし……あの子を殺すんだって」


翌日、主任と運行課長がわたしを呼び出しました。

「君、仕事は辛いかね」

呼び出されたときに褒められるわけはないと思っていましたが、主任の苦虫を嚙み潰したような表情と課長の人を莫迦にしたような口調には明らかな悪意を感じました。

「そんなことはありませんが……」

「あんた医者はなんつったんだい」突然、主任が割って入って参りました。「いや、どこが悪いってさ。病院行ったんだろう？　癌か？　エイズか？」

「いえ、単なる風邪だということで安静にしていろと」

「ウチも腰掛け程度で考えられてると困るんだよ。あんたに二種免取らせるのにも、ひとり休ませて教えさせてって、人件費がかかってるんだよ」

主任は指で丸を作り胸元で振りました。

わたしはただ黙るより仕方がありませんでした。きっと昨日の姿を同僚に見つかってしまったのです。

「あんた、昨日、六時頃帰ったろ」課長が後ろから入ってきた他の運転手の挨拶に軽く手を挙げました。「おう！　昨日、タコメだいぶ空いてたな。もうちょっと流してくれよ」

勘弁してくださいよと苦笑する声が響き、課長は主任に後は任すという素振りをすると、そっちのほうへ歩いていきました。

「あんたが乗ったのな、ウチのヤジマの車だよ。気づかなかったのか？」

わたしは驚いて主任の顔を眺めました。ヤジマという人間に見覚えはありませんでしたが、自社のタクシーに乗ったという事実に驚愕したのです。

「奥さん、ずいぶん気落ちしてるんだって。だったら学生みたいに仮病なんか使わないでガンガン稼がなくちゃいけないだろうよ」

主任はそれだけ言うと埃を払うようにわたしに向かって手を振りました。

なんということでしょう。わたしはズル休みしたその日に家族と共に自分の会社のタクシーを自宅に横付けしたのです。あの辺は営業エリアでもありませんので、きっとどこかで客を降ろした帰りだったのでしょう。原則としてエリア外での積極乗車は禁じられていますが、乗車拒否はできません。それに同僚はとっさにわたしだと気づいたのでしょう。普通ならば車の塗装なり、車内の感じで判りそうなものでしたが、やはり昨日は動揺していたのです。料金を払う段になってすら、そんなことには全く気づきませんでした。

その日の乗車はかなり危機感をもってやっていたと思います。思いがけず無線も二度ほど取ることができ、そのうちの一本が熱海だったこともあって短い営業日数ではありますが過去最高をマークすることができました。営業所で日報の記入を終えると嫌味のひとつでも言おうと近づいてきた主任が書き込まれた数字を一瞥《いちべつ》し、何事もなかったかのように運転手がたむろするテレビ前のソファへと無言で戻っていきました。

家まであと百メートルというところで、わたしは立ち話をされていた中年女性に声を掛けられました。みなさんエプロン姿でしたのでご近所の方だろうと挨拶を致しました。三人いらしたうちのおひとりが再度、わたしの苗字を告げられ、手招きをなさいました。

「なんでしょうか」

「あなた、あのトタン囲いの家に越してきた人でしょう」

「はい。それが何か」

「あんたたち、何かの宗教なの？」

その方は眉を寄せられました。抜き取った眉根の跡に茶色い線がギザギザになっています。

「いいえ。わたしどもには取り立てて何の宗教も宗旨もございませんが」

「じゃ、やっぱり奥さんだけなのよ」仲間内で言うように別の主婦が叫びました。

「どういうことでしょう」

わたしがあからさまに怪訝《けげん》な顔をした為でしょうか、彼女たちは一旦、互いの顔を見合わせるとわたしについてこいという素振りをして先に進んでいき、一本の街路樹のもとで止まりました。

「あれ」となかのひとりが指さすのを見ると、葉をすっかり落とした天辺《てっぺん》に近い枝の先に何かがぶら下がっておりました。

「おたくの奥さんが下げたのよ」

「まさか」

わたしは口では否定いたしましたが、否定しきれずにいました。なぜなら下がっているのは台所の壁にあった〈逆さ十字〉に違いなかったからです。

「でも、家内は運動ができるわけでもありませんし……、あんな高いところに」

「見た人がいるのよ。それに、あれここだけじゃないんだから」

不安げなわたしを見て、主婦たちは勢いづいたように話し始めました。

終電間際で帰宅した近隣のご主人が木の上で動いている妻を目撃したこと。わたしたちの家を中心にして六ヶ所ほどそんな飾りがなされていること。風で飛んでしまっても、また妻によって修復がなされていること、そして。

「奥さん、見回ってはお祈りしてるのよ」

「そうよ。声掛けても耳に入らないみたいで、指で土の上に色々と字みたいのを描くのよ」

「だから、何かの宗教じゃないかって……噂してたの」

主婦たちは実害があるわけじゃないけど、と言葉を濁しながらも、明らかに妻の行動に不審を抱いているようでした。

「でも、わたしどもは本当に何の宗教にも関係してはいないのです」

「こっちも時節柄、神経質になってるだけかも知れないけど、ご主人も奥さんのこと気にかけてらしたほうが良いわよ」

「わかりました。いろいろとありがとうございます」

主婦たちはわたしに会釈をすると、わたしの存在など忘れてしまったかのように、忽ち自分たちの話の輪に戻ってしまいました。

「またあんなことがあったら厭だものねぇ……」

立ち去り際、そんな言葉が耳に届きました。

家に戻るとワンピース姿で息子を抱いた妻が庭におりました。

「珍しいな」

わたしの声で振り返りましたが、彼女が抱いていたのはヨーイチでした。帽子を被せた人形に息子に似た服を着せていたものですから見間違えたのです。

「どうしたんだ」

「なにが？　散歩よ」

「いや、何をしてるんだ。そんなものを」

妻はわたしの言っているのが人形だと判ったようです。

「ああ、これね。人形を抱いているのよ。人形を抱いて朝の空気を吸っているの」

「ちびはどうしてるんだ」

「まだ寝てるわ。起こしても起こしても起きないから、ヨーイチに付き合って貰ったのよ」

ふいに人形がぱくりと口を開けました。

わたしは妻の言葉に厭な感じを受けました。

「それじゃご飯にしましょうか」

妻はわたしにヨーイチを預けるとすたすたと玄関に歩いていってしまいました。ヨーイチからは生臭いような厭な臭いがいたしましたし、気のせいでしょうか、抱いているとずんずんと持ち重りするようでした。

わたしは玄関の上に人形を置くと息子の様子を見に二階に上がりました。寝室のドアが細く開いています。音を立てぬようベッドまで近づくと布団の隙間から出ている息子の頭に触れました。柔らかなぬくもりが規則正しい寝息と共に感じられました。

わたしはドアを閉じると階段を下りました。居間に入るとソファにヨーイチが座っています。台所でボウルに割り入れた卵を掻き混ぜている妻を振り返りましたが、彼女は懸命に菜箸を廻していました。何やら突然、わたしはヨーイチに見つめられているような気がしました。するとヨーイチの首がかくんと頷くように下がったのです。わたしは立ち上がり、テーブルの椅子に座り直しました。

「よく眠っているじゃないか」

「昨日は大変だったのよ。怖い夢を見たとか言って明け方までぐずっていたから」

妻がコーヒーを運んできました。

「気分はどうだ」

「今日はずっと良いわ。やっぱり外の空気を吸って落ち着いたのかしら」

「そうだよ。また出かけようじゃないか」

「今度はお弁当を用意するわ」

わたしはミルクが陰陽の渦を巻いてコーヒーに混じり合うのを見つめていました。頭のなかでは先ほどの主婦とのやり取りを妻に問い質してみたいと思っていましたが、何やらこのほっとする空気をいきなり壊してまで言うのは億劫《おっくう》になっていたのです。

それでもひとつの言葉が浮かんでは消えません。

〈わたし……あの子を殺すんだって〉

やはり早急に医師の診断を受けさせる必要があるのは疑いのないことです。しかし、それにはまずわたしが仕事明けのときか、休まねばなりますまい。たった一日二日のことであればいかようにも対応できますが、長期のこととなると息子の世話も含め、全く術《すべ》がないのが現実でありました。わたしには妻が軽く済むという自信はありませんでした。

今ここでわたしにできることと言えば人形を捨ててしまうことぐらいでしょう。しかし、そこまで考えたときにふと別の考えが浮かびました。それはいっそのことこの家を出るという単純明快なものでした。確かに廉価でありましたが、この家の環境が妻に対し何らかの障《さわ》りを与えているということは間違いないようです。

「なんだか安物の定食屋みたいだけど」

わたしはスクランブルエッグにウィンナー炒め、味噌汁に海苔をテーブルに並べ始めた妻に、思い切ってこの家を引っ越してはどうかと口にしてみました。

「……いいわよ」

妻は一瞬、躊躇《ためら》うように手を止めましたがすぐに了承しました。

「でも、また引っ越しとなるとお金もかかるわね」

「その分、家賃が安かったんだ。なんとか算段してみようじゃないか」

わたしは予想外にすんなり了承を得たことで、不思議と肩の荷が下りたようなつもりになっておりました。しかし、それが油断のもとでもあったようでした。夕飯を済ませたあたりから頭痛が酷《ひど》くなり始めまして、深夜に至るとそれが耳鳴りにまで発展して参りました。熱は高くはないのですが窒息感というのでしょうか、呼吸が苦しく、何やら眠ることもできない状態で翌日も過ごし、勤務日を迎えるはめになってしまいました。妻は頻《しき》りに休むように勧めましたが、先日の一件もありましたので、取り敢えずわたしは出勤することに致しました。頭痛は続いておりましたし、耳鳴りは眩暈《めまい》に変わっているような状態ではありましたが、途中で売薬でも買えば一息つけるのではないだろうかという淡い期待を抱いていたのです。わたしは営業所に着くといつも通りに出庫致しました。

昼間は流していてもお客は現れず、休憩の足しになればと駅のタクシー乗り場で客待ちの列に並びながら休んでおりました。しかし、こうしたことは会社には筒抜けになってしまうのです。わたしたちのタクシーにはエンジンの回転数を記録する装置がございまして、時刻と共に回転数《タコメーター》が記録されています。いつどこで休憩していたかはアイドリング時には回転数が低く横這いになりますので、お客様を乗せた実車の場合に乗車地と降車地を書き入れた日報と比較すれば、ベテランの上司には筒抜けなのです。昼間に餌場でもない駅の客待ちを何本も重ねるわけには参りません。

わたしは文字通り、青息吐息の状態でぽつりぽつりと営業を重ねておりました。

それでも夕暮れを迎えますと、人心地がつけるほどには快復してきたように思います。コンビニでドリンク剤を購入し、昼間の売薬と共に飲み下します。食欲はありませんので飴を舐めていました。わたしは歳のせいでしょうか年々、この人と影が渾然《こんぜん》とする刻《とき》が最もおぼつかなくなるのでございます。その日はまさに身体の不調も相俟《あいま》って、お恥ずかしいことですが迷ってしまったのです。勿論、ある程度の見当はついておるのですが、延々と続くブロック塀とそれに並んだ住宅の壁と一方通行、進入禁止、曲がりきれない露地、袋小路とまさに人気《ひとけ》のない迷路のような道を悪戦苦闘しておりました。全くの無駄足です。わたしは内心焦っておりました。

するとひとりの女性がブロック塀にもたれるようにして手を挙げていました。わたしとしては願ってもないことでございました。お客様は近隣の方に違いなく、ならば大通りへ出る道は明白でございましょう。また不案内な方であっても、実車で迷うのと空車で燃料を捨てているのとでは雲泥の差でございます。

白いコートの長い髪の女性でした。ドアを開けるとすっとお座りになられ行き先を告げられました。場所はわたしの家のごく近くでございました。わたしが大通りまでの案内を願い出ますと快諾してくださり、ご指示を戴きました。すると不思議なことにわたしが迷っていたのは呆気《あっけ》ないほど簡単な路地だったのです。夕闇が濃くなっておりました。お客様のご案内で大通りを前方に見つけたときには息苦しさが一気に解けた思いでした。そしてあれほど延々と続くかに見えたブロック塀が突然、断ち切られたように消えると大きな公園に見受けられるような広場の入口になったのです。

「……お墓」

お客様が静かにお声を掛けられました。

「……大きなお墓」

確かに、横目で見た在所を表す門柱には〈霊園〉とあったように思います。わたしはいつの間にやら思いも掛けぬ方角へと車を走らせていたようです。お客様はそれきり口をお利きにならず、三、四十分ほどでわたしの家の北東にある寂《さび》れた児童公園に参りますとお降りになられました。七千円ほど頂戴いたしました。

「オォ、スッカリカナッテイル、ヨキカナヨキカナ」

発車間際、最前とはかなり変わった調子で呟かれるお客様の声が耳に届きました。

わたしは再び、街を流しに戻ったのでございます。それからふたりほどお客様を乗せますと、また凪《な》ぎのように客足が途絶えてしまいました。

わたしは夜半からの営業に備えようとすっかり暗くなってしまった土手沿いの小道に車を停め、少々仮眠を取りました。暫くして窓を叩かれましたので顔を上げると分厚いコートを着た人が立っておられました。確かめたわけではございませんが、印象では外国の方ではなかっただろうかと思います。失礼ですが、乗り込まれてから感じられました香水が嗅いだことのない独特のものだったことと、時折道を指示される際のイントネーションが違っていました。そして指示された通りに車を走らせていきますとまた我が家の近くに出たのでございます。

妙な日だと思いながら時刻を見ますとそろそろ酔客が帰路に着こうかという時刻でございましたので、わたしは目当ての駅に向かって走っておりました。しかし、残念なことにその夜は思ったような人出がありませんでした。昨今ではバスを利用して帰宅される方が多く、また一台で同じ方向へ集団で乗り込まれる方たちもいらっしゃいますのでなかなか車が捌《は》けず、列は一時間経っても遅々として進みませんでした。それでもようやく終電が近づきますと、徐々に駅構内から吐き出されてくる人の量が多くなって参ります。三本ほどお客様を送っては駅に戻るを繰り返したところで終電となり、客足は絶えてしまいました。この分ですと今夜は予想外に水揚げが少なくなってしまいそうでした。ベテランの方ですとこの時点で馴染《なじみ》の店の出入口につかれて、ホステスが無線を呼ぶ前に顔を覗かせるのを待たれますし、また会計をする人影を見つけようと店の入口を探りながら繁華街を流す人もいます。どちらにせよそこには言わずもがなの縄張りのようなものがございまして、わたしのような新参が分け入るのにはそれ相応の厚顔と気働きが必要なのでございます。

結局、わたしはいつものように競争率の高くなさそうな人気のない場所を回遊するしかありませんでした。ラジオを音楽番組に合わせ、対向車のライトをぼんやり眺めながらひとり車を走らせるこんな合間になりますと、決まって家にいる妻と息子のことが浮かびます。〈風呂に入ったかな〉とか〈もう眠った頃だな〉などと情景と共に思い出され、いつの間にか自分もそんななかに加わっていたりするのでございます。

ふいにラジオの音楽が途絶えてしまいました。無線は漏れて参りますが、どこに選局してもボリュームを目一杯にしても無音でございます。

そのお客様を認めたのは手を伸ばしてつまみを弄《いじ》っている最中でした。突然といった現れ方でしたので泥酔客ではないかと不安になりました。深酒をなされた方はたまに悪戯《いたずら》まがいの止め方をされるのです。しかし、予想に反して乗り込まれてきたのは鋭い目をした身なりの立派なご年輩の方でした。いまどき珍しくたっぷりとした髭を蓄えられた方で細工を施《ほどこ》したステッキをお持ちでした。

お客様はわたしにメモをお見せになられました。ローマ字で書かれた住所でしたが、それもわたしの家と同じ町内でありました。妙なことがあるものだとわたしはお客様を送り届けました。

「この辺りになりますが」とわたしが申しますとお客様は〈もう少し前に進みなさい〉という具合に手を振られました。わたしは道を二筋越え、ここですかと車を停めました。するとお客様は窓を下ろされ、頭上を確認なさるように空を見上げられました。

「ユックリユックリ、モウスコシ」お客様は仰いました。

わたしが指示通りに車を進めますと家の裏が見えて参りました。我が家まで歩いて三分ほどのところでお客様は降りられました。

「ミチテイルミチテイル」

お客様は降りられても動こうとはせず、ただ辺りを満足げに見やっては頷いておられました。

それから暫くしてわたしはまたふたりのお客様を家の近所に案内しました。その二人連れは潰れた工場の脇に立っておいででした。異様なほど太った女性と小学生ほどの背丈しかない男の方でした。車内でもシャポーと言うのでしょうか、大きな帽子をお脱ぎにならない女性の方は庇《ひさし》が曲がっているのを気にもとめず男の方の手を舐めておいででした。強烈な香水とあれは腋臭《わきが》というのでしょう。両方が相俟った凄まじい臭いが漂って参りました。思わず窓を開けようと思いましたがそれは失礼に当たると思い直し、我慢することに致しました。女性の方は結局、到着するまで男の方の手を音を立ててしゃぶっておいででした。

また短い林道沿いを走っておりますと四人の方が乗り込まれました。女性ひとりと残りは男性だと思います。と申しますのも、残る方々はみなさん顔と手に包帯を巻いていらしたので、服装から推測するほかなかったからでございます。女性は助手席に乗り込まれ、男の方たちは〈素人巻き〉とでも言うのでしょうか。包帯のしまりが弱く、包帯の隙間がまばらに広がっており、その間から長い髪が垂れておりました。女性がわたしに告げられたのはわたしの家と同じ番地でした。

「アネサン、ダイジョウブカ」

「アア、モウミチテイルカラネ」

「アア、ソレヲキクバカリダ」

「ナガカッタナ」

「ナニ、カシキドキサネ」

たぶん、こんな会話というか音の羅列のようなものがありました。

それから彼らは黙ってしまいましたが、代わってぼりぼりと音が聞こえて参りました。

見ると後ろに並んだ男たちが包帯の隙間に指を差し込み、掻き毟っているのでございます。

ぼりぼりぼりぼりぼり……。

なかには遂に掻き破ってしまったものか包帯の縁を黒く濡らしている者もおります。

女性は全く意に介さぬといった素振りでございました。

わたしは家に近づくに連れ、我慢ができなくなりつい口を滑らせてしまいました。

「あの、どこかでパーティーでもあるんでしょうか。今日は同じような場所に何人もお運びしたものですから」

ふと彼らの掻き毟っていた手がぴたりと止まりました。女性は身じろぎもしません。

「いえ、知り合いがあの近所に住んでいるのでちょっと気になりまして……すみません」

一拍おいて、げっげっと嘔吐《えず》くような音が始まり、やがてそれが彼らの笑い声だと判りました。彼らは狂ったように笑いました。

「ココデヨイ」

笑い声は始まったのと同様、唐突に終わりました。

女性の指示でわたしは家の真裏に停車しました。

わたしは彼らに気取《けど》られぬように迂回して家の正面を見張れる位置に車を回しました。もし、奴らが入っていくようだったら自分も行くつもりでした。

しかし、いくら待っても連中の姿は見えません。わたしは携帯電話で家に連絡しました。呼び出しの後、妻のくぐもった声が聞こえて参りました。

『どうかしたの』

「さっき変な客を乗せて、ちょっと気になった。何か問題はないか」

『ありませんよ。もう休んでました』

妻の平素と変わらぬ声に自分も些《いささ》か冷静になってきました。起こしてしまったことを詫びて電話を切りました。時計を見ると既に午前三時になろうとしています。わたしは運転席で頭を振り、気分を切り替えてもうひと稼ぎしなければと再び夜の街に出ました。

しばらく流していると人家が途絶えました。するとトンネルの手前でお客様を見つけました。妙に白い顔をしているなと思いましたが、車内にお迎えするとそれはお面のようなものを着けていらっしゃったからだということがわかりました。〈のようなもの〉と断定を留保致しましたのはその面が面と言って良いほどのものか、それとも事故か何かで移植をなさった結果なのか判断がつかなかったからでございます。しかし、面ではないかと思ったのはお客様がご指示する声がむやみにくぐもっていたからでもありました。そして、そのお客様もわたしの住所を告げられました。わたしはトンネルを抜けることなくその場でUターン致しました。

お客様はプロレスラーのように大柄な方で、黒いシャツに革のベストを着ていらっしゃいました。きっと腕も丸太のように太かろうと、何やら肉の圧力のようなものを背後から感じます。お客様は大切そうに長い包みを膝の上に載せていらっしゃいました。

最前の一団と違って、その方は不快な素振りは一切お見せにはなりませんでしたが、やはり気になって仕方がありません。髪は肩までと長く、お顔は白く泣き笑いのような表情を浮かべておいでですが、やはり何か不自然です。わたしは大通りから家へと向かう小道に曲がる交差点で停車しているときに、不躾《ぶしつけ》ながらお客様の様子をミラー越しに覗き込んでいました。すると首に大きな傷のあることに気づきました。それは抉《えぐ》れてでもいるのでしょうか、傷を境にして上と下の皮膚の色がまるで他人のように違っております。わたしはあまりの惨《むご》さに生唾を飲みました。傷口からは幾筋もの血が垂れ王冠を伏せたような形に首を取り巻いているのです。

背後からのクラクションで信号が変わったことに気づかされたわたしは急いで小道へと左折しました。後続の車がパッシングをしたせいでしょうか、角を曲がる際、一瞬だけ車内が強烈に明るくなりました。わたしにはお客様の様子が詳細にわかりました。

お客様の顔はずれていらっしゃいました。正確には顔ではなく顔皮と言ったほうがよいかもしれません。瞼の下は唇があかんべえをしているように垂れ下がり、なかには緑色のゼリーのようなものが、たぶん軟膏のたぐいが塗り込まれているようでした。

お客様はわたしの家の前まで車を進ませられました。料金を頂戴いたしまして、お釣りをお渡ししようと顔を上げるとお客様はいらっしゃいませんでした。わたしは声を掛けながら外に出ました。しかし、あのように大きな方が忽然《こつぜん》と姿を消していたのです。

わたしは我が家を見上げました。すると寝入ったはずの家に灯りが点いているのです。何やら濡れた残痕《ざんこん》が道から家の敷地内へと向かっているのを発見しました。

突然、胸騒ぎが致しましてわたしは家に向かって駆け出しました。

ドアノブに触れるとなにやらべたりとした液体が手に付着いたしました。鍵を差し込んで廻しますと、なんということでしょう。鍵が先端を鍵穴に詰めたまま折れてしまいました。わたしはドアを叩きました。しかし、何の反応もございません。

慌てて庭に入っていきますと照明があかあかと灯る室内が目に入りました。なんとそこは人でごったがえしています。いいえ間違いです。それらは人ではありません。人の格好を真似た別物がわたしの家の居間に台所に群《む》れ集《つど》っているのです。そしてそのなかには乗せて運んだ憶えのある包帯の男やシャポーの女などもいました。それらはグラスを手にして互いに裂けた口を見せ合ったり、崩れた顔を歪ませて笑い合っています。そしてそのなかに見覚えのある者を発見致しました。

子どものような背丈でホスト然として奇怪な談笑に酔っているポマード頭、その白と黒のストライプの服はヨーイチでした。そこでの彼は人形ではありませんでした。気味の悪い真っ白な顔の生き物、いや全く人間のように見えたのです。

その時、化け物たちが動きを止め、一斉に入口を見つめました。ヨーイチが陰に歩み寄ると手を取って妻を連れてきたのです。妻は古いハリウッド映画で見るような盛装をしておりました。肘上までの白い手袋にドレス、髪飾りに顔の前には紗のボンネットをつけています。どこからともなく拍手が沸き、妻はヨーイチによって中央に案内されました。

そして妻の後ろから寝台に横たわる息子が運ばれて参りました。息子は寝入っているようでぴくりとも動きません。わたしは大声を上げました。しかし、室内には全く届いていない様子で、妻はヨーイチに促《うなが》されるままに、やがて中央に運び込まれた息子のそばに立ちました。その時、わたしは部屋の隅に最前、ここに運んだあのプロレスラーの姿を見ました。彼は進み出ると包みから肉切り包丁を取り出し、妻に差し出したのです。

妻は躊躇《ためら》っているようでした。

わたしは石を拾い上げると硝子にぶつけましたが、何の反応もありません。

「やめろ！」わたしは絶叫しました。

すると妻は確かにわたしを見たのです。すると今まで熱に浮かされていたその表情に妻らしさが一瞬、パッと映えたように思いました。

しかし怪物たちは、やんややんやと囃《はや》したて尚も妻に包丁の柄を握るよう勧めます。

ヨーイチが困ったようにゲストたちに向かって肩をすくめてみせました。

わたしは居ても立ってもいられず、どこか入る場所はないかと庭を回り込みました。そして丁度、家の真裏に当たるトタン囲いの前に来たのです。すると見たこともないものが横たわっていました。それは巨大なホースでした。土管ほどもある灰色のホースの群れが建物の下まで這うとそこから地中に埋まっています。そしてそのホースは全てあのトタン囲いのなかからひしめきながら延びていました。ホースはそれ自体が生きているかのようにうねり蠕《ぜん》動《どう》しています。まるで家のなかに何かを供給しているかのようにも見えました。

わたしは咄《とっ》嗟《さ》にそばにあったシャベルを拾いあげ思いきりホースに突き刺しました。その瞬間、象の雄《お》叫《たけ》びのようなものが屋内から轟いたのです。わたしは夢中になって残るホースも刺し続けました。ホースは切断されると震えつつトタンのなかに吸い込まれていきました。

気が付くとわたしは玄関に身体をぶち当てていたのです。

何やら女の悲鳴めいた声が響き、開錠される音が致しました。

わたしが身を離すと青ざめた顔の妻が立っておりました。「びっくりするわ」

「どうしたの」寝間着姿の妻は完全に怯えています。

わたしは無言で部屋に上がりました。

室内は真っ暗でしんと静まり返っておりました。

いつもの居間、いつもの台所、いつもの家でした。あのパーティーの気配は微《み》塵《じん》もございません。

「汗だくよ」「どうしたの」妻は怯えたままでした。

妻がわたしの背にそっと触れました。

わたしは呪文が解けたように現実に戻っていきました。

「ああ、いや。この近くを通ったら何者かがうちに忍び込んだようだったから……」

今日にした事柄を即座に説明することはできませんでした。まるで自分が自分に騙されているような気分でした。

そして、そこで初めて長い溜息が漏れ、全身から力が抜けました。

途端に激しくクラクションが鳴らされました。道の真ん中に停車していたので叱られたのです。

「何度も脅かして悪かった。なんだか今日は変な気分だよ」

「疲れているのよ」

妻は優しく微笑んでくれました。

わたしは車に戻ることに致しました。

「あなた……ありがとう」戸口で妻が手を振っていました。「愛してるわ、本当よ」

車の時計では夜明け間近の時刻でした。

通りを走りながら、わたしは何やら胸に広がる温もりにほっと安堵していたのです。

しかし、営業所に戻るととんでもないことになりました。日報をつけ、集金袋を開けるとお金が足りません。確かに受け取ったはずのものがないのですから、疑惑はわたしに集中致しました。

「実際、こうやって足りないいんだからオタクの負担になっちゃうね」

課長は呆れたように首筋に孫の手をぶつけておられました。

わたしは自分が体調があまりにも悪く公園のベンチで暫《しば》し休んでいたこと、その間車を離れていたと説明しました。

「ズル休みはするわ、金は盗まれるわ、水揚げは足りないわじゃ……ねぇ」

「やっぱオッサン、向いてないよ」

課長の言葉を引き取った主任が呟きます。

わたしは弁償することを申し出ると頭を下げました。すると携帯電話が鳴ったのです。

課長と主任に断ってから出ると妻でした。声の調子が異変を伝えていました。

「わたし……やっぱり、あの子を殺しました。警察には連絡したけれど、あなたにも伝えておいたほうが良いと思って」

自宅の前には既にパトカーと野次馬が群れていました。

わたしがなかに飛び込むと意外にも室内は静まり返っております。

台所に入ると息子のパジャマを着た者が椅子に腰掛けておりました。

但し、顔が鋭利なもので深く削がれており、口と目の部分に泥のようなものが溢れていま す。それが頭部全体を汚していました。

「押し込んであるのはたぶん肉と糞です」

椅子に近づいたわたしに年輩の警官が声を掛けてきました。

「連絡を受けまして」

わたしは頷きました。

「妻は」

「二階です」

その途端、壁の逆さ十字が落下して大きな音を立てました。と、同時に二階から狂った女の呻き声が響いてきました。

わたしが進むと警官が身体をどけました。

階段からは泣き崩れるような細い糸を引く嗚咽《おえつ》と何事かをヒステリックに捲《まく》し立てる女の声が溢れています。

廊下には別の警官がふたりいました。

「ご主人だ」背後の警官が告げました。

妻は寝室のベッドの上で泣き叫んでおりました。両手は糞で汚れています。取り乱している彼女になす術もないのか警官が離れた場所で立ちすくんでおりました。

「ああ、あなたあなたあなた」

先ほどと違って見る影もない妻の姿にわたしは腹を殴りつけられたような衝撃を受けました。先ほどと同じ寝間着姿だったのも堪《たま》りませんでした。

「わたし……すみません。殺してしまいました。あの子をわたしたちの大事なあなたの子どもをすみませんすみません。ゆるしてくださいゆるしてください」

そこまで言うと妻はわぁっー！　と再び泣き崩れてしまいました。目が潰れてしまいそうなほど膨らんでおりました。

「この状態では何ですから……救急の手配をしてありますので」

年輩の警官の勧めでわたしは泣き叫ぶ妻を残し、階下に降りました。巧《うま》く足に力が入らずふわふわとした膝の上に辛うじて身体が支えられているような状態です。たぶん何の考えもないまま台所に向かっておりました。

椅子の上には顔を削がれたままの人影があります。その時、背後で何かが軋みました。

「……パパ」

振り返ると若い警官に抱かれた息子がわたしに向かって両手を伸ばしていました。

わたしが受け取ると息子は感極まったように泣き始め、わたしも涙が溢れて止まりませんでした。

いまにして思えば妻はよくやったのだと思います。今でもはっきりこの手で摑んだという確証はありませんが〈何か〉がわたしたち家族を覆い尽くし、かつ吸収しようとしていたのは事実でございました。

ひとつだけ客観的事実を付け加えさせて戴けるのなら、あの後《のち》電話局から保安器を調べたいという人が来られました。わたしが了承致しますと暫くして件《くだん》の担当者からちょっとよろしいですかと庭に呼び出されたのです。

「ご迷惑をかけて済みませんでした。普通は異常信号が出るんですが……おかしいな」後をついていくと丁度、トタン囲いのなかから別の作業員が出てきたところでした。「参ったよ。すっかり土のなかに喰い込んじゃってんだもの」その作業員は建物から延びて落ちていた電話線を腕に巻き取っていました。先端には泥がこびりついています。

思うに、わたしたち夫婦は携帯電話で連絡を取り合っておりました。自宅回線はもっぱらインターネット専用だったのです。しかし、その電話線は局の記録では越してきた直後から途絶していたそうです。

あの晩、わたしと妻が見、体験したことは、いくら意思が否定しようともそれ以外の部分、あのホースのようなものを寸断した際に手に残った感触、包帯男たちの奇怪な笑い声を聞いた耳、ホスト然としたヨーイチのしなやかな動きを目撃した目は忘れていません。いえ、わたしの意思を離れたもっと根元的な脳の領域、原初的なところでは否定どころかまるきりの事実として認めているのでございます。

　思うに最終的な過ちは、妻ではなく、わたしにあったのです。あの晩、わたしは職を失うことになったとしても妻と子を伴って家を離れるべきでした。家が静まり返っていたからといって、普段通りの寝間着姿の妻を見たからといって、仕事に戻るべきではなかったのです。正《まさ》しくあの平穏さが奴らの幻影だったのでしょう。人は混乱を、闘いを無意識に避けるもののようでございます。期待通りの日常を目にした途端、わたしは安易に闘うことを止め、妻と子を置き去りにしたのです。その後、奴らのなかへ取り残された妻は息子の命を絶つ寸前でなんとか母性を喚起させ、自我が引き裂かれるのを承知で、奴らにコントロールされてしまった意思とまだ彼女の手元にあった肉体とを分断させて、奴らの呪縛にたったひとりで立ち向かったのです。その結果がどうなるとも知らずに。

　あの朝、殺されていたのは息子ではなくヨーイチでした。

　しかし、残念なことに妻の意思は息子を殺したという事実に留まってしまっておりました。意思ではない部分がヨーイチを屠《ほふ》ったのですが、彼女の罪悪感は自分をより厳しく罰してしまったようです。それとも彼女は現実で事後、生きていくというエネルギーまでをも使い果たしてしまったのかもしれません。

　あれから二十年ほどが経ちましたが、いまだに妻は病院の一室で受刑者のように正座をしたまま身じろぎもせずにいるそうでございます。

彼女にとって面会に訪れる息子は獄の看守であるようです。

当初、その事実を息子は受け容れることができなかったようでございます。彼は何度も自分は彼女の子どもなのだ、たったひとりの息子なのだと訴えましたが、彼女の意思の門はあの夜以来、閉ざされたままでありました。

息子も難しい時期もありましたが、幸いなことに現在では母親の病状に理解を示し、『若い看守さん』と呼ばれるのにも優しく応対するようになりました。

近頃は三ヶ月に一度、わたしは妻にあの港の公園の油彩を渡すのでございます。絵には船と公園、そしてベンチに座るわたしと妻、その前で遊ぶ息子を必ず挿入致します。妻は新たな絵を渡しますと、とても嬉しそうな顔を見せてくれます。

その絵のなかのわたしたち家族は今よりもうんと若々しいのです。

わたしは徐々にではありますが絵のなかの息子をゆっくりと成長させようと考えているのです。唐突にならぬようゆっくり絵のなかの息子を変化させていき、現在の息子に近づけようと思っています。そうすればいつかはきっと妻の心が現実の息子を認め、また家族で公園に行けると信じているのです。

ミサイルマン

◎ミサイルマン
♪ミジンコでもクジラでも生きてる奴が気に喰わねえ
わがままを通す男　ミサイルマンが目を覚ます
なんか食わせろ　なんか食わせろ　なんか食わせろ
そんなもんじゃねえぇぇぇぇぇ　やいやいやいやぁぁぁ！♪

「俺はミサイルマンになりたいんだなぁ。かっこいいよなあ、ミサイルマン。俺はいままさにミサイルマン的フィーリングに溢れてますよ」

シゲが西瓜《すいか》を収穫するように女の首を切り離し、そう呟いた。

奴はムカつくことに俺と〝うっぷん晴らし〟に行く時は、いつもTHE HIGH-LOWSとかいうバンドの〝ミサイルマン〟という曲の詰まったテープをかける。ろくでもないことにシゲ馬鹿は90分テープ全部に『ミサイルマン』を録《ロク》っていた。

その日も朝から俺は耳に尻ができるほどそのクソテープを聴かされ、頭のなかはコソボ並みにミサイル攻撃でズコズコにされていた。THE HIGH-LOWSの奴らが言ってることは俺にも沁みるがミサイルマンになりたいなんて奴の気はしれなかった。

「シゲ。お前は気づいてないだろうが哀しいほどレベルが低いよ。小さい頃に偉人伝とか読まなかったのか？　〝素晴らしいケネディ兄弟〟とか〝夢の翼ライト兄弟〟とか。学校へ俺達の小遣い銭かすめにインチキ教材屋が売りに来たろう」

「俺にとっちゃそんな奴らは犬の糞なみに何の関係もありませんよ。結局、俺とは感性が違うんだなぁ。違うんだよ、違いすぎるよ、ツヨシさんは」

「犬の糞でも飛行機を発明すりゃ、ダイヤのクソに格上げさ。第一、なんだミサイルマンって？　まるで駄菓子のネームだぜ。少なくともオンナの首を切断してる真っ最中の男が吐くセリフじゃないぜ」


シゲを殴ったのは奴が俺の自転車《チャリ》を盗《ペギ》ろうとするのを発見したからで、友達《ダチ》になったのはそれから一週間ほどたって今度は本当にどっかのアホウに自転車《チャリ》を盗《ペギ》られ、シベリアで追い剝ぎに遭ったように可哀相な俺は、俺よりもっとどっちらけで間抜けな野郎の自転車《チャリ》を盗《ペギ》り返してやろうと駐輪場《チャリバ》をウロついたのがきっかけだった。

「そんな盗《ヤ》り方しても、すぐ警官《マッポ》に止められますよ。そんなに鍵を壊しちゃ」

暗がりの一台にバールを突っ込み目的を完遂しつつある俺にシゲが声を掛けてきた。

「せーな」

「心棒なんかヒン曲げてちゃだめです。そんな潤滑《じゅんかつ》ゼリー無しでカマ掘るような乱暴な事をしちゃいけません。チェーン付きのを狙わなきゃ。キーの無いダイヤルだけで施錠するヤツ」

「お前、オカマか？　そんなのどうやって鍵の番号調べんだよ」

シゲは手近な自転車《チャリ》をイジくるとチェーンをパラッと外した。

「どうです」

俺はバールをシゲが差し出した自転車《チャリ》の籠に投げ込んだ。

「手癖が強引なのは根っからのブルーカラーなもんでね……にしてもなんだかジジ臭《ムサ》いチャリだな」

「盗《ヤ》るならこれぐらいが手頃なんです。高いのは持ち主だって騒ぎますからね。ちなみに俺はカマ掘られたことはありませんよ、あしからず」

シゲは右手を棒のように突き出した。先っちょには包みの開いたクロレッツがあった。

「このチャリあげますからコーヒーおごって下さいよ。ガストで良いから」シゲは笑った。

「少し知恵を回せば、かっぱらうなんてすぐですよ。チェーンなんてものは持ち主が右利きなら右端、左利きなら左端をひとつかふたつ前後させれば開くようになってるんです。朝、急いでいる時にガチャガチャ、ダイヤルいじくってくヒマ人はいませんよ」

「働き蜂どもの習性を見事に突いたと言うわけだな。おまえ、自転車泥棒《チャリドロ》協会の勧誘部長か何かなのか？　それともこのチャリの持ち主に失恋したオカマとか、そういうのか？」

「そういう組合に入ったことはありませんし、このチャリの持ち主なんて知りませんよ。想像はつきますけどね。ビールっ腹で、もう小便の時にしかチンポが発進しなくなったようなオヤジで女房とは寝室が別。通勤電車で毎朝見かける部下に似たオンナの尻を撫でたくて狂いそうになっている管理職。糖尿病にロックオンされていて、食後は目の前にダイアナ妃が居たって爪楊枝でやる歯のドブ浚《サラ》いを自制できない。そんな四十年前の童貞君《チェリー・ボーイ》です」

「学があるようだが惜しいな、ダイアナは死んだよ」

「彼女は幸せでしたよ。中年オヤジの口掃除ほど人生を虚《むな》しくする景色はありませんから」

「キャラメルの箱をひっ潰したような鉄屑が棺桶ってのも死に方としちゃシュールだぜ。悪いな、俺、忙しいんだ。自転車《チャリ》サンキューな」

「実は、お兄さんの友達にして欲しいんですよ」

「〝実は〟って……お前。いきなりなんなんだよ。この間ひっぱたいた仕返しでもしようってか」

「違いますよ。何となく……雰囲気ですよ、雰囲気。お兄さんの雰囲気がカッコイイから……」

「はっ、悪いな。俺、オカマはダメなんだ」

「言い忘れてたけど俺はオカマじゃありません。マカオなら行ったことあるけど」

俺はシゲの顔をたっぷり二分ほど眺め、それから突き出されたクロレッツを穿《ほじ》り出し、臭いを嗅いだ。

「おまえ、変な奴だな」

「医者からもそう言われましたけど、変でも人の善し悪しは分かりますよ。安定剤はキチンと飲んでますから」シゲは俯いた。

俺はその姿に昔、飼ってた子犬の事を思い出した。

酔った親父がシャベルで殴り殺すまで俺はその犬と一心同体だった。

「殴って悪かったな」俺はシゲの肩を叩いた。

「チェーン錠の事は企業秘密なんですけど、お兄さんには教えました」シゲは笑った。


俺とシゲはすぐに仲良くなった。〝うっぷん晴らし〟もすぐに始まった。

理由は無かった、たぶん暇だったからだ。

ゲーセンで暇を潰すにゃ金がかかるが、テレクラで白馬の王子様との出会いを夢みるような終電間際のプータロー女だけは嘘で固めたホラ話と「ドライブしない？　俺ソリマチに似てるし、ダチはキムタク」と呪文を唱えるだけで結構、釣れた。

シゲは精神的にはベタベタした奴だったが、どこか憎めないところがあった。

不思議なことに奴は働いている様子がない癖に羽振りが良かった。

俺は自動販売機のルートセールスだった。セールスというと聞こえは良いが単なる自販機の〝詰め屋〟だ。あちこちに置かれている自販機が売切にならないように回るのだが、俺の会社はマトモな会社じゃないので客から「売り切れだよ」という連絡が入るのを待って配達に回った。

「おまえも早く、エイギョーに出なくちゃクビだぜ」先輩のタッチャンはそう言ったが、俺にはその気がなかった。周りの人間は自販機が忙しくなっている暑い今のうちだけは会社も俺を雇っておくだろうが、寒くなったらチャラだねと噂していた。俺も同感だった。

もともと自販機の売りをメインにしているウチの会社ではルートセールスなんて、ちょっと余分にほじくれた耳クソほどの意味しかなく、本当はキャッチコピーでもある【二百万円の自販機が今なら50％オフ、しかも内容商品の缶ジュースを五年分無料進呈!!】をエサに小金を貯めてそうな爺さん婆さん、ちょっと頭のユルい主婦を「ココは自販機マーケットの穴場ですよ。月に十万以上は確実に売れます」とか吹いて次々ハメるのが本業だった。

もちろん自販機だって中古でなけりゃ、上代四百万はするかもしれないし、売り上げ予測なんてのも占いと同じで当たりハズレはある。それにジュースの話も本当だ。全部、言質《げんち》を取られるほどのホラ話《フカシ》ではないわけだ。

でもこのシベリアの永久凍土も土下座するガチガチのクソ不景気に、こんなウマイ話でも倒産しないのにはやはり仕掛けがあって、それはサービスと称している五年分のジュースを客先へ一度に持ちこむからだった。よほどのド田舎で無い限り、縦4・5m横7・5m高さ4m総重量1・5tにもなる三千箱のジュースを「そこ置いといて」とは言えない。

営業もイナバ物置とか持ってそうな家には近づかない。奴らが狙うのはアフロ調のパーマを掛けたがる薄毛ハゲのように猫額の庭にこんもりガーデニングをしているような家。つまり表札がハンズで買ったような木彫りだったりする家ということだろう。

大抵の客は呆然と道路にうずたかく積み上げられた缶の山を見つめ、「こんなに……困ります」と帰ろうとする配送係にしがみつく。すると配送係は「僕らは運べと言われただけですから……」とか言いながら一応は取り合わない風を装いつつ、会社に電話する。そして死ぬのが判っている人に必ず治りますと請け合うような誠意のないお約束トークを二三発電話の向こうとかますと溜息混じりに「ひとつだけ方法があります」と客に囁く。それは月五万円で会社の倉庫で保管するというものであり、「いま、この場で決めてくれなければ引きあげる」と宣告することも忘れない。

自宅と道路の千五百回往復プラス腰骨をカンナで削る苦役を想像していた客は、この時点で取り敢えず最悪の状況だけは脱したと喜び、曲解し、なかば脳死状態で倉庫の賃貸契約に判を押す。人助け顔の配送係は書類を確認すると箱を積み戻し、次の客先に向かう。

もちろんこの缶ジュースはレストランのパセリ並みの持ち回りだし、会社に客の商品を預かっておくような専用倉庫なんかない。しかもジュースが売れなければそれだけ長く倉庫代が入る仕組みになってる。

俺はこの営業をやっていたのだが一ヶ月で辞めた。良心は何も告げなかったが、ダルくなったのだ。それよりルートで回った先から、五百円千円と銭箱からチョロまかしていた方が気楽だし、これに給料を合わせりゃ文句はなかった。俺は昔からケーキでもピザでも一切《きれ》もらえば満足するタイプだった。会社には客先から金を抜いてるんじゃないかという苦情もあったが、苦情は苦情を聞くためだけに雇われた元ソープ上がりのオバチャンがイイ案配で処理していた。ちょっと頭のイイ客は俺達が行く前に銭箱を空にしていたが、それはそれで釣り銭用の筒から抜けば済むことだった。

給料日にはナイタイを買い、何かの弾みで商売を忘れて俺に惚れそうなオンナを見つけると予約し、並んで、チンポをシゴイて貰い、金を払った。でも、どのオンナも良いのは整形した顔だけで、百万ドルの笑顔を見せても客は万札にこびりついたクソなのよとその目は言っていた。

たまにはレコードを聴いたり、ビデオも見たが何も感じなかった。

それまで俺はこんなカンジで暮らしていたから面白いことは何もなく、夜中にフッと気がつくと手足が異常に冷たいことなどもあって本当は死んでるんじゃないかとマジで悩んだりしていた。

シゲはそこに現れた。

「ほら、俺、枕で練習したんですよ。結構、上手くいったでしょう」

肘から先を真っ赤にしたシゲがオンナの首をブラ下げて見せた。

森の中は既に陽が落ちて辺りは暗くなっていた。地面からは、むせ返るような湿気まじりの熱が立ち上っていたが不思議なことに身体の芯は冷えていた。

半開きになった唇からオンナの歯が覗いていた。目は眠ったようにつぶっていたが顎から下で皮膚が裂け、頸《くび》の名残りが神経や脊椎、筋肉などと共にギザギザになっていた。

「重いのか？」

俺はシゲの脇にある胴体とシゲの持った頭を交互に見つめた。

「持ちます？」シゲは一度、頭をコンビニ袋を裂いた上に転がした。「泥、あんまり付けないで下さいね。なるたけ部屋で洗ったりしたくないんで」

俺はシゲに代わって髪を掴んだ。同じ大きさのボウリングの玉よりはズッと軽かった。正面から見ると、こめかみ辺りが引っ張られたせいでオンナの目は半開きになっていた。

「案外、軽いな。これなら同《おんな》じキャベツ玉のほうが重いぜ」

「こいつバカでしたからねぇ。知識とかの大脳記憶より、セックスとか手マンとかいった肉体記憶が優先してるタイプでしょう」シゲは笑った。

「それならそれで小脳ぐらいは肥大してても良さそうだが、これじゃ漬け物石にもならないな」

「死んでも役に立たないってことは哀しいことですね。俺は気をつけなくっちゃ」

オンナは伝言ダイヤルで「割り切った大人の交際、十万からお願いしまぁす」なんて言ってたんで「なら二十万でどう？」と吹いて釣った。確か×《バツ》イチでガキがいると言っていたが、こうなっては確かめることもままならない。

「そっちは血が一杯ですから足下に気を付けて。靴、汚れますから」

俺が胴体に近づくとシゲが声を掛けてきた。

「血が多いな」

「男で4リットルぐらい。オンナでもそれ位、ありますからね」

伸びたタンクトップの胴体には俺とシゲで蹴った跡が滅茶苦茶についていた。気絶したところを狙って、俺がいつものように金属バットで頭を潰そうとした途端、シゲが今日は顔は止めて下さいというので俯《うつぶ》せにし、うなじにバットを載せると俺とシゲは両端に乗っかって頸骨を砕いた。発泡スチロールを踏み抜くような音を合図にオンナはビクビク痙攣し始めたので、俺達はオンナから降りて一服した。

「この痙攣の仕方、昨日見た〝食わず嫌い王〟に出てた鯉の活き造りに似てますね。大きさは違うけど、このビクビク感が」

「俺は見てねぇ」

「え！　とんねるず観ないんですか？」

「観ねぇよ。くだらねぇよ、あんなもん」

「TVはくだらないに決まってるじゃないすか。それが良いんですよ頭使わなくて済むんだから」

「奴ら、イイ年こいてチュー坊みてぇじゃねぇか……仲間うちでふざけあったり、オンナいじくったりするだけで……面白いことなんかねぇよ」

「じゃあ、〝ASAYAN〟とか、〝愛する二人別れる二人〟とか。そう！〝ネプフジ〟とか〝ガサ入れ〟とかは？」

「知らねぇよ。とにかく俺は学校とか聞くとムカムカするんだよ。ほら、ビクビクが止まったぞ」

「ほんとだ。でもツヨシさんって変わってますよね。ホントーの変わり種だ」

シゲは大型のカッターナイフを摑み、キチキチ刃を出しながらオンナに向かって行った。

　俺はシゲから受け取ったオンナの頭を地面に置くと瞼を捲《めく》ってみた。細かい泥が線を引くように目玉に入っていたのにオンナは声ひとつたてない。生きてりゃ大騒ぎになるはずだ。死ぬってことはなかなか凄いことだと俺は感心し、舌はどうなっているんだろうと、そこらに落ちてたアイスの棒を拾って口を開いた。虫喰いだらけの歯の奥で裸の鼠のように丸まった灰色の肉があった。摘んでみようとも思ったが、さっきからセンター街のマンホールに座ってるような臭いがするのでやめた。

「なんか臭くないか」

「血以外にもいろいろ出るんですよ。それに生肉の香りっていうのもありますよ。もともと人間は雑食ですから肉は臭いんですよ。だから人間は鳥とか豚とか牛とか雑食しないものを食べるでしょう。人は臭いんですよ……」

シゲはオンナを不法投棄する穴を掘り続け、それが終わると俺にもヘッドライトを渡し、さらに二時間ほど没頭してオンナの頭をいじり続けた。二時間も他人の頭をいじる才能のない俺は、シゲが口に石を詰め込んだり、歯を砕いたりするのを見物し、人間の顔ってのはチョッとしたことで表情がずいぶん変わるもんだと内心感心しまくっていた。

「あ、これ似てる」

シゲは叫ぶと腰に下げていたインスタントカメラでオンナの顔を写した。

フラッシュが真っ暗になった森に瞬いた。

オンナの顔は海外進出だとか言っては外人チンポばかり追っかけている嘘泣きオバサン歌手にソックリだった。

「こんな顔のババア歌手がいたな」

「あんな風に整形し過ぎると死相に近づくんですよ。あるじゃないすかピーリングとかって。顔の薄皮、薬品で溶かして剝がしたりするのが。化粧でごまかしても皺だの顔の癖だのを消せば段々、表情はなくなっちまいますからね。それに皺取りだって結局は頭蓋の皮膚を引っ張って余分な部分を間引いてるんですから表情なんて造れなくなっちまいますよ。ああいう奴らはさしずめ自分の死に顔をブラウン管で披露してるわけですよ」

シゲは新たに取り出したサバイバルナイフをオンナの後頭部に突き立て、首のつけ根からてっぺんまで縦に裂くと、皮と実の間に手をモコモコ入れ、頭蓋をじかに揉み始めた。しつこいシップを剝がすような音が続くとオンナの頰や額の辺りが、またモコモコと隆起し、シゲの指が瞼の脇から飛び出した。

「丸のまんまの皮が欲しいんで手伝ってくれます？　俺、中身を握ってますから耳をしっかり摑んでいて下さいな」

俺がオンナの正面から耳を摑むとシゲは布団の中から金庫を取り出すように身体を揺すり、上手に中身を引っぱり出した。取り出された脂肪の黄と筋肉の赤が斑《マダラ》になった塊は爬虫類のように瞼のない目で俺を嚇《おど》かそうと歯を剝きだしていた。

俺の手にはゴッソリと髪の毛の生えた皮だけが残った。

シゲは帰りのクルマのなかでもミサイルマンを聴いていた。

「アレどうすんだ」

「記念ですよ。暇があったら何かに使います。バッグとかサイフとか、もう少し集まればシーツとかもできますよ。こういうのが連続殺人者の特性なんですって。やっぱり特別の思い入れっていうのがありますからねぇ」シゲは鼻の穴を膨らませて言った。

「おまえ、家に居る時、今日やったようなことを思い出すことはあるのか」

「ありますよ」

「どんな時だ」

「淋しい時とか。深夜番組が詰まらなくてボーッとしている時とか。ひとりひとりの顔やら何やらを思い出して思い出して思い出しまくると、スーッと落ち着きますよね。なんとなく楽しいし、そのままぐっすり眠れることもありますよ」

「おまえは酒飲まないからナイトキャップみたいなもんだな」

「そう、頭のなかボトルキープ。それにたまにニュースやるでしょう。行方不明とか言って。ああいう時も楽しくなりますよ。ツヨシさんもそうでしょう?」

「そんな趣味はないね。殺ったらおしまい。何の意味もないよ、俺はおまえと違ってノーマルだから」

「何言ってんですか、ツヨシさんだって立派な連続殺人者なんですよ。しかも僕たちは快楽殺人を行ってるんです。もう、自覚ないんだからぁ。バレたら大変ですよ。〝事件はやっぱり現場で起きてるんだ！〃なんてことになりますよ。でも僕、青島《あおしま》みたいな刑事にならなら捕まっても良いな。室井《むろい》は怖いけど」シゲは笑うとクロレッツを摘んでよこした。

「カイラクサツジン……快楽殺人……ねぇ」

俺はそんな凄い奴なんだろうか？

窓ガラスの向こうにある暗い山を眺めていると俺は昔、オヤジが一度だけ家族をスキーに連れて行った時のことを思い出した。

オヤジは後ろでオフクロが止めるのも聞かずに家からずっと酒を飲みながらハンドルを握り続け、あと少しで終点という夜中、カーブを曲がりそこね立木に衝突したのだった。木の後ろでは運悪く、スキー場帰りの酔っぱらいが立小便をしていて、そいつは衝突のショックで森の奥へ滑落。なだれ込んだ時に倒木の枝がフレンチドッグよろしく、そいつのチンポを貫いた。

全てが台無しになってしまったことと、普段からのろくでなしに怒り狂ったオフクロはオヤジを残し、俺と妹を連れて家に戻ってしまったのだった。

「僕は人殺しについて本に書かれていることが本当に自分に合致してくるのか、とても興味があるんです」

その後もシゲはなにやら人殺しについていろいろと語っていたが、しばらくすると心地よい疲れが真綿のように身体を包みはじめた。そのうち俺の耳でのさばっていたミサイルマンはシゲの元へと戻っていった。

つまり、俺とシゲはこんな風に過ごしていた。シゲがオンナを拾ってくるのは月に一度、寝覚めが良いように、なるべく最低《ビッチ》なオンナを拾うというのが暗黙の了解になっていたが実際にどうだったかは判らない。見かけは最低《ビッチ》でも中身はマジメって事もあったかもしれない、要は西瓜や葡萄と一緒で食ってみなくちゃ判らない、殺《や》ってみなくちゃ判らない。

不思議なことだが、こういうことを始めると自分に妙な落ち着きが出てきた。渋滞にはまっても昔のようにイライラしなくなったし、無理な割り込みをする奴がいても自然と譲れるようになっていた。おかげで胃の辺りでいつも暴れ回っていたドロドロした〝熱い蛇〟がなりをひそめていた。ただ問題がないわけじゃなかった。

チンポが勃《た》たなくなってきていた。

俺は相も変わらず、給料日にはナイタイでみつけたオンナの前に裸でいた。オンナは何度もしゃぶるのだがチンポは死んだ魚のように股ぐらの間でうずくまっていた。かつての暴れん坊将軍は俺には何も告げずに隠居したようだった。

「ねぇ、これヤワラカクない？」

アムロという馴染みのオンナはヨダレまみれの顎を押さえ、〝ああ、顎が疲《ダ》れた〟とチンポを放した。店には十九と言っていたが本当は十七のアムロは日サロとピッチとプラダの為にチンポを擦っていた。逢う度に「あたし、シロくない？」と日焼けが褪《さ》めるのをビビッていたがアムロは真冬に逢ってもボルネオのオランウータン並みに赤茶けてパサパサしていた。

その日、俺はアムロなら勃つだろうと淡い期待を抱いていた。彼女は手を使わず舌だけでケータイをかけることができ、さらにこいつは〝Born to Lick〟とマンコのビラビラの脇にタトゥーしているような筋金入りの売女《ばいた》だったが俺は気に入っていた。

シラけた俺は残りの時間、シゲから聞き齧《かじ》ったドラマとかモデルの話をして潰した。

「ねぇ、あんまセンズリこかないほうがいいよお。アレになれちゃうとマンコじゃ勃たなくなっちゃうから。いくら良いマンコだって、男の握力には負けちゃうから。ていうかそんなチョーキツマンなんかないからさぁ」帰りがけにアムロは笑った。

立ち上がると、隅をアムロそっくりの色をしたゴキブリが泡を食って駆け抜けるのが見えたが俺は何も言わなかった。

「お客様通りま～す」

俺はシャワー室に向かう途中、黄色い声を張りあげる彼女の下っ腹を這うミミズ腫れを見つけた。「それ、何だよ？」

「これモウチョー。またきてね今度はバンバンやろうネ。アナルならアナルでも良いよ。AFトッピングは五千円増しだけど……洗って待ってるしぃ」

俺は店を出ながら、アムロの傷を思い出していた。

そしてその瞬間だけ暴れん坊将軍は現役復帰していた。

ウチの社長は、よく説教した。

営業は完全歩合なので直行直帰が殆《ほとん》どだったが、俺達ルートマンは昨日までに入った連絡を見て出るので朝はのんびりしてた。どっちにしろ大した件数を回るわけではなかった。

北海道から中卒で上がってきて会社を興したというのが自慢の社長は本当は三十後半だというのに、どうひっくり返して見ても五十にしか見えず、〝オンバヒガサ〟が口癖だった。

「私があんたらの頃は殴られ、イビられながら死ぬ思いで仕事をしましたよ。それに比べあんたらはオンバヒガサで極楽浄土ですよ」

週に焼肉を五日は食うという社長は近寄ると便所芳香剤《ボール》なみに炭火とニンニクの臭いが盛大にした。

「あんたらは下流市民だし、頭も悪い、根性だってスッカラカン。既に良い暮らしは無理だけどマシな暮らしなら、ここでまだ間に合うんですよ」

ある日、俺がルートカーの積み込みをしていると、うなじの辺りが妙にスースーした。

真後ろで社長が息を吹きかけていた。

「カシマ。あんた、もう営業やる気はないんですか」

「はあ」俺が福引きでティッシュを当てたように気のない返事をすると社長は肩を摑んだ。

「銭箱漁ってんだって？」

身をよじると社長は肩から手を離し、目にも止まらぬスピードで俺のキン玉を掬《すく》った。

俺は思ったよりも強い力で丸ごと掬われたので身動きできなくなった。

「な、なんすか」

「おまえらクズの扱いは慣れてるんだ。クズはどこまで行ってもクズのままだ。なぁ、カシマ」

社長の顔が鼻にくっつくほど迫ってきた。

俺は故郷《くに》のカラオケＢＯＸで童貞を捨ててから野郎をこんなに近づけたことはなかった。

「ウチの仕事がヤバいとか思ってるんじゃないだろうなぁ。それでビビッてんじゃねぇか。詐欺《パクリ》だとか何とか」

「そんなことありませんよ」と笑ったが奴は笑わなかった。もっともこいつは鮟鱇《あんこう》の剝製みたいに口を馬鹿っ開《ぴら》きにして笑っても眼は笑ってなかった。

「世の中には良いとか悪いとかないんですよ。そんなものは新聞とかテレビの中にあるんです。生きると言うことは哀しく、大変なことなんです。私やあんたが生きているこの現実の中には強いか弱いかしかないんです。勝ち組と負け組。あんたはどっちになりたいんです」

「そりゃあ、勝ち組」

「だったら根性を決めることです。こうみえても私は昔、人を何人も半殺しの病院送りにしたことだってあるんです。その時は犯罪ですけど、こうして社長になったからには、やはりそれも立派な人生行路の肥やしになってるってことです。暗夜行路の灯火《ともしび》なんです」

俺は奴の口がこのあいだの死体と同じ臭いを出しているのを知り、俯《うつむ》いた。胃の底で熱い蛇がズルリと動き、焼けつく奔流が皮膚と肉のあいまをウネウネと這いずろうとするので内心、慌てた。予震のようなものが脊髄を駆け抜けそうだった。

突然、顎を摑み上げられ、脂を拭いたぬるい雑巾のようなものがベタリと頰に当たった。

奴が俺の頰を舐め上げていた。

「スウィートすぎるんだよ、お前らは。もっと死ぬ気でやんなくちゃ」

社長はキン玉を離すと俺の尻を撫で、おまけにウィンクまでして去っていった。

我に返ると俺の頰には社長が残していった焼肉汁に惑わされた夏の蠅が、ウンウンとたかっていた。

俺はその日四件だけ回り、残る六件はパスした。

騒ぎ立てる腹の蛇を抑えるのに疲れ果て、河川敷にルートカーを停めて土手で缶コーヒー片手に寝っころがっていると厚い雲が次々とやってきては東の方へと流れて行った。俺はその雲のひとつひとつを〝焼肉大王〟と名づけ、消えろ消えろと念じてはバラバラになっていくのを眺めていた。土手は青い雑草の臭いに蒸れていて、それが鼻から入って身体のモヤモヤを掃除していくように感じた。俺は寝転がったまま深呼吸を速く、激しく繰り返した。そうこうしていると腹の蛇もどこかに行ってしまったようで、やがて腹のなかは洗い立ての流し《シンク》のように叩けばカンッと音がするほど乾いて空っぽになった。

西の鉄塔の辺りから出てきた雲が人の腕や脚や胴体や頭部に見え、やがてそれは互いにくっついたり離れたりしながら俺の上に迫ってきて静止した。それは俯せに転がされたオンナに見えた。ボーッと眺めていると女の胸元の雲が分かれ始め、そこから雲上にある陽がスポットライトのように川べりを照らし始めた。細い光だったが、明るくしっかりと川辺の葦《あし》を輝かせていた。

俺はなぜか起きあがると土手を駆け下り、光の射し込んでいる葦の中に踏み入った。葦の群生する中、わずか一メートルほどの範囲を光は丸く川面を輝かせていた。

俺は立ち止まるとチラチラ反射するそれを眺め続けた。

強い光に視界は急速に色を失い、濃緑のセロファンが世界を覆っていった。しばらくすると乱反射している中に顔のようなものが見えてきた。それは風で煽《あお》られるカーテンの裏にいる人のように頬や眼の窪みが波のたわみで現れては消え、浮かんでは消えるといったものだったが、ハッキリとベールを被った顔だと判った。射すような光に眼が痛んだが煙のように頼りないそれを見逃すまいと俺は必死になって目を見開いていた。

〝*heyade…us hadeus*〟

俺の耳に言葉とは言えない音が響いた。光の顔が歪み、口元の影が動いた。俺は生まれて初めて幻聴を経験した。それは想像していたよりも、ずっと頭の中でリアルに響くものだった。

「はです？」俺は耳にしたままを呟いてみた。答える者は無かった。

鳥肌の立つ奇妙な感動が俺を覆っていた。

やがて光が溶け始めポツリポツリと降り出した雨が、辺りをドラムのように叩き始めた。

シゲは４ＬＤＫのマンションに住んでいた。

「ビンゴ！　ビンゴですよ。ツヨシさん」

俺が土手での爽やかな話をするとシゲは嬉しそうに笑った。

「どういうことだよ」

「そういうのを神秘体験って言うんですよ。普通じゃできない体験をした者には必ず訪れるんですよ、死にかけた奴とか宇宙飛行士とか。要するにツヨシさんは受け容れられたっていうことです。違う人間になったってことです」

「よくわかんねぇな」

「つまり立派な人殺しになったたって事ですよ」

シゲはよくやったといわんばかりにウンウンと頷いた。

「立派な人殺しなんてのは刑務所にしかいないと思ってたよ」俺は冷めたピザを千切ると口に運んだ。「でもな、どっかで見たことがあるんだよ。あのベールの顔」

「まあ、おいおい判ってきますよ。あっちが接触してきたんですから。また来ますって」

「新聞の勧誘じゃねぇんだから、そういう風にはいかねぇだろう。おまえは気楽に構えてるけど、そういうのあんのかよ」

「ありますよ」シゲは緊張した面持ちで振り向いた。

「どういうんだよ。おまえ、今まで全然言わなかったじゃねえか。嘘だろ？」

「嘘じゃないですよ。半年ぐらい前、ツヨシさんと遊んだ帰りに、ここのエレベーターで見たんです」

「どんなのだよ」

「いいですよ……大したことないし、馬鹿にするから」

「しねぇよ」

「しますよ」シゲは顔を赤らめた。

俺は近づくとシゲのもみあげをひっ摑んだ。

「引き抜いてやるから、もみあげ専用のアデランスでも作るか」

「い、言います！　50㎝ぐらいの黄色くて、ウサギみたいなのが乗ってたんですよ」

「わかんねぇ。描いてみろよ」

シゲはもみあげを擦りながら、レポート用紙に絵を描いた。

俺はシゲの横から覗き込んだ。鏡餅みたいな体型の鼠が笑顔で立っていた。

「おまえ、これピカチューじゃねえかよ！」

「そうですよ」

俺は破裂した。

「だからいやだって言ったんですよ」

シゲは真っ赤になって膨れたが、俺の腹は百万年ぶりによじれたままだった。

「おまえ、サイコーだよ。シゲ！　それでピカチューは何て言ったんだよ」

「何にも言いませんよ。向こうだって怖がってたんですから」

それからたっぷり三十分、俺は笑い転げ、シゲはふくれっ面のままテレビを見ていた。


「ツヨシさん、それよりコレですよ。コレ」

俺の痙攣がようやく収まった頃、シゲがスポーツ新聞を持ってきた。

そこには〝心霊写真？　ギョッギョッギョッ〟という見出しが載っていた。

「なんだこれ」

「最近、心霊写真が写るっていうので有名な橋があったんですよ。珍しいことに昼間でも写るっていう。そこを雑誌が取材に行ったらホンモノだったたっていうんです」

「ホンモノって何だ？」

記事によると橋の真ん中で写真を撮るとバックにある森に人の顔が浮かぶという噂を聞きつけた地元ミニコミ誌が真偽のほどを確かめに行ったところ、本当に顔のようなものが写った。当然、これは不思議だということになり、実態解明のため霊能者とともに付近を調査すると、なんと木の枝に人間の顔皮がひっかかっていたというのだった。

俺は尻に灼《や》けた金串をブチ込まれたように胃が熱くなった。

「おまえ！　コレ！」

「ねぇ」

俺が顔を上げるとシゲも腕組みをしていた。

「ねぇ。じゃねぇよ。これ俺らが殺った奴じゃねぇだろうなぁ」

「たぶんそうなんですよ。困りましたねえ。でもね。わざとじゃないですよ。きっと埋めるのが浅かったからカラスとかが穿り出しちゃったんですよ。畜生ってのは浅ましいもんですねぇ」

「これ、いつのどのオンナだ」

「よくわかんないけど。凄いデブいたじゃないですか。三回目か四回目に……」シゲは思い出すのもおぞましいという具合に顔をしかめた。「たぶん、あいつですよ」

そのデブなら覚えていた。

俺がテレクラで引っかけたオンナだったからだ。

「ノリカもびっくりぃぃ。フェロモン生ダラしてまぁ〜す」とかこいてたオンナだったが、会ってみるととんだミシュランタイヤだった。

なぜかその日のシゲはちょっと壊れていた。朝から死んだオンナ姦《や》っちゃっても良いですか？　などと騒いでいて、かなり俺が引っかけたオンナに期待していたらしい。それがどう贔屓《ひいき》目に見てもオカマの相撲取りのケツくらいにしか好感が湧かないオンナだったので、シゲはさらに壊れ、かつ荒廃したのだった。

オンナは俺達がドライブに行こうと誘うとドライブスルーに寄ってくれと喚き、魚のハンバーガー三個と三段重ねのハンバーガー二個、チーズの入った二段重ねのハンバーガーとフライドポテト、アップルパイにチキンのハンバーガー、さらにバニラとヨーグルトのフローズンドリンクを買わせ、占拠した後部座席でそれらを平らげ始めた。

こめかみに鉛筆ほどの動脈を浮かせながら金を出したシゲと自虐の快感に浸り始めていた俺に振る舞われたのは、オンナが肉とバンズを咀嚼《そしゃく》する度にあげる暮れの餅つきのような音だけだった。

しばらくすると俺はオンナの口から漂う白身魚の臭いと安いインキのような臭いのするワキガ、さらにそれを隠すための香水でくしゃみが止まらなくなり、運転しているシゲは蒼くなって臭気酔いしていた。

「死にてぇよ。死にてぇな……」

シゲは呪文のように小声で呟き、俺は悔しさで人が涙ぐむのを生まれて初めて見た。

「あっちのチキンより絶対にこのフィッシュの方がサイコー。今夜はサイコー。あっ古いか、あんたらは知らないよな。オバタリアンとかも知らないんだろ。へへへ……ゲェップ」

オンナは次から次へと生活環境局でも持ってかないようなガラクタを口から吐き出し、おまけに二十代後半だと言う歳が実は四十代後半だと告白し、ゲハゲハ笑った。

相模湖で中央高速を降りた頃には、俺とシゲは重油を塗りつけた新幹線で無理矢理オカマを掘りまくられたような気になっていた。

「ねぇ、ねぇ、お兄さん！　チートスでるぅぅ」

ランプを出て二十分ほど峠を上るとオンナが後ろから俺の首にボンレスハムのような腕を巻きつけ叫んだ。

「それ何？」

「馬鹿ネェ。レディーに言わせる気。ベンショーよ、ベンショー。小さい子がショーベンする時に親が担いで言うでしょ。ちーとっとつ……あれよ、チートス」

「ああ、小便ね。便所はこの辺にはまだないよ」

「いゃ〜んー」オンナは身悶えると空気銃のように激しく放屁し、「じゃあ、どっかで停めてよ。でなきゃ、ここでチートスよ」と巨体を震わせた。

途端にシゲは今まで見たこともない迅速なハンドルさばきでクルマを避難帯に寄せ「クルマの陰でしなよ」と言い放った。

俺はオンナの屁が目に滲み、喉もイガらっぽかったのでオンナより先にまろび出た。

道路の反対側に立って暮れゆく山の空気で肺を洗っていると女が屈《かが》んだ辺りからカーテンを引き裂くような音が響き、山に木霊《こだま》した。するとシゲのクルマが突然、移動し、サイのお産のようにデカいケツを出したオンナの姿が丸見えになった。安いブザーのような音が再びすると、オンナの尻から色は違うがアポロ発射でお馴染みの飛沫《しぶき》が上がるのが見えた。

「やだぁ、あんたらカストロォ、じゃなくってスカトロぉ」

腐った冗談が終わらないうちにクルマはバックし、派手にオンナにぶつかった。はずみで自分から出てきたものの上に尻餅をついたオンナは、悪態をつきながら立ち上がろうとした。だが風呂敷のようなパンティーに足を取られ、俺にベタベタの尻を見せつつもう一度、転んだ。金ダワシのような陰毛の間から黒いビラビラがお好み焼きのように飛び出して揺れ、俺においでおいでをした。

そこへ再び、猛スピードでクルマがバックし、女を後輪で轢《ひ》くとその上で停まった。

バインダーに挟まれたドラ焼きのようにオンナは手足をバタバタさせていたが、シゲがサイドブレーキを掛ける頃には止まっていた。

あれだけ、けたたましかったオンナに近づくのは発火しなかった花火を確認するような気がしたが、実際行ってみると睨んだり歯を剥いたりはしていず、ただゴウゴウと大イビキをかいているだけだった。額には拳骨《げんこつ》ほどの大きさの凹みができて顔全体が歪み、鼻は千切れて頬に貼りついていた。右の眼球は視神経ごと眼窩から外れ、赤いキャンディーが顔から生えているように垂れていた。つまり、死に顔の醜さはホームラン級だった。嫌な死に方ベストテンがあれば間違い無しの優勝候補だ。

「この人、汚い」

シゲは垂れた眼球を素手でひっ摑むと軸索《じくさく》ごと引いた。

すると一瞬、女はイビキを止めたが胎盤のように諸々の組織がついた軸索がすっかり出ていくと、すぐまた大イビキを再開させた。オンナの髪は血よりもハンバーガーのバンズやポテトのゲロにまみれていて、胸の上に載っているシゲのアルミホイールを履かせたタイヤにもそれが扇状にスプレーされていた。

「すげえイビキ。きっと亭主は不眠症でイカれてるか、耳が不自由なんだろうな」

「ぶつけた時、頭の血管のどっかがちぎれたんですよ。脳溢血オヤジ状態なんです」

トランクからバールを持ち出したシゲが憎々しげにオンナの顔を蹴り上げた。

水の詰まったボールのような音がした。

「ほんと、やんなっちまいますよねぇ。俺達ってのはいわば見栄《みば》えの悪いフルーツを探してるようなもんじゃないですか。ビッチを探しちゃいますけど、本音でいえば見てくれは悪かったけど、味は悪くなかったってなオンナが俺達にとって上玉ってことですよねぇ」

「まあ、そうかもな」

「それがどうです。こんなオンナを殺ってるようじゃや。ほんとの社会を住み易くする慈善事業になっちまいますよ。俺達は役所のボランティアじゃないんだぞっと！」

シゲはバールをオンナの眉間に突き刺した。

一瞬、髪の毛が破裂したように膨らみ、白い骨片が脳漿《のうしょう》と共に飛び出した。

オンナは〝オオ〟と喋ったように聞こえる屁を俺らに一発かまし、永遠に動かなくなった。

「死に際にも俺達に屁をひって逝《い》ったぜ……なんだかキョーレツなオンナだったな」

「こんな事ばかりだと人殺しなんかできなくなっちまいますよ」シゲはゲッソリしていた。

俺とシゲはオンナの死骸を苦労して人目のつかないところに運ぶとシゲは殴ったり蹴ったりして憂さを晴らし、俺は一刻も早くオンナの記憶を消そうと穴を掘りまくった。

シゲはオンナの顔を再び剝いだ。


「それでコレどうすんだよ」

俺は新聞を手にしたシゲを睨み付けた。

「見つかったのは僕達がデブを埋めた山の稜線を越えた反対側なんで、まだ大丈夫だと思うんですけど」

そう言いながらシゲの顔には〝全然大丈夫じゃない信号〟がチカチカしていたので、俺は奴を軽く殴ってみた。

「なんだ言えよ」

「あのブタ。俺のサイフ盗《ペ》ってやがったんですよ」

シゲの言葉を聞くと俺の目玉はキュッと頭蓋の裏を覗こうとするように上へ上へと登っていった。もしかすると無意識のうちに賢明な目玉は俺をパニックから救うべく失神させようとしたのかもしれない、でもできなかった。

「あのあと家に帰ったらサイフが無くなってて、クルマの中とかも全部探したんですけれどないんですよ」

シゲは泣きそうになっていた、俺も気分はどしゃぶりだった。

「絶対か」

「絶対はないですけれど、可能性としてはあるのではないかと言えなくもないわけで……」

俺は頭に血が上り、毛穴がチリチリと焼けるように痛痒《いたがゆ》くなった。俺は子宮ですやすや眠ってたとこに金属バットのフルスイングを喰らった胎児のようなショックを味わいつつあった。

「サイフには何が入っててんだ」

「大事なモノは別のサイフにあったんですよ。金とかクレジットカードとか」

「じゃ、大丈夫じゃねぇか」

「いえ。ただ……」

「ただ何だ」

「図書館のカード」

「としょかん？」

俺の肥桶《こえおけ》を踏み抜いたような悲鳴にシゲは涙ぐんだ。

「シゲ。おまえ人殺しだろ。ミサイルマンなんだろう。図書館なんか行くなよ」

「すみません」

「で、どうするんだ。取りに行かなくちゃいけないだろ」

「ええ、行くなら……今夜……しかない……」シゲは消え入るような声で呟いた。

ここまで最悪のことは、俺も俺なりにいろいろあった人生だが想像したこともなかった。

現場に到着するまでシゲはメソメソと泣いていた。

「僕いつもどっか足りないんですよ。ああ、これじゃあツヨシさんに嫌われちゃうなぁ」

車内では今日だけはミサイルマンを引退させ、代わりにナガブチが〝にぃーしぃへへぇ、ひぃぐぁしぃへぇぇ〟と俺の萎《な》えた心にエールを送っていた。

死体を掘り出しに行く。しかもそれは一ヶ月以上も前の死体であり、腐ってパンパンになっていることは確実であり、どんな美人でも腐れば青鬼赤鬼と称されるような化物に変わると言われているのに、俺達が掘り出すのは、国が証明書をだすぐらいのブスだ。しかもそれを俺達は尻を丸出しにして排尿している最中に絶命させていた。

俺は昔、雑誌で読んだ話を思い出していた。

それは女房を殺したある亭主の話だった。夫婦喧嘩のあげくにブチ切れた亭主が手元にあったショットガンで女房を射殺したのだが、ダサい事に奴は殺人を犯した事実に動転し、死骸を地下室に放り込んだまま一ヶ月ほど傷心旅行《センチメンタル・ジャーニー》に出たのだ。もともと夫婦仲が良くなかったのだろう、罪の意識は無かったのだが帰宅し、さて女房の始末でもと地下室に足を踏み入れた途端、ヤワな亭主は想像を超えた腐乱姿に肝を潰した。その後、すっかり恐慌《パニック》った野郎は〝……そこには一匹の怪物が横たわっていた。私の理性ではこの怪物の記憶を一生格納し続ける自信がない〟とかなんとか遺書を残すと自室で頭をフッ飛ばしちまった。たぶんその亭主の女房は生前、少しは綺麗《マシ》だったのだ。つまりブスだったにせよ国は証明書を出さない程度のナニだったのだ。

俺達が小一時間後に行うのは、その倍満も酷《ひど》い有様の〝怪物掘り〟なのだ。

シゲが四回目のヘドを吐いた頃、俺のスコップが生乾きのセメントを突いたようにグズグズと土の中に刺さった。

「おい」俺は反射的にスコップを引き抜いた。

途端にシューッという音がし、穴ぼこが俺達に向かって臭い息を噴きかけた。細かい羽虫が顔の前でジェンカを踊っていったような感触が残り、続いて黴《か》びたラーメン汁と腐った肉の甘いクソのような臭いが舌の上に広がった。

おれとシゲはさっきからヘドを撒いていた場所へジャンプすると並んでもどした。

二人とも口を開けてもケェエという音がでるだけで煙も立たなかった。

「辛いよ、ツヨシさん。俺、本当につらいよ」

「死人ってのは無敵だなぁ」

俺達は二秒ほど励まし合うと穴に戻り、その〝柔らかい土〟の辺りをしばらく掘りまわった。さらに二十分ほど掘ったところで外に上がり、懐中電灯でなかを照らしてみた。

白い光線めがけ蝿が竜巻のように渦を作り始めた。

その先には解体半ばで捨てられた泥まみれのクジラがいた。膨張した腹には蜘蛛の巣模様の血管が古い血と共に浮かんでおり、俺が突っ込んだスコップの穴が脇腹なのか、そんなようなものの所に開き、なかからトプトプと泥水のようなシロップが溢れ続けていた。顔を締め付けられるような臭いの元はそれだった。

「こんなの危なくって触れませんねぇ……」シゲは呻いた。

俺とシゲはなるべくオンナに触らなくても済むようにサイフがどこかその辺に落ちていないか、アチコチを照らした。皮を剥がれた頭部は焼けただれたようにボロボロになっていた。今は空洞となっている眼窩に潜り込んでいる何かの瞳が一瞬、キラリと反射したが、それは頭のさらに奥深くへと逃げ込んだ。

「鼠が巣にしてますよ」

壊れた引き出しのように開きっ放しになった顎には、びっしり詰まったミミズがうねっており、世界中の輪ゴムの運動会のようだった。

「警察っていうのは本当にこんなのを拾い上げて調べるんですかねぇ。凄い仕事ですよねぇ……オ、俺にはできませんよ」

シゲはエズいているのかゲップなのか判らない声を上げ、その合間に喋っていた。

「ズボンを調べてみろ」

俺がシロップが澱んだなかに浸っている布を指さすとシゲは〝ケツから小熊を産んでみろ〟と言われたように俺の顔をマジマジと見つめ、しばらく立ち竦《すく》んでいた。

「やれよ」俺は静かに命じた。

「手袋持ってくれば良かった。それも軍手じゃなく、台所で使うようなゴムのやつ」

シゲは泣き声を上げるとオンナとは反対のほうに歩き、何度か深呼吸をすると駆け戻ってきて穴に飛び降りた。着地したシゲはフィルムの早回しのように体をパタパタと動かし、オンナの服のアチコチを引っ張ったが、クジラの体が左右に揺れるだけで布は充分には引き出せなかった。しかも引っ張られる度に、オンナの顎や錆びたように周りが腐食した皮膚の穴から、ミミズや得体の知れない虫がナッツのように吹きこぼれた。

　プハァーと息の続かなくなったシゲが一旦、穴から出ようとした。

「面倒くせえから早くやれよ」

　俺は穴の淵からシゲを蹴落とした。

「あぁ、でも……夢に出る。夢に出る」シゲは叫んだ。

　あまりに臭いので頭が狂ったようになった俺がキレてスコップを振り上げると、シゲはジタバタするのを諦め、オンナの体を探り始めた。さっき下着を引っ張ったせいでオンナの股間が丸出しになっていた。不思議なことに陰毛だけは元気に黒々と生えていた。膣からはブクブクと臓物が風船のようにはみ出していたがバランスを崩したシゲがそれらを踏み潰し、臭いは一層殺人的になった。

　しばらくするとシゲが、緑色のメッシュの財布をリレーのバトンのように高々と光の中に差し出した。シゲの目は歓喜に潤んでいた。

「よし」俺は手を差し出したが途中でやめ「自分であがれ」と言った。

　逃げ出したい一心のシゲは止せばいいのにオンナの腹を踏み台にした。次の瞬間、足は簡単に腹腔を踏み抜いてしまい、崩壊した臓物で滑ったシゲは穴の淵から手を離すとオンナの真上に尻餅をついた。

　腐臭が噴水のように辺りに舞った。懐中電灯の中のシゲは腐肉の海に腰まで浸かっていた。シゲは俺の呆然とした顔を呆然と見つめていた。

　するとコリコリコリという乾いた音が聞こえ始め、それがバリバリと大きくなった途端、オンナの頭に巣くっていた地鼠の家族が飛び出し、穴の壁を駆け登ると闇の奥に逃げ去っていった。気がつくと糸を引くような悲鳴がシゲの口から溢れ続けていた。


　それからしばらく俺達は何かにあてられてしまったのか連絡を取り合わなかった。

　あてどもなくなった俺は日常に埋没し、缶ジュースを運んでは小銭をちょろまかし、詰めてはちょろまかしして五万円ほど貯め込んでいた。

　仕事は相変わらずで二度目の金曜日を迎える頃には退屈という底なし沼に首までドップリと浸かっていて、運転しているルートカーの前を猫が横切る度に何とかあれが轢けないものかとアクセルを踏み込んだり、遅《トロ》いババ原動機付自転車《ゲンチャリ》を真剣《マジ》で轢きたくなって困ったりしていた。おまけに缶ケースの段ボールには手の脂を吸われるために指先がひび割れし、ささくれとなったそれが痛いとヘルスの女に怒鳴られ、おっぱいも触らせて貰えず、チンポも役に立たない俺はドブにはまったアイスクリームのように脳味噌をトロトロにさせていた。そんなある日、家に戻るとシゲから留守電が入っていた。

シゲは妙にザラついた声で『お久しぶりです』と挨拶し、来てくれないかと呟いた。

「いやあ、参っちゃいました」

ドアを開けるとシゲは部屋の奥にあるベッドから俺に顔だけ向けて笑った。

だだっ広い室内にはすえた臭いが充満していた。

「冷蔵庫壊れてんのか？　何か腐ってねぇか」俺は二三度鼻を鳴らした。

「それなんですよ、ツヨシさん」

シゲは痛《っ》っと顔をしかめながらベッドに身を起こした。

間接照明のなかでもシゲの顔には汗の筋がいくつも走り、色白の顔に青い血管が浮いているのが判った。

それに部屋中の壁に絵だか字だかを書き込んだ半紙がビッシリと貼り付けられていた。

「俺の顔、ヘンでしょう」

「誰かにキンタマを踏まれてんのを我慢してるみたいだぜ」

「やっぱりツヨシさんだナァ」

シゲはケケケと笑うと感激したような声を上げた。

「いったい、どうしたんだ」

シゲの右半身はタオルケットに隠れていて見えなかった。

「変なおみやげなんですよ。参りました」

シゲは俺の顔色を盗み見しながら左手でタオルケットを外した。すると包帯でグルグル巻きにされた右腕が登場した。

「なんだこれ」

「腫れちゃったんですよ。あのブス女をほじくってからなんです」

シゲは腕に巻き付けてある変色した包帯を外しにかかった。腕は上腕の中程から紫色に変色し、五倍ほどに膨らんでいた。指は五本とも膨張しきってしまい、大きなミットのように膿と溶解した皮膚とで接着し、爪が閉め忘れたハッチのように口を開けたまま、二日酔いのオヤジのように白と緑の液体を穴から垂れ流していた。軟度を失った皮膚のところどころが裂け、膿は末端にいくほど、ぬめって変色していて、まるでドブ川で膨張した犬の死骸に右手を嚙まれてるようだった、もちろん臭いも含めて。

「くせぇなあ」

「へへへ」

「なんでこんなことになったんだよ」

「なんか俺。爪、怪我してんですよ。あのオンナからサイフを探す時、たぶん木か石、もしかしたらあのオンナの骨で傷つけちゃったんだと思うんですよ」

プスッと音を立て腕の皮膚が割れ、新たな場所に膿が糸を引き始めた。

シゲはそばにあったティッシュを引き出すと膿を拭き、ゴミ箱に投げた。

山盛りのゴミ箱は血膿で斑になったティッシュを〝もう結構です〟とでも言いたげに床に吐き出していた。

「ツヨシさん、これは呪いなんですよ」シゲは真剣な眼差しを俺に向けた。

「はぁ？　おまえ、毒、頭に回ったのか」

俺の言葉にシゲは枕の下からハンカチを取り出した。

「なんだよ、これ」

「ここから出てきたんですよ」シゲは腕を指した。

広げられたハンカチの上には糸屑のようになった細いコヨリがいくつもあった。シゲはそのうちのひとつを器用に片手で広げた。

「見て下さい。これ呪文なんですよ。こういうコヨリが腕から湧いて出るんです」

変色しきった紙の上に字がうねっているように見えた。

シゲが言うようにも見えたが、単に膿が染みたようにも見えた。俺には判らなかった。

「本当かよ」

「少しでも効果を遅らそうと思って、僕も調伏《ちょうぶく》の呪符を書いたりしたんですけど、とにかくあいつの名前も判らないから、効き目がハッキリでないんです」

「でも何で、あのオンナがこんなことするんだよ」

「ツヨシさん、どうしてあのオンナがこんな事を知ってるのかは知りませんけど。俺にはこれがあのオンナが自分に掛けた保険だったんじゃないかって気はしますよ。殺されるとは思わないまでも、あのオンナはいつか自分が危ない目に遭うと覚悟してたんでしょう。その時に身を守るために呪法を使ったんですよ。毎日毎日、何年も何年も……」

「突然、オカルトすぎねぇか。おまえの言ってんのはシャブ中の儲け話みたいに頼りないぜ」

俺の言葉にシゲは目の前で裂けた傷口に指を入れ、顔をしかめながら中を探り、やがて新たに血膿のコヨリを引き出し、それを片手で器用に広げた。

「これもそうですよ。このままじゃ、体中がこういうコヨリで一杯になっちゃうんです」

「まるでサイババだな」俺は立ちつくしていた。

「事実なんですよ。あのオンナは正真正銘コブラ並みの極悪ビッチだったんです」

「確かに毒は回ってそうだな。でもおまえ、やけに詳しくネエか」

「だって俺、中学で呪術部の部長だったんです。部員は俺だけだったけど……」

「ジュジュツ部ねえ」

俺はシゲを医者に連れて行くべきか、それとも奴が今から言おうとしている何かを優先させてやるべきかを決めあぐねていた。オンナは呪いを使っている。それが事実だとしたら問題はシゲだけじゃなくなる。呪いは火事と同じだ。隣が焼ければ、やがてこっちに火が回ってくる。

ふいに俺は葦の間で輝いてたジジイの顔を思い出した。

「で、どうするつもりだよ」

「とにかく俺はあのオンナの呪いを叩くつもりです。医者はそれからでも遅くありません」

「もう充分、遅そうだけどな」

「あのオンナが何をしたかは判りませんが、俺は〝外法〟を使うつもりです」

「げほう？」

「あのオンナの魂に呪いを返してやるんです」

「どうやって」

「頭蓋を掘り出して、そこにこびり付いた土とこの腕の血膿で人形を作ります。そしてそれをあいつの身体に埋め込んでやる」

「また、おまえアレに会いに行くってか？」

「ツヨシさん」シゲはベッドの上から俺を睨み付けた。「俺はマジですよ」

「おまえのマジは、まるで焼きたての糞みたいに厄介だよ」

次の日、会社を休むと俺はシゲを奴のクルマに乗せ、オンナの場所に向かった。

「ドラキュラ知ってるでしょう？　ツヨシさんは」

「ああ」

「なんでドラキュラが退治されてもされても、映画で復活してきたか判ります？」

「そりゃおまえ、その方が儲かるからだよ。シリーズだもの」

俺の言葉にシゲは口をへの字にヒン曲げた。

「やだなぁ。ツヨシさんは判ってないいんだから。あの退治の仕方は全部間違いだったんですよ。つまり対症療法で抜本的解決ではなかったんです」

「おまえ、選挙ポスターにでもキスしたのか、口調が政治家みてぇだぞ」

シゲはそれから、ドラキュラを完全に滅ぼすには〝梣《とねりこ》の杭〟で胸を突き刺した上で首を切断しなければならないんだと力説した。

「そんなもんか」

「そうですよ。物事は全部、辻褄《つじつま》が合ってるんですよ。とことんやらなきゃだめなんです」

俺達はドライブスルーでハンバーガーを買い、パクついた。

ドライブスルーではシゲの腕が酷く臭ったので窓口のネーチャンは一瞬、ハッとした顔を見せたが俺が見つめているのに気づくとすぐに〝0円スマイル〟に戻った。

「昨日、言おうと思ってたんですけどツヨシさんが土手で見たって言うオヤジの正体が判りそうですよ」

「オヤジじゃネェ。ジジイだよ」

「そうそう、ジジイのね。判りそうです」

シゲはポケットから折り畳んだ紙を取り出した。

信号待ちの合間に広げると、そこにはまさに俺がみたジジイがいた。見え方もそっくりでぼんやりザラザラした印象もそっくりだった。

「これどうしたんだ」

「やっぱりそれですか？　良いなあツヨシさんは」

「これなんなんだよ」

「聖骸布ですよ」

「セーガイフ？」

「葬式ん時に死人の顔に掛けた布に、血やら脂やらでハンコ押したみたいに跡が着いたものなんです」

「人間の魚拓だな」

「魚拓じゃないですけど、そんなもんです。それは特に有名なトリノってイタリアの街にある聖骸布なんですよ。その顔に間違いないですか？　もっと太ってるとか、若いとか」

「いや、これだ。若いとかなんとか、そんなハッキリしたもんじゃなかったけど俺はこれをそっくりそのまま、こんな感じで見た」

俺の言葉にシゲは力強く何度もウンウンと頷いた。みると目元に涙が光っていた。

「なにしてるんだ」

「すいません。あんまりにも嬉しくって。やっぱりツヨシさんはサイコーだなぁ」

「こいつ誰だよ」

「……キリストですよ」

俺はシゲの顔を見た、ふざけているようには見えなかった。

「なんでそんなもんが俺に見えんだよ。ウチはナンマイダだぞ」

「でも、ハデスって聞こえたんでしょう？　あれは新約のヨハネの黙示録に出てくる言葉なんですよ。〝私は死んだが、いつまでも生きている。また死とハデスとの鍵を持っている〟って使徒のヨハネにキリストだか何だかが告げるんです」

「おまえ、なんでそんなに詳しいんだよ」

「俺、小さい頃教会に通ってましたから、ドブが無理矢理……」

「ドブ？」

「生物学上のオヤジのあだ名です。ババアがそう呼んでました……口が臭いそうなんです」

俺はいろいろ考えて唸った。

「で結局、俺がそういうのを見たって事は何か意味がありそうなのか？」

「そりゃあ、良いに決まってますよ。何十年、教会通ったって逢っちゃくれない人ですから、そんな人が向こうからわざわざ訪ねて来たんですから。ツヨシさんはそれだけ凄いってことです」

「そうか」

「ついてますよ。キリストが俺達を認めてるんですから。百人力、万人力ですよ」

「万人力……まるで金物屋だな」俺はアクセルを踏み込んだ。


掘り起こしたオンナは当然の事だが同じ恰好で転がっていた。

前回と違っていたのは、身体がやけに縮んで皮膚が黒ずんで全体的に棒っ杭のように見えたことだった。臭いも死ぬほどにはしなくなったし、忌々しい鼠の姿もなかった。

ただ眼孔と口にリングのように蛇がぬめった皮膚をくねらせながら入り込んでいた。

「何をすんのか判らないが手早く済ませろよ」

俺は暮れ始めた森に目をやった。

辺鄙《へんぴ》な場所には違いないが、誰がひょっこり迷い熊のようにおでましになるか判ったもんじゃなかった。シゲは俺の言葉が耳に届いているのかいないのか、何やら呪文めいた言葉をブツブツと呟き始めると持ってきたザックのなかからガラスの小瓶と木の杭、それと得体の知れないブヨブヨした白い物をブリキの皿に取り出した。

「それなんだよ」

「猫の脳。捕まえられなかったからペット屋で買ってきたのを潰したんです」シゲは素っ気ない返事をするとより大きな声で呪文を唱え、空を仰いだ。

と同時に森の奥から吹いた風が俺達に向かって葉っぱをザッと掃いた。

シゲは一心不乱になって祈り始め、俺が立っている事も忘れてしまっているようだった。

「俺、クルマで待ってるからな」

俺はシゲにそう言い残し、森を後にした。


峠に戻ると俺たちのクルマの真後ろに、もとは白かったはずのカローラが貼りつくように停まっていた。

俺は木立に身を隠すと様子を窺った。オンボロのカローラに人影は無かった。するといた。俺達のクルマの陰で眼鏡の男が顔を覗かせた。神経質そうな痩せぎすのその男は辺りを探るように視線を巡らせると再び、頭を引っ込め、クルマの陰に消えた。

その男が一人でいることや立ち居振る舞いから俺は奴が刑事ではないとふんだ。そうなれば、あとは何をしているのか探るだけだ。

俺は足音を忍ばせ、回り込むようにして背後から近づいた。

男は足下に灯油缶を置き、自前らしいホースに口を付け吸っていた。ホースの先端はシゲのクルマの給油口に差し込まれていた。陰圧を利用して燃料を盗むセコい手だ。

「何やってんだよアンタ」

「ウ、ウゲェェ」

俺が声を掛けると男はホースを吐き出し、その途端にホースの先から噴き出したガソリンが男にかかった。

「なにやってんだよ」

給油口からホースを引き抜くと俺はそれを投げつけた。

男は焦って飲み込んだガソリンに気管を焼かれたのか、目を白黒させながらしきりに背中を丸め、エズいていた。

「おらぁ」俺は男の背中を蹴りつけた。

男は蛙のように地べたに張り付くと恨めしそうに振り向いた。

「オッサン、何やってんだよ。人のクルマで」

俺は栓を閉めると給油口を閉めた。

「何をやってるんだって」

「そうだよ何やってんだよ」

男はむせながら立ち上がり、薄くなった髪の毛を右手の人差し指と中指を使って撫でつけた。

俺ならカツラ無しでは永遠に目を覚ましたくなくなるような妙なハゲ方だった。

奴が一歩、近づくたびにガソリン臭が迫ってきた。

「あんたに蹴られたよ」

「そうじゃねぇよ。俺があんたを蹴る前の話だよ。何やってたんだよ」

「朝のことか、それとも昼のこと」

俺は男の顔を見つめ返した。少しでもからかっているような光が目に浮かんでいたら、こいつのお袋が〝産まなきゃ良かった〟ってほど殴りつけてやろうと思ったのだが、たちの悪いことに奴は真剣に答えているようだった。

「なんで人のクルマからガソリン盗んでんだよ」

「盗んだ？」

「そうだよ。今、このクルマからガソリンを盗もうとしてたじゃねぇか」

「ああ、それね。私のガソリンが無くなっちゃったんだよ」男は真後ろに停めてあるカローラを振り返ると爪を噛み始めた。泥と油にまみれたそれはお世辞にも口に含むほど衛生的には見えなかった。「私はね、実に可哀相な男なんだよ」

「ああ、この辺りじゃそうだろう。だがガソリンをタダで恵んで貰えるほど不幸には見えないな」

「何が見えないって」

「もう良いよ」

俺は目の前の男をどうすべきか考えていた。殴るべきか殴らざるべきか？

シゲならもっと別の問いを立てたろう。

するとの悪いことに森の方から奴がフラフラと戻ってくるのが見えた。

穴は元通りに戻しただろうか？　妙な〝おみやげ〟を持ってきやしないだろうかと男の視線を盗み見ながら、俺は平静さを装いシゲに近づいた。

シゲは疲労困憊《ひろうこんぱい》といった体《てい》だった。

「うまくいったのか」

「よく判らないんですよ。取り立てて何の変化も無かったし」

「そりゃそうだろう。ただ、元通りにしてきたか」

「ええ。でも、もう一回戻らないと……」

シゲは目に見えない誰かを案内して出てきたかのように森を何度も振り返った。

「とりあえず今日の所は引きあげて病院へ行こうぜ」

「あとひとつ。何か足りないんですよ」

シゲには俺の言葉が耳に届いていないようだったし、悪寒からくるものなのか小刻みに震えていた。

「もう良いよ。あとにしよう」

俺はシゲが妙な物を手にしていない事に安心し、支えながらクルマに向かった。

見ると男はさっきの場所に突っ立ったまんま、こちらを見つめていた。

「あれ誰です」

シゲがびっしり汗の浮かんだ顔を上げた。

「しらねぇ。戻ってきたら勝手に人のガソリン盗んでやがったんで蹴っ飛ばしてやったんだ。ちょっと頭が緩いみてえだな」俺はこめかみで渦巻きを描いた。

「非常識な人ですね」

男はうろんな目つきで俺達を見つめたまま、クルマの横に立ちつくしていた。

「早くどっか行けよ」

シゲを助手席に詰め込むと俺は突っ立っている男に言った。

「ちべっとがいないんだよ」

「なんだって」

「ちべっとだよ。猫。女房が可愛がってたんだ」

「知るかよそんなこと」俺は運転席に乗り込み、エンジンを掛けた。

「ねぇ、ちべっとがいないと女房が戻ってこないんだよ」

男はクルマに回り込むとシゲ側の窓から指を差し込んできた。

「俺らの知ったことかよ」俺はサイドブレーキを落とした。

「黒いシャム猫なんだよ」

男の言葉にシゲが俺の手を摑んだ。

「どんな猫だって」

シゲの声に男は黄ばんだ歯を剝いて笑った。

「ちべっとだよ。女房の子供だったんだ。真っ黒な猫で何かの生まれ変わりだって女房は言ってたよ。あんたも探すかい？」

シゲは男の言葉を聞くと俺に向かって頷いた。

「ツヨシさん、今判りました。生け贄が必要だったんですよ。僕はその猫を使うことにします」

「馬鹿なこと言うな」

ちょっと待てという俺の制止も聞かず、シゲはクルマから降りていた。

「探すったって、ここは太陽のクソ並みに広いんだぞ」

男はポケットからひどく汚れた肉の塊を取り出し、クシャクシャの新聞紙の上に広げ、それを置いた。

「こうしておけばすぐに戻ってきます。ちべっとはこれが大好きなんです。どんなに遠くてもこれで一発、パツイチです」

「そうですよ。ツヨシさん。これがあればパツイチですよ」

シゲは俺の方を見ると安心したように笑った。

「おまえ頭も診て貰ったほうが良いかもな」俺は仕方なく呟いた。

俺達三人は峠から10メートルほど入った場所で〝ちべっと〟の帰りを待った。

オンナが埋まっている場所から三分ほどのとこだった。

「それにしてもこの肉はなんだい。エラくひどい臭いがするな。プータローの寝起きの口みたいだぜ」

俺の言葉に男はフンッと鼻を鳴らした。

「女房の特製品。手作りなんですよ。ちべっとはこれが大好きだった。これは女房の特製で二十日鼠の子供を甘辛く炊いて、魚のアラで漬け込んだものなんです」

説明だけでも口の中が酸っぱくなりそうなものが目の前にあった。そういえば何やら生前の姿をホーフツとさせるものがチラホラと確認できた。

「あんたのカミさんは、さぞ料理がうまかったんだろうよ。料理学校はアフリカか？　どちらにせよ風変わりな夫婦だぜ」

「変わってる？　誰が」

「あんたらだよ」

「ああ」男はうなじの毛を引っ張りながら口を開け、森の奥を眺めた。

「あんた何してる人なんだ」包帯についた落葉を捨てながら、シゲが聞いた。

「誰が？」

「あんただよ。カミさんも変わってるみたいだけど、あんたも相当なもんだぜ」

「相当？」

「恰好だよ。ボロボロのレインコートの下は、その、裸じゃないのか」

シゲの言葉で初めて俺は男の着ているのがレインコートだと判った。何しろ寸足らずの裾はボロボロだったので、俺には単なる安いジャケットにしか見えなかったのだ。言われてみると男はコートの下には何も着けていず、痩せた胸と海藻のようにヒョロッと長い毛を立てた乳首がおまけのように覗いていた。

「寒くないのか？」

「寒い？　なにが」

「いや、あんたの恰好さ。今日みたいな日は、夏とはいえ山は冷えるだろう」

男とのやりとりでシゲがイラついているのを見て、俺は胸の奥にポッと明かりが灯ったように楽しくなった。

「シゲ。相手にするな。な、もう行こう」

俺はシゲの袖を引いたが、足に根が生えたように奴は動かなかった。

「寒い寒いの絶対零度は心だけ。女房もちべっともいないってんだから……」

「あんた何をやってんだ」

「なにが？」

「仕事だよ。サラリーマンには見えないし、それともどこかに入院してたのか？」

「入院？　誰が。僕は古本屋ですよ。僕は相手にレベルを落として話すのが嫌いなんで、黙ってられる仕事を選択したんです」

男は眼鏡を直すような仕草をすると俺達に向かってまなじりをパッチリさせた。たぶんそれは自分の隠れた才能の一端を眼光で披露して見せたのだろうが、俺達には乾いた目ヤニの破片が刺さってビックリしただけだと言ってくれた方が納得できた。

「女房はね。そんな僕に気を遣ってどこからかゲームの機械を買ってくると店の脇に置いてサポートしてくれてたんですよ。最近じゃ、古本屋よりゲームのあがりの方が多かったナァ。大した才女ですよ、アイツは」

「あの手の機械は高いんですよ」シゲは俺に囁いた。

「才女ですからね。高い物も安く買うんですよ」シゲの言葉に男はウィンクしてみせた。

「それであんたはこんなところで猫連れて何やってたんだ。店は良いのか」

俺はちべっとがもうそろそろ出て来やしないかと辺りを見回した。

「店？」

「店だよ。あんたの店」

「ああ……ありゃ、もう辞めた」

「潰れたのか」

「潰れた？」

「あんたの店だよ」

「潰したんじゃない。辞めたんだ、積極的撤退だ」

「あんたどうでも良いけど、言われたことをいちいち聞き返すの止めなよ。こっちの頭がおかしくなりそうだよ」

「おかしいのはこの世の中だよ。あんなにイイ女が、この有様さ」

男は二十日鼠の漬け物の汁で汚れた新聞紙を裏返した。

そこにはシゲが俺に見せた〝心霊写真？　ギョッギョッギョッ〟という記事が載っていた。

「これが女房なんだ」

俺とシゲの間で空気が固まった。絶対零度が男から俺達に向かって吹きつけてきた。コンマ何秒か俺達は視線を交わし、俺はシゲに男を殺すことを提案し、シゲはそれを条件付きで了承した。シゲが示そうとした条件が何だったのかは口で言ってもらうまでは判るはずはなかった。でも殺ることは殺る。それは確かだった。

「へぇぇ。この皮があんたのカミさんなんだ」

シゲは呑気そうに写真を眺める振りをした。

男はそれに答えず指を押しつけ、紙が破れ、穴が開いてもズブズブと指を土に突っ込ませた。「警察は当てになんないんですよ。女房がテレクラで男を漁っていたとか、下らないことばかり並べ立てて、ちっともちゃんと捜査しようとしないんです。終《しま》いには自業自得だとか言う奴まで居て、だから私はちべっとと二人で探すことにしたんです。女房はちべっと命でしたから、きっと彼なら女房の本体の場所が分かると思って、この辺を見て回ってたんです」

「そうしたらガス欠になった」

「ガス欠？」

「燃料切れだよ。カラッポ。スッカラカン、アンタ並みにね。だから俺らのガソリン盗んでたんだろうが。ああ畜生！　もういい加減に聞き返すのやめろよ」

シゲは立ち上がった。

男は大きく溜息をついた。

俺はシゲがいつ男に飛びかかっても良いように目を配っていた。武器はシゲのスコップしかなかったが、いざとなれば気管を潰してしまえば済むことだった。

だがシゲは男を見下ろしたまま動かなかった。

突然、激しい羽音と共に鵲《かささぎ》が辺りを切り裂く叫びをあげ、上空から麓に向かい矢のように滑降していった。

「早く犯人が見つかるといいな」

「見つかる？」

「犯人さ。あんたのカミさんを殺した奴らのことだよ」

シゲの言葉に男は強く首を振った。

「そんなことはもう良いんだよ。どうせ奴らはもう終わりだ」

俺とシゲは顔を見合わせた。

男の声には樽の中身を見ないで熟成度合いを語る職人のような確信があった。

「終わり？」

不快そうに眉をひそめたシゲの言葉に男は汚れた包みを取り出した。あちこちに血を思わせる錆色の染みと手垢にまみれた布を取ると、そこには泥のようなもので作られた掌ほどの人形があった。男は俺達の見ている前で前歯を指でミシミシと音を立てて前後に揺すり、溢れ出した血を唾液と共にプッと人形の上に垂らした。

「奴らはもう。これでおしまい」

人形の腹には〝腐〟と書かれた紙片が巻き付けられ、小さな針が突き立っていた。

シゲが大きく息を吸い込む音に俺は我に返った。

男は人形を素早くしまうと前歯のグラつきを調べるかのように舌で何度も歯茎の裏側をペチャペチャとなぞった。

「私は、もう何年も歯槽膿漏なんだ。学生時代からね。だからこの歯の毒は良く効くはずなんだ。難しいことは何もない。強く一心不乱に念じること。そうすればやがてその情報が形を変えて相手に伝わる。そうすりゃそこで種は芽を出し咲き始める。蠱毒《こどく》というんだそうだ。女房に教えて貰った。一番簡単な術なんだと。きっともう咲いてる……」

男は顔を歪めて笑った。

「女房といい、あんたといいド外れてるぜ」俺は溜息をついた。

「警察は正しかったんじゃないかな」

紅潮したまま立ち上がったシゲの顔がスーッと蒼醒めた。

「きっとあんたのカミさんはドブ鼠とでもアナルをやり合うほど薄汚い淫売だったんだぜ」

「淫売？」

「淫売も淫売。大淫売だよ。しかも、ブルーチーズも土下座するほど、臭っさいマンコのド淫売だ」

「どうしてそんなこと言うの？」

「あんたんちがゲーセンになったのは、みんな女房がマンコを売って稼いだからだぜ。あんたは淫売のマン汁で食わせて貰ってたんだよ」

男は立ち上がると俺とシゲを交互に見つめ、そのうちシゲの右腕に目を止めたまま動かなくなった。

「だいたい汚ねぇんだよ。歯の膿なんか垂らしやがって」

シゲの言葉に引きつっていた男の顔に笑みが広がり、やがてゲラゲラと狂笑に変わった。

「なぁんだ。それ本当に効くんだ。嘘みたい。馬鹿みたい」

「ふざけんな」

シゲが男の顔を包帯ごと右手で殴りつけ、二人とも呻いて倒れ込んだ。

俺は男の後頭部を潰そうとシゲのスコップを振り上げた。

その瞬間、胃の腑を持ち上げるような気味の悪い悲鳴が森に響き渡った。

ゾッとするような叫びに俺達は一瞬、動きを止めた。

「あ？　あ！　ちべっと、ちべっと！」

男は俺とシゲの隙を衝くと森の中に駆け込んで行った。

その声は時折、死に場所を求めて彷徨《さまよ》う象の断末魔を加工したようだった。

ちべっとの声は主を探し当てた喜びと、動物の直感が悟らせた哀しみに溢れていた。

俺もシゲも今や男がどこを目指しているか判っていた。

ちべっとが男を呼び、ちべっとはオンナに呼ばれたのだ。

俺達は男を追って森の奥へと駆け込んだ。

視界が開けると男は俺とシゲの手作り霊園の前で立ちすくんでいた。

地べたから響くような猫の声は続いていた。

切り取られた闇のように漆黒のちべっとは、オンナの土饅頭の上に乗っかったまま俺達全員に向かって叫んでいた。

俺はスピードを落とさず近づくと男の後頭部に向かいスコップをフルスイングした。ベニヤを叩き割るような音と共に頸骨を粉砕された男の頭は、頭蓋の骨片を降らせながら、煙突が崩れるように前に垂れた。驚くほど首の伸び切った男は、胸元に垂れてきた自分の頭を器用に抱えると膝をつき、そのまま正面から土饅頭に倒れ込んだ。

「大丈夫か、シゲ」

シゲはちべっとと睨み合っていた。

ちべっとの口には男が放ったのか、あの人形が喰わえられていた。

奴はシゲと俺をひと睨みすると、峠への道を駆け戻り始めた。

「シゲ、もういいよせ！」

無言でちべっとを追いダッシュしたシゲの後を俺も続いた。心臓がバラバラになるほど疾走し、ようやく道路に辿り着くと再び、シゲとちべっとが道路の真ん中で対峙《たいじ》していた。

「シゲ、止めろ！　医者だ。医者に行った方が早い。あの男だって呪いなんか信じてやしなかったろ。そんな縁起《ゲンクソ》悪い猫は放っとけ」

「ダメですよ、ツヨシさん。こいつ俺の人形を噛み潰そうとしてやがるんです」

俺がシゲに近寄るとちべっとは一瞬、シゲから視線を外し俺を見た。

その隙を衝きシゲは猫の身体に飛び込むように文字通りタックルした。気配を察したちべっとは身体を捻りかわそうとしたが、すんでのところでシゲに下半身を摑まれた。

ちべっとは狂ったように暴れ回ったが、シゲは万力のように奴の身体を掴んでいた。

「やりましたよ。ツヨシさん！」シゲは満面に笑みを浮かべ、ガッツポーズをとった。

その瞬間、軽い地鳴りと共にシゲの背後から黒い影が突然現れ、雪崩《なだれ》のように俺とシゲを撥ね上げて行った。視界が断ち切れる直前に大型トラックが下り坂を猛スピードで走り抜けていくのが見えたが、全ては一足先にやってきた闇に飲まれていった。

俺もシゲも、そしてちべっとも……。


山の冷気が背筋を駆け抜けた。

俺は身震いするとアスファルトに張り付いた顔を起こし、いったん硬い路面の上で正座するとその格好のまま深呼吸をした。肺に冷たい酸素が放り込まれると脳が次々と指令を出し始めた。〝ああ、俺は撥ね飛ばされたんだ〟とか、〝この有様じゃきっと当て逃げだったんだな〟とか、いろんなことが大挙して意識の前面に押し掛けてきたが、そのなかで一番重要だったのはシゲはどこかということだった。

俺は焦る頭と二日酔いのようにふらつく足をとりまとめながら立ち上がり、黒々とした辺りを見回した。山の稜線に太陽が弱々しく、こぼれた染みのような光を残して今にも沈もうとしていた。耳がツーンとするほどの静寂が溢れていた。

二台のクルマはそのまま。シゲの姿はなかった。

俺はちべっととシゲが最後にいた場所まで歩いていった。

すると道路の真ん中で染みのように黒々と潰れながら、タコのぶつ切れのような内臓を溢れさせているちべっとがいた。顔は最後の断末魔の瞬間を捉えたように大きく口を開けたまま道路に貼り付き、カリフラワーのように格納されていた組織が路面にプリントされ、そこだけ二次元の世界になっていた。黒い毛が続く胸部の上になびき、トラックの轍《わだち》がそこだけは見逃してやったという風にポッコリと膨らんでいた。

ふと前を見ると稜線からこぼれる逆光を浴びたガードレールに人が百舌《もず》の速贄《はやにえ》のように腹這いになってブラ下がっていた。

言うまでもなくシゲだった。

シゲの身体にも俺同様、大きな損傷は無かったが頭がダメだった。

ボディの直撃と言うより車体に取り付けられた取っ手や金具が当たったのだろう、頭蓋が薙《な》ぎられたように割れ、頭頂部が噴火口なみに盛り上がって口を開いていた。

ブラ下がっていたガードレールの地面には脳漿を吸った跡が見えた。

俺はシゲの身体を引き上げ、道路に横たえると声を掛けた。

すると瞼がブクブクと震え、シゲはゆっくりと目を開いた。

「ああ、ツヨシさん。こんにちは」

「こんにちはじゃねぇよ、大丈夫か」

「ええ、ちょっと。なんだか暗いっすねぇ。俺、どうなってます」

「頭、怪我してるんだ。病院に行かなくちゃ」

「ひどいんですか」

「そうだな。絆創膏じゃ手に負えないな」

「え、ちょっと。見たいです。どんなになってんのか。見たい！　みせて！」

シゲは左腕を上げたが、すぐにそれは糸が切れたようにパタンと地面に落とされた。

俺はシゲをクルマまで引きずると助手席に押し込んだ。

「どんなんです。みたいなぁ」

「おまえ、痛くないのか」

「あまり。でもあちこちヌルヌルしてますねぇ。これ血ですか？」

「ああ、その他もろもろこぼれちまったんだよ」

「早く……はやく、見せて下さいよ」

言葉と裏腹にシートに身を埋めたシゲは肩に恋人でも止まっているかのようにボンヤリ眺めていた。俺はバックミラーを外すとシゲに持たせてやった。

「ほら、医者に行くからこれ持って我慢してろ」

俺はクルマを発進させた。確か高速のランプを越えたあたりに大学病院があったはずだ。

「ああ、ミサイルマンだ！」突然、シゲは叫んだ。

「ツヨシさん。ほら俺の頭。尖って……ミサイルみたい」シゲの顔は血と泥で斑になってい
た。「やったなぁ！　やった。これでミサイルマンですよ！」

シゲは気づいていないようだったが、奴は叫ぶと盛大に失禁していた。

「良かったなシゲ」

「ツヨシさんのおかげです」

俺の言葉にシゲはうんうんと頷きながら突然、スイッチを切られたオモチャのようにミラ
ーをポトリと落とし、首を前に折った。

「シゲ！」

俺の言葉にシゲはビクッと身体を震わせ、顔を持ち上げた。

「もう少しだがんばれ」

「ツヨシさんは明日も太陽が見られますね。明後日も……。いいなぁ」

「馬鹿、おまえだって見られるよ」

「やっぱりこういうことなんだなぁ。ツヨシさん、俺みたいな人間はセミと同じなんですよ。

ずっと土の中で辛い思いをしていて、そのうちに何かの拍子に好きなことをやるんだけど結
局、すぐに終わっちゃうんです。もうそろそろ発射します。10・9・8……」

「何言ってんだ。なんだ発射って？」

「やだなぁ、俺はミサイルマンじゃないですか。6・5・4、ツヨシさん。発射しますから

危ないから逃げてください」

「どこへ行くんだよ」

「南のほう、沖縄とか。ああいうとこでのんびり暮らします。いろいろありがとうツヨシさん。付き合ってくれて」

「俺は居残りかよ、馬鹿野郎」

「来ても良いですよ。それなら待ってますからね……3・2。……バイバイ、ツヨシさん」


俺は路肩にクルマを寄せると動かなくなったシゲの身体を眺めていた。

闇のなかで少し微笑《ほほえ》んでいるシゲの顔は繭のような柔らかな感じがした。

何気なく、飛び出していたカセットを押し込むと、〝ミサイルマン〟が流れてきた。

そうだシゲだけ南でのんびりさせる手はないんだ。

ここまでやってきた俺だって相当なミサイルマンだ。なんだってやれる。

俺はアクセルを踏み込むとシゲが置いていったボディを届けに南を目指すことにした。

※これらの作品は、エンターテインメント・フィクションであり、実在の団体、事件、個人等とはいっさい関係がありません。

解説

大森《おおもり》　望《のぞみ》
（翻訳家）

本書は、まさかの「このミス」1位を獲得した『独白するユニバーサル横メルカトル』（光文社文庫）に続く、平山夢明の第二短編集である。単行本は、『独白…』から約一年後の二〇〇七年六月、同じ光文社から刊行された。

収録七編の発表時期は、一九九九年から二〇〇六年なので、『独白する…』収録作とほとんど重なる。井上雅彦《いのうえまさひこ》監修の文庫版オリジナル・アンソロジー、〈異形コレクション〉シリーズ初出の作品が七編のうち三編を占める点から見ても（『独白する…』では八編のうち五編が同シリーズ初出）、第二短編集と言うより、『独白するユニバーサル横メルカトル』の姉妹編と言うべきかもしれない。二冊合わせて、異能の短編作家・平山夢明の全体像が一望できる仕組みなので、ぜひセットでお買い求めください。

もっとも、平山作品を手にとるのは本書がはじめてという読者もいるだろうから（題名につられた↑THE HIGH-LOWS↓ファンとか）、もっとざっくりした説明が必要かもしれない。平山夢明とはいったいどういう作家なのか？　その答えは、光文社文庫版『独白するユニバーサル横メルカトル』解説の末尾に、香山二三郎《かやまふみろう》氏が書いている。いわく、「著者の作風をひと言でいうなら〝**鬼畜系**〟――それもウルトラ級の鬼畜系というほかないかもしれない」

ただの鬼畜系ではなく、ゴシック体の鬼畜系――ザ・鬼畜系というか、鬼畜系の代名詞というか、つまりそういう存在であるらしい。そう言えば、〝生理的にイヤな話を書かせたら日本で三指に入る小説家〟なんて称号もありました。

さらに証言をひもとくと、著者と京極夏彦《きょうごくなつひこ》の対談、「愛と『キクチ』」〈青春と読書〉二〇〇九年一月号）でも、のっけから挨拶がわりにこんな会話が交わされている。

京極　平山さんは、いうなれば鬼畜系ですよね。
平山　それを言われると嫁が泣く（笑）。ネットで「鬼畜系作家」と書かれているのを読んで、「あなた鬼畜系なの？　私は鬼畜の嫁なの？」って泣いたんだよね（笑）。まあいいんだけど、漢字だと重たいから、できればカタカナにしてもらえたら（笑）。

つまり、YOSHIKIと言えばビジュアル系、優香《ゆうか》と言えば癒し系であるように、平山夢明と言えば鬼畜系（キチク系？　キクチ系？）なのである。

キチク系作家・平山夢明先生は含羞《がんしゅう》の人なので、愛だの恋だの感動だのを安売りするような下品な真似はしない。先の対談から、著者の名言をもう少し引用する。

平山　英語の先生がさ、はじめての授業の時に黒板に「LOVE」って書いて、これがすべてだって、横に漢字で「愛」って書いてんだ。お前らにこの尊さがわかるかなーんてさ。それで嫌いになったんだよ。（中略）愛なんて所詮《しょせん》、算数でいうゼロみたいなもの。幸も不幸もゼロを掛ければみんな同じ。駆け込み寺みたいな安易な逃げ場所なんだけど、酷《ひど》いことを書いて、そのまんまで終わらせちゃうとだいたい鬼畜系作家とか言われちゃうわけだよね。

というわけで、本書『ミサイルマン』には、ゼロを掛けることなく、そのまんまで終わらせた短編ばかりが収録されている——かと言えばそんなこともなくて、意外にも、さまざまな愛のかたちが描かれていたりするので平山夢明はやっぱり信用できない。というか、小説家の発言を鵜呑みにしてはいけません。

だいたい、「それでもお前は俺のハニー」なんて、タイトルからして直球ど真ん中のラブストーリーじゃありませんか。五十歳になる主人公が、見た目年齢が八十歳という女、エミに惚れ抜いて、「死ぬまで毎晩、可愛がってやる」とのっけから宣言する。二人のあいだを隔《へだ》てる障害が大きければ大きいほど燃え上がるのが愛だとすれば、これはまさしく、世界の中心で愛を叫びまくる、至高の純愛小説。愛と鬼畜は紙一重――というか、(愛を掛けるかわりに) 鬼畜を愛で割ったのが平山ワールド。ゼロで除算するとプログラムがいきなり不正終了したりするもんですが、平山夢明は当然そんなこと知っちゃいないのである。

そう思って読むと、「Necksucker《ネックサッカー》 Blues《ブルース》」や「けだもの」も、伝統的なホラーの題材を平山流に料理して、最後に愛で割ったラブストーリーに見えてくる。

表題作の「ミサイルマン」にしても事情はおなじ。〝俺〟とシゲの関係は、さながらボニーとクライド。↑THE HIGH-LOWS↓のテーマ曲に乗って突っ走る平山版「俺たちに明日はない」というか、ノワール系BL小説とも読める。

とはいえ、そこは平山夢明なので、二人がやってることは鬼畜そのもの。ベッドで愛を確かめ合うかわりに、二人で女をさらっては惨殺し、金属バットで死体をめちゃくちゃにする。あんまり引用したくないのだが、解説者の責務として、一節を書き写してみる。

……俺がいつものように金属バットで頭を潰そうとした途端、シゲが今日は顔は止めて下さいというので俯せにし、うなじにバットを載せると俺とシゲは両端に乗っかって頸骨を砕いた。発泡スチロールを踏み抜くような音を合図にオンナはビクビク痙攣し始めたので、俺達はオンナから降りて一服した。

「この痙攣の仕方、昨日見た〝食わず嫌い王〟に出てた鯉の活き造りに似てますね。大きさは違うけど、このビクビク感が」
「俺は見てねぇ」
「え！　とんねるず観ないんですか？」
「観ねぇよ。くだらねぇよ、あんなもん」

とまあ、こういう会話が睦言がわり。〝発泡スチロールを踏み抜くような音〟とか〝鯉の活き造り〟とかの具体的すぎるディテールが特徴で、そこにまぶされた乾いたユーモアともども、作品に独特の輝きを与えている。

実際、鬼畜の金看板に隠れてあまり目立たないが、短編作家としての平山夢明は、抜群のテクニシャンだ。キチク度を抑え、ミステリの文法を意識して書いた「独白するユニバーサル横メルカトル」が日本推理作家協会賞短編部門に輝いたのはダテじゃない。

たとえば、本書巻頭の「テロルの創世」。二〇〇一年一月に出たSF系のオリジナルアンソロジー『NOVEL21 少年の時間』のために書き下ろされた、わりあいストレートなSF短編なので、著者の腕前がわかりやすく見てとれる。設定自体はSFの世界ではそれほど珍しくない発想で、カズオ・イシグロが二〇〇五年に発表した某長編とも重なるが（もしや、ブッカー賞作家にパクられた⁉）、短い枚数でリアルに異世界を構築する平山夢明の技術は、SF作家としても一流。この手の小説を日本の作家が書くと、たいてい古くさく見えるか、書き割りっぽく見えるもんですが、本編に関しては、影《オンブル》、天使工場、三巡街《サード・アヴェニュー》などの造語から、登場人物の名前（樹野巳影《きのみかげ》とか、鈴木祈理《すずきいのり》とか、シメジこと伊藤四万侍《いとうしまじ》とか）に至るまで細かく神経が行き届き、使い古されたパターンを新鮮に見せている。正直、この話をこれだけのレベルで仕上げられる人は、本職のSF作家にもそう多くはいないだろう。

しかし、この短編集の中でわたしがいちばん感銘を受けたのは、コレクター心理が行き着く究極の姿を描いた「枷《コード》」。ジョン・ファウルズの名作『コレクター』を鬼畜的に変奏しつつ、シリアル・キラー（連続殺人鬼）の本質がじつはコレクターにほかならないことを（これまたジャック・カーリイの『デス・コレクターズ』に先駆けて）正しく喝破《かっぱ》した小説である。それと同時に、蒐集対象をなんとか限定しようとするコレクターの悲しい性をみごとに描き出した点も見逃せない。主人公が酒場で出会った中古レコード店のあるじいわく、

「コレクターっていうのはもう病気なんだよ。居ても立ってもいられない。集めたい物は何でもかんでも欲しいんだ……でも、それじゃどんな金持ちだってもちゃしない。だからみんな自前の枷《コード》をはめるのさ。いわば孫悟空の輪っかだね」

この言葉に導かれて、二人称主人公の〝あなた〟はみずからの蒐集対象に独自の枷をはめ、異様なコレクションをはじめる。冒頭に記された【顕現《けんげん》】という言葉や、主人公の謎めいた行動の意味がじょじょに明らかになってゆく構成もじつにうまい。細部はこれまた痛すぎる描写のオンパレードだが、やがてそこに深い哀しみと一抹の詩情さえ漂いはじめる。

一方、〝あなた〟が起こしている事件を題材にした舞台の犯人役に〝あなた〟が起用され、演出家が〝あなた〟に向かって、俗流プロファイリング的な殺人心理解釈を滔々《とうとう》と弁じるメタフィクション的な趣向（しかも、『マクベス』が下敷きに使われる）は、毒と笑いが渾然一体になり、強烈なインパクトを生み出す。この作品自体、小説のかたちをとった高度なサイコサスペンス論とも読めるわけで、こう見えても（？）平山夢明はたいへん知的な作家なのである。

どれを読んでもハズレのない作品レベルの高さは、本書が証明するとおり。唯一の問題は、編集者の矢のような催促から逃げ回ることに全精力を集中するあまり、平山夢明がなかなか小説を書かないこと。逃げ遅れて、苦しまぎれのようにぽつぽつと発表する短編がいちいち傑作なので始末が悪いが、どうもいまもって小説に本気を出していないのではないか。

平山夢明がじっくり腰を据えて全力投球の小説を書いたら、どんなすさまじい作品が生まれるだろうと考えると戦慄を禁じ得ない。それが現実になる日まで、本書を読み返しながらじっくり待ちたい。

［初出］
テロルの創世
デュアル文庫編集部編『NOVEL21「少年の時間」』（2001年1月 徳間デュアル文庫）
Necksucker Blues
「小説宝石」2006年8月号
けだもの
井上雅彦監修『異形コレクション 獣人』（2003年3月 光文社文庫）
枷《コード》
井上雅彦監修『異形コレクション 蒐集家《コレクター》』（2004年8月 光文社文庫）
それでもおまえは俺のハニー
井上雅彦監修『異形コレクション 闇電話』（2006年5月 光文社文庫）
或る彼岸の接近
朝松健編『秘神界 現代編』（2002年9月 創元推理文庫）
ミサイルマン
「IN・POCKET」1999年6月号

二〇〇七年六月　光文社刊

光文社文庫

ミサイルマン

著者　平《ひら》 山《やま》 夢《ゆめ》 明《あき》

2010年2月20日　初版1刷発行
2018年12月25日　3刷発行

発行者　鈴木広和
印刷　萩原印刷
製本　ナショナル製本

発行所　株式会社 光文社
〒112-8011　東京都文京区音羽1-16-6
電話 (03)5395-8149 編集部
8116 書籍販売部
8125 業務部

ISBN978-4-334-74724-4　Printed in Japan

組版　萩原印刷